# GEORGIE TILNEY
## Beach Rivals
### Keine Insel ist zu klein für die große Liebe

AF238577

GOLDMANN

## Buch

*Der ultimative Traumjob: Lesen am Strand. Diese Buchhandlung möchte dich dafür bezahlen, drei Monate auf Bali zu verbringen. Der einzige Haken? Du musst in dieser Zeit ein paar Bücher verkaufen.* Als die junge Clare an einem grauen Wintertag auf die Stellenanzeige stößt, ist das für sie die perfekte Möglichkeit, um ihrem planlosen Leben in England zu entfliehen. Kurzum bewirbt sie sich und bekommt den Sommerjob bei Seashore Books am Strand von Bali. Doch auf der wunderschönen tropischen Insel angekommen, erfährt sie, dass der Buchladen kurz vor dem Ruin steht und sie auch nicht allein dort arbeiten wird. Clare muss den Traumjob und sogar die Unterkunft mit dem attraktiven wie arroganten Amerikaner Jack teilen. Die beiden könnten unterschiedlicher nicht sein und beschließen, sich möglichst aus dem Weg zu gehen. Während Jack sich in die Zahlen vergräbt, versucht Clare, das Geschäft mit kreativen Ideen anzukurbeln. Doch insgeheim muss Clare sich eingestehen, dass Jack ihr unter die Haut geht – und ihr gemeinsamer Einsatz für die kleine Strandbuchhandlung bringt die beiden ständig zusammen …

## Autorin

Georgie Tilney wuchs in Auckland und Christchurch, Neuseeland, auf und zog als junge Erwachsene nach London, wo sie noch heute lebt. Dort arbeitete sie u. a. als Schauspielerin, Model und Autorin von Radio-Dramen für die BBC und veröffentlichte einige Romane, bevor ihr mit »Beach Rivals« der Durchbruch gelang.

# Georgie Tilney

# Beach Rivals

Keine Insel ist zu klein für die große Liebe

Roman

Aus dem Englischen von Babette Schröder

**GOLDMANN**

Penguin Random House Verlagsgruppe FSC® N001967

1. Auflage
Deutsche Erstveröffentlichung Mai 2024
Copyright © Georgie Tilney 2023
Copyright © der deutschsprachigen Ausgabe 2024
by Wilhelm Goldmann Verlag, München,
in der Penguin Random House Verlagsgruppe GmbH,
Neumarkter Str. 28, 81673 München
Umschlaggestaltung: UNO Werbeagentur, München
Umschlagmotive: Illustration by Anna Morrison,
Art direction by Beci Kelly/TW
Redaktion: Beate De Salve
KS · Herstellung: ik
Satz: KCFG – Medienagentur, Neuss
Druck und Bindung: GGP Media GmbH, Pößneck
Printed in Germany
ISBN: 978-3-442-49502-3

www.goldmann-verlag.de

*Für Amy Jones*

# 1. Kapitel

Clare hatte wie ein normaler Mensch ausgesehen, als sie das Haus verließ. Ganz sicher. Sie hatte sich nicht die Mühe gemacht, sich zu schminken, aber ihre Haut war rein, ihr Haar und ihre Kleidung waren gepflegt gewesen. Sie bildete sich ein, beinahe taufrisch gewirkt zu haben.

Sie holte ihr Handy heraus und betrachtete das Selfie, das sie am Morgen beim Boarding gepostet hatte. Niemand konnte behaupten, sie hätte nicht gestrahlt. Und das ganz ohne Filter! Von denen hielt sie nichts, und mal ehrlich, wer brauchte sie bei diesem Licht schon? Besagtes Licht war die sanfte Morgenröte, bei der sie, dank ihres brutal frühen Flugs, bereits wach gewesen war.

Aber jetzt, in einer Flughafentoilette am anderen Ende der Welt, sah es ganz anders aus. Ihre Haut wirkte leicht verschwitzt, sie war blass, und unter ihren Augen lagen Schatten. Ihr Haar war irgendwie strähnig und trocken zugleich, oben auf dem Kopf platt, doch an den Seiten erstaunlich voluminös.

Wirklich beeindruckend, was ein Sechzehn-Stunden-Flug mit einem Menschen anstellen konnte.

Clare fuhr sich stöhnend mit der Hand übers Gesicht. Sich für den Flug nicht zu schminken, war die richtige Entscheidung gewesen. Keine Schminke im Handgepäck mitzunehmen, die falsche.

Sie spritzte sich etwas Wasser ins Gesicht, versuchte ein letztes Mal, ihr Haar zu so etwas wie Beach Waves zu stylen, und hängte sich ihre Tasche über die Schulter. Nicht der beste erste Eindruck, aber ihr neuer Chef würde das sicher verstehen. Wenn man eine neue Mitarbeiterin unbedingt vom Flughafen abholen wollte, sollte man darauf gefasst sein, dass sie wie eine vertrocknete Schlangenhaut aussah.

Und wenn man unbedingt einen Job am anderen Ende der Welt annehmen wollte, sollte man darauf gefasst sein, dass man total beschissen aussah, wenn man ihn antrat.

»Tja, Clare, schöner wirst du nicht mehr«, sagte sie zu ihrem Spiegelbild und verließ den Waschraum, um sich ihrem neuen Leben zu stellen.

*

Nach einer extrem langen Wartezeit am Gepäckband und der Passkontrolle stand sie regungslos vor den Schiebetüren aus Milchglas – dem letzten Hindernis zwischen ihr und dem neuen Leben, für das sie sich erst vor zwei Wochen aus einer Laune heraus entschieden hatte.

Als sie das Stellenangebot gesehen hatte, war es ihr so einfach vorgekommen. Aber wenn man um zwei Uhr morgens im Bett gedankenverloren auf seinem Handy scrollt, erscheint einem alles einfach.

*Der ultimative Traumjob: Lesen am Strand*, lautete die Überschrift. *Es klingt zu schön, um wahr zu sein, aber diese Buchhandlung möchte dich dafür bezahlen, drei Monate auf Bali zu verbringen. Der einzige Haken? Du musst in dieser Zeit ein paar Bücher verkaufen.*

Clare hatte es ihrer Cousine Lina mit dem Kommentar *OMG! Stell dir vor, das wäre ernst gemeint* weitergeleitet und dann weitergescrollt. Schließlich bewarb sich doch niemand ernsthaft auf solche Stellen, oder? Das waren Luftschlösser. Ein Leben, das man sich ausmalte, wenn die reale Welt zu grau wurde. Ein Gast beschwert sich zu lange über seinen kalten Latte macchiato, und du schließt die Augen und stellst dir vor, du wärst in deiner eigenen kleinen Welt, kämst gerade vom Strand und würdest in deinem eigenen kleinen Laden herumwerkeln, barfuß, lebendig, mit vom Wind zerzaustem Haar.

Deine größte Verantwortung? So viele Bücher wie möglich zu lesen, damit du sie anderen empfehlen kannst. Du stellst dir vor, dass du überraschend gut darin bist. Du entdeckst dein ungeahntes Talent dafür, zu erraten, welches Buch zu einem Menschen passt. Du baust dir einen Ruf auf.

»Oh, ich kaufe nie ein Buch, ohne vorher Clares Meinung einzuholen«, sagen die Leute.

Schließlich wirst du in eine Liste der Hotspots aufgenommen, die jeder Tourist in der Gegend besuchen muss.

*Ohne einen Besuch bei Clares Books ist die Reise nicht vollständig – versucht mal, ohne mindestens fünf druckfrische Taschenbücher zu gehen.*

Und eines Tages geht die Tür auf, und das Ladenglöckchen bimmelt leise. Ein Kunde. Du blickst auf und siehst einen offenbar intelligenten, aber seltsam schüchternen Mann. Du erkennst ihn. Er ist ein Autor, dessen Bücher du liebst.

»Bitte verzeihen Sie«, sagt er. »Dieser Laden verkauft mehr von meinen Büchern als jede andere Buchhandlung.

Ich musste einfach kommen, um mich bei der Person zu bedanken, die sie immer wieder empfiehlt.«

Und du bist für den Rest deines Lebens einfach nur glücklich.

Es ist perfekt.

Aber das ist nicht real, sondern dient nur dazu, dich von der leichten Unzufriedenheit abzulenken, die du die ganze Zeit über spürst. Diese Unzufriedenheit, die dir ständig ein schlechtes Gewissen bereitet, weil du doch schließlich selbst daran schuld bist, dass dein Leben so ist, wie es ist. Oder nicht?

Clare war überaus bewusst, dass sie ihr Potenzial ungenutzt ließ. Sie war immer eine gute Schülerin gewesen und hatte auch eine gute Uni besucht, doch dann war sie an der letzten Hürde gescheitert. Das war unter den gegebenen Umständen zwar verständlich, aber danach hatte sie es nicht geschafft, wieder richtig einzusteigen.

Eigentlich hatte Clare damit gerechnet, am nächsten Morgen eine lustige Nachricht von Lina vorzufinden, in der sie sich ausmalte, wie sie beide für den Job auf Bali alles aufgaben. Anschließend, so hatte sie gedacht, würden sie sich den ganzen Tag per Textmessages über das Leben austauschen, das sie dort führen würden. Aber Lina scherzte nicht, sie antwortete nur mit zwei Wörtern: *Tu es.*

Clare hatte nur gelacht. *Als ob.* Lina musste doch wissen, wie unrealistisch die Idee war.

Aber am Ende hatte Clare es getan. Etwas in ihr klammerte sich hartnäckig an die vage Hoffnung, dass sie sich noch einmal richtig aufraffen und wenn auch nicht alles in

Ordnung bringen, so doch zumindest einen besseren Kurs einschlagen konnte.

Schließlich hatte sie nichts zu verlieren.

Und jetzt war sie hier, und auf der anderen Seite der Tür wartete ein neues Leben auf sie. Aber irgendwie konnte sie nicht hindurchgehen. Denn jetzt war es real und nicht mehr einfach. Reale Dinge waren nicht einfach. Reale Dinge waren kompliziert, erforderten Kompromisse und brachten Fehlschläge mit sich.

»Das ist das Dümmste, was ich je getan habe«, murmelte sie vor sich hin. »Das ist schlimmer, als ein Jahr vor dem Abschluss das Studium zu schmeißen. Schlimmer, als zwei Jahre lang durch die Welt zu tingeln, um sich nicht mit der Tatsache befassen zu müssen, dass man das Studium abgebrochen hat. Schlimmer, als pleite zu sein und im Ausland keinen Job zu finden, sodass man nach Hause zu Mama zurückkehren muss. Schlimmer, als zweimal hintereinander gefeuert zu werden, monatelang auf Zeitarbeit angewiesen zu sein und zu wissen, dass man jetzt nichts mehr aus seinem Leben machen wird.«

Sie konnte nicht genau sagen, inwiefern das hier schlimmer als alles andere sein sollte, aber sie war davon überzeugt. Vielleicht weil sie sich eingeredet hatte, es könnte die Lösung aller Probleme sein, und zugleich wusste, dass sie wieder nur davonlief. Dass dies auch nur ein befristeter Job war, wenn auch bei angenehmerem Klima.

*Schluss jetzt,* dachte sie. *Nur ein befristeter Job, aber einer, der dir den Januar in Surrey erspart.*

Sie atmete einmal tief durch. Dann noch mal. Und noch mal.

*Geh durch die Tür. Du musst durch die Tür gehen. Selbst wenn du die Ankunftshalle nur verlässt, um direkt zur Abflughalle zu gehen und in ein Flugzeug nach Hause zu steigen, musst du da durch.*

Dieser Gedanke gab den Ausschlag.

Nachdem sie also lang genug gezaudert hatte, straffte sie die Schultern und schritt durch die Tür.

# 2. Kapitel

Überall waren Menschen – andere Passagiere, die mit ihren Koffern an ihr vorbeidrängelten, Taxifahrer, die um ihre Aufmerksamkeit buhlten. Sie hatte sich noch nie mit einem Fremden an einem Flughafen getroffen, und plötzlich kam es ihr kompliziert vor. Wie sollte sie die richtige Person erkennen? Würde jemand ein kleines Schild mit ihrem Namen hochhalten? Was, wenn eine andere Clare abgeholt wurde? Warum hatte sie sich in eine derart unsichere Lage gebracht, wenn sie bei jedem neuen Hindernis in Panik geriet? Warum hatte sie auf dem Flug ihre dickste, schwarze Yogahose angezogen, wenn sie in ein tropisches Paradies reiste und gleich nach ihrer Ankunft bei lebendigem Leib gekocht wurde?

Solche Überlegungen hätte sie noch stundenlang anstellen können, aber zum Glück kam ein Retter auf sie zu und sagte: »Clare, ich freue mich, dass Sie sicher gelandet sind.«

Es handelte sich um einen Mann in den Sechzigern, der Clare irgendwie klein vorkam. Er war nicht klein gewachsen, obwohl er nur gut zwei Zentimeter größer war als sie. Und er war auch nicht sehr dünn und schmal, sondern eher etwas rundlich.

Das war es! Er war ein bisschen klein und ein klein bisschen rundlich, und als er lächelte, funkelten seine Augen. Alles zusammen ergab ein charmantes Bild. Genau so stellte sich Clare jemanden vor, der eine Buchhandlung am Strand hatte – oder in einem Märchen.

Mit seiner leichten, cremefarbenen Leinenhose und einem zerknitterten blassblauen Hemd war er weitaus vernünftiger gekleidet als Clare. Er sah aus wie jemand, der in einem Kriminalroman an Bord einer Jacht in einen Mordfall verwickelt wurde.

Sie brauchte einen Moment, dann erkannte sie ihn als den Mann wieder, bei dem sie ihr Vorstellungsgespräch gehabt hatte.

»Oh, Mr Hearn! Ich habe nicht damit gerechnet, dass Sie persönlich kommen würden.«

»Meine Liebe, sag doch Adam zu mir«, bat er sie, und seine Augen funkelten noch lebhafter. »Und wen hätte ich schicken können? Es tut mir leid, dass Lissie nicht mitgekommen ist, aber sie hat was gegen Flughäfen.«

»Kein Problem«, erwiderte Clare, die keine Ahnung hatte, wer Lissie war. »Das verstehe ich.«

Adam hielt den Griff ihres Koffers und rollte ihn neben sich her, während er sie aus dem Terminal führte.

»Celestina wirst du noch kennenlernen«, sagte er so ehrfürchtig, als würde er über Beyoncé sprechen. »Und Jack natürlich.«

»Gut«, sagte Clare, die sich nicht daran erinnern konnte, dass er bei ihrem Vorstellungsgespräch eine dieser Personen erwähnt hatte. Es gab eine Menge zu verarbeiten, aber sicher würde sich am Ende alles fügen.

Sie traten hinaus auf den Parkplatz und in die Morgensonne. Der Himmel leuchtete strahlend blau, und obwohl die Sonne noch ziemlich tief stand, hatte sie den Asphalt bereits aufgeheizt. Für einen Moment war Clare von der Schwüle überwältigt, doch dann umwehte sie eine kleine Brise. Trotzdem fühlte sie sich sofort klebrig und verschwitzt.

Adam hingegen schien die Hitze nicht zu bemerken. Er schlenderte ruhig und zielstrebig über den Asphalt, während Clare atemlos hinter ihm herstapfte und sich das feucht gewordene Haar aus dem verschwitzten Gesicht strich.

»Schöner Morgen«, sagte er über seine Schulter hinweg. »Später könnte es allerdings etwas warm werden.«

»Es wird noch heißer?«, fragte Clare entsetzt.

»Oh ja, Liebes. Es ist ja noch nicht einmal neun.«

Clare hatte kurz die Vision, ihm ihren Koffer zu entreißen und zurück zum Terminal zu sprinten – ob sie nach Hause fliegen oder sich einfach unter der Klimaanlage verkriechen wollte, hatte sie noch nicht entschieden –, aber da wurde sie schon von Adam in ein Auto geschoben.

»Zu spät«, murmelte sie leise.

*

Während das Auto sanft über die Straße glitt, blickte Clare aus dem Fenster. Allmählich ebbte ihre anfängliche Panik ab. Das hier war richtig. Es war perfekt. Das vertraute Gefühl, einen neuen Ort zu entdecken, stellte sich ein, und sie verspürte das Kribbeln der Vorfreude.

Adam fuhr über eine Küstenstraße, die durch eine belebte Gegend führte. Auf der rechten Seite zogen Nachtclubs und Fast-Food-Läden vorbei, und der Strand zu ihrer Linken war bereits von Surfern bevölkert. Sie kannte solche Stellen, es gab sie in jedem Urlaubsort: laute, hektische Straßen mit chaotischem Treiben, gleichermaßen zu herausgeputzt und zu schmutzig, wo an jeder Ecke Junggesellenabschiede gefeiert wurden.

Doch schon bald wichen die Nachtclubs Geschäften und Spas. Auch die Strände veränderten sich: keine Surfer auf der Suche nach frühmorgendlichen Wellen, sondern farbenfrohe Sonnenschirme, die auf die Urlauber warteten.

Clare lächelte voller Vorfreude. Sie konnte es fast schon spüren: die Sonne, die in ihre blasse Winterhaut eindrang; das salzige Meerwasser, das ihren Geist erfrischte; das Rauschen der Wellen, das ihre Seele beruhigte.

*Es ist real,* dachte sie. *Ich bin hier, ich habe es tatsächlich geschafft.*

Sie hatte ein schlechtes Gewissen, weil es sich so gut anfühlte, hier zu sein und wieder weg von zu Hause. Sie wusste, dass es nicht fair war, aber sie konnte nicht anders. Sie hatte sich frei fühlen wollen, und es funktionierte. Es war, als wäre sie durch einen Tunnel gekrochen, der sich hinter einem Poster verbarg, und im Paradies gelandet.

Sie wusste genau, dass sie nicht vor ihrem Zuhause geflohen war, weder vor ihrer Mutter noch vor ihren Jobs, sondern vor sich selbst. Seit sie wieder in ihre Heimatstadt zurückgekehrt war, hatte sie eine Angst in sich gespürt, die sie verunsicherte.

»Wir geben dir natürlich ein paar Tage Zeit, damit du dich akklimatisieren kannst, bevor du im Laden anfängst«, sagte Adam beim Fahren. »Allerdings bist du in der kleinen Wohnung dahinter untergebracht, also kannst du ihn dir schon ansehen. Du musst dich nach der Reise bestimmt etwas ausruhen, aber falls du Gesellschaft brauchst – ich bin den ganzen Tag im Laden.«

»Ich fühle mich eigentlich ganz gut«, versicherte Clare. »Vielleicht erkunde ich ein bisschen die Gegend.«

»Natürlich, wie du willst«, entgegnete Adam und fuhr in eine Parklücke.

Die Fahrt zur Buchhandlung hatte eine gute halbe Stunde gedauert, und noch bevor sie richtig durchatmen konnte, landete Clare in der ernüchternden Realität.

In der Fantasiebuchhandlung, die sie sich bis ins letzte Detail ausgemalt hatte, läutete eine Glocke, wenn die Tür aufging. Der Fantasieladen war auf charmante Weise unordentlich, ohne überfüllt zu wirken, luftig und hell, aber trotzdem gemütlich – ein Paradoxon, das in einem Tagtraum funktionierte. Es gab Tische mit Neuerscheinungen und Empfehlungen, Regale, die so voller Bücher waren, dass manche quer darüberlagen. Eine breite Holztreppe führte in den zweiten Stock, wo Sessel und zierliche Tische mit Büchern dazu einluden, zu verweilen und zu lesen.

Die echte Buchhandlung sah anders aus.

Adam führte sie vom Auto zu einer einfachen Ladenfront mit einem staubigen Schaufenster. Die Buchhandlung lag etwas abseits vom Strand, wo der Sand allmählich in stoppeliges Gras überging, aber noch genug davon da war, um sich über die Türschwelle zu schieben. Die Buchhandlung sah aus, als wäre sie einmal blau gestrichen gewesen, doch die Farbe war verwittert und ausgeblichen, und das Schild mit der Aufschrift *Seashore Books* würde vermutlich schon in wenigen Monaten nicht mehr zu entziffern sein.

Die Tür öffnete sich mit einem knarzigen Quietschen. Der Laden war unordentlich, ja, aber nicht auf eine heimelige Art: Er war eng und ungemütlich. Trotz des strahlenden Morgens draußen war es hier drin muffig und düster. Zu allem Überfluss hing vor der schmutzigen Fensterscheibe auch noch ein dicker schwarzer Vorhang. In der Nähe der Tür standen ein paar Tische, auf denen sich Bücher stapelten, aber das Angebot wirkte wahllos und unorganisiert. Und während die Bücher in manchen Regalen dicht gedrängt standen, gab es in anderen Regalen Lücken. Eine schmiedeeiserne Wendeltreppe führte zu einer Art Galerie hinauf, war jedoch mit einem Seil abgesperrt, an dem ein Schild mit der Aufschrift *Nur für Personal* hing. Dort oben war es dunkel, und überall schienen Kartons herumzustehen.

»Was sagst du?«, fragte Adam und lächelte über Clares erstaunten Blick.

Clare lachte. Natürlich konnte sie nicht erwarten, die Buchhandlung ihrer Träume vorzufinden, aber sie war doch überrascht, wie weit die Realität davon abwich. Der Laden sah aus, als hätte sich seit Monaten, vielleicht sogar seit Jahren niemand mehr richtig um ihn gekümmert.

Sie fragte sich, was genau von ihr erwartet wurde. Die Anzeige und das Vorstellungsgespräch hatten ihr den Eindruck vermittelt, es handele sich um einen lockeren Job, bei dem man hauptsächlich am Strand saß, doch offensichtlich musste der Laden ganz gründlich auf Vordermann gebracht werden.

Clare sah zu Adam, der immer noch auf eine Antwort wartete.

»Ja.« Sie nickte. »Es sieht toll aus.«

»Ich fürchte, deine beiden Vorgänger haben einiges zum Aufräumen hinterlassen.«

»Oh, Gott sei Dank! Ich hatte schon Angst, du sagst jetzt: ›Ich habe ein System‹, und dass ich nichts ändern darf.«

Adam lachte. »Es ist eine Weile her, dass ich etwas mit dem System hier zu tun hatte. Aber mach dir bitte nicht zu viele Gedanken über den Zustand des Ladens. Du bist hier, um die Zeit zu genießen. Komm, die Wohnung ist auf der Rückseite.«

Die Wohnung war winzig, aber das störte Clare nicht. Es gab ein kleines Wohnzimmer mit einer Küchenzeile. Von dort führte eine Tür ins Badezimmer, eine ins Schlafzimmer und eine dritte vermutlich zu einer Besenkammer.

»Es tut mir leid, dass es nur ein Einzelbett ist«, entschuldigte sich Adam. »Aber sonst hätten wir keinen Platz für einen Kleiderschrank gehabt.«

»Ach, schon in Ordnung«, erwiderte Clare. »Ich will schließlich nicht den ganzen Tag im Bett verbringen.«

Als sie merkte, was sie gesagt hatte, errötete sie bis an die Wurzeln ihrer dunkelroten Haare.

Sie hüstelte verlegen, aber Adam zwinkerte ihr nur zu.

»Gut. Wenn du dich noch hinlegen willst, bevor du auf Erkundungstour gehst, kannst du es testen. Solltest du etwas brauchen, ich bin im Laden.«

Allein in der Wohnung atmete Clare tief durch und schüttelte sich. Es ging ihr gut. Das hier war gut. Es war sogar prima. Ja, der Laden sah chaotisch aus, aber er lag direkt am Strand. Adam schien nett zu sein und sie zu mögen. Allerdings hatte ihre letzte Chefin auch nett gewirkt und den Eindruck erweckt, Clare zu mögen, bis sie sie gefeuert hatte.

Aber es gab keinen Grund zu der Annahme, dass Adam das Gleiche tun würde. Man musste sich schon ziemlich anstrengen, um bei einem dreimonatigen Ferienjob gefeuert zu werden.

Was wohl passieren konnte, wenn sie tatsächlich gefeuert wurde? Würde man sie sofort nach Hause schicken? Wahrscheinlich müsste sie jemand anderem Platz machen.

Sie stellte sich vor, wie sie nach zwei Wochen wieder zu Hause aufkreuzte und ihrer Mutter sagen musste, dass sie zum dritten Mal in weniger als zwei Jahren gefeuert worden war.

Clare fuhr sich mit den Händen übers Gesicht und stöhnte. Vielleicht sollte sie sich zwanzig Minuten aufs Ohr hauen.

Sie warf ihre Tasche auf den Boden, legte sich aufs Bett und schloss die Augen.

# 3. Kapitel

Clare hatte ihr Studium mit einundzwanzig Jahren abgebrochen, nachdem ihr Vater gestorben war. Ihre Mutter war verständnisvoll gewesen und hatte sie ermutigt, sich die Zeit zu nehmen, die sie brauchte, um dann frischen Mutes zurückzukehren. Und als Clare zwei Jahre lang mit dem Rucksack um die Welt gereist war, hatte ihre Mutter nichts dagegen einzuwenden gehabt.

»Viele Leute machen ein Sabbatjahr«, hatte sie gesagt. »Es ist gut, andere Länder und Kulturen kennenzulernen.«

Als Clare zurückgekehrt war, hatte ihr Zimmer auf sie gewartet. Ihre Mutter war bereit gewesen, sie zu unterstützen, bis sie sich in einem neuen Job eingewöhnt hatte und sich eine eigene Wohnung suchen konnte.

Und als sie das erste Mal gefeuert worden war, hatte ihre Mutter das Ganze sehr philosophisch betrachtet.

»Auf dem Arbeitsmarkt weht ein harter Wind«, hatte sie gesagt. »Du wirst schon etwas anderes finden.«

Erst als Clare zum zweiten Mal gefeuert wurde, schlug ihre Mutter vor, dass sie ihr Studium abschließen sollte. Clare versprach, darüber nachzudenken, und meinte es ernst. Doch als dann der September kam und verging, ohne dass sie etwas unternahm, fing ihre Mutter an, sich Sorgen zu machen.

Sie wollte wissen, warum Clare nicht zurück an die Uni gehen wollte, und Clare hatte keine gute Erklärung dafür.

Dann wollte sie wissen, warum Clare in letzter Zeit keine Vorstellungsgespräche gehabt hatte, warum es sie nicht zu kümmern schien, ob sie einen neuen festen Job fand, und warum sie aufgehört hatte, sich darum zu bemühen.

Am Abend nachdem Clare die Anzeige der Buchhandlung am Strand gesehen hatte, stocherte sie in ihrem Abendessen herum, und als sie aufsah, stellte sie fest, dass ihre Mutter sie mit einer Sorgenfalte zwischen den Augenbrauen beobachtete.

»Irgendwelche vielversprechenden Neuigkeiten bei der Jobsuche?«, hatte sie gefragt.

»Tut mir leid, Mum. Es wird sich schon etwas ergeben. Die Leute kommen doch gerade erst aus den Weihnachtsferien zurück.«

Ihre Mutter sah sie traurig an. »Ich … ich mache mir einfach Sorgen um dich, Clare. Du bist nicht glücklich. Du versuchst nicht einmal, glücklich zu sein.«

»Ich versuche, nicht unglücklich zu sein.«

»Ich weiß«, sagte ihre Mutter. »Ich weiß, dass du deinen Vater vermisst«, fügte sie nach einem Moment hinzu. »Ich vermisse ihn ja sogar selbst, dabei waren wir schon ein Jahrzehnt geschieden, als er gestorben ist. Aber du hast noch dein ganzes Leben vor dir.«

»Es geht nicht um Dad. Ich weiß nicht, was los ist.«

»Ich wüsste nur gern, was du vorhast«, hakte ihre Mutter nach. »Es ist nicht richtig, in deinem Alter noch zu Hause zu wohnen und jeden Monat den Job zu wechseln.«

Clare wusste, dass ihre Mutter es nur gut meinte, aber sie konnte ihr keine befriedigende Antwort geben.

»Ich weiß nicht, was mit mir nicht stimmt«, sagte sie später am Abend, als sie mit Lina telefonierte. »Sie hat ja recht. Ich sollte mir eine feste Stelle suchen – einen Job, von dem ich leben kann –, ausziehen und erwachsen werden.«

»Wahrscheinlich«, pflichtete Lina ihr bei. »Tante Maggie hat meiner Erfahrung nach oft recht. Du könntest dich aber auch bei der Buchhandlung auf Bali bewerben.«

»Ich weiß. Würde ich ja gern.«

»Komm schon!« Lina lachte. »Warum nicht? Du könntest den Job bekommen – und dem langen, grauen, englischen Januar entkommen.«

»Ich wette, auf solche Stellen bewerben sich Tausende von Leuten. Den Job würde ich nicht bekommen.«

»Irgendjemand muss ihn bekommen.«

»Ja, irgendjemand muss auch im Lotto gewinnen.«

»Hör zu, du hast offensichtlich einen Durchhänger«, sagte Lina und klang nun etwas energischer. »Du tust dir keinen Gefallen damit, wenn du nur noch grübelst. Mach was Ungewöhnliches! Und was kostet es dich schon? Es ist nur eine weitere Bewerbung.«

Clare zögerte kurz.

»Sollte ich nicht versuchen, mir eine feste Stelle zu suchen?«, fragte sie dann. »Sollte ich nicht herausfinden, was ich langfristig beruflich machen will?«

»Vielleicht. Aber das herauszufinden, ist ein langfristiges Ziel. Kurzfristig solltest du mal ein bisschen Party machen. Dann hast du vielleicht mehr Energie, um Entscheidungen zu treffen. Und wer weiß, vielleicht kommen dir da ja auch ein paar Ideen.«

»Meinst du?«

Lina war Hochzeitsfotografin und hatte die ersten zehn Jahre nebenbei als Empfangsdame gejobbt. Seit ein paar Jahren konnte sie ganz vom Fotografieren leben, wobei Clare wusste, dass ihre Auftragslage immer noch recht schwankend war.

»Woher wusstest du, dass du Fotografin werden willst?«, wollte Clare wissen.

»Na ja, ich habe schon immer gern mit Kameras herumgespielt und meine Freundinnen fotografiert«, antwortete Lina. »Dann bat mich eine von ihnen, auf ihrer Hochzeit zu fotografieren, weil sie sich keinen Profifotografen leisten konnte, und da habe ich … Ich fand es einfach toll.«

»Macht es dir immer noch Spaß? Jetzt, nachdem …«

»Meistens. Die Akquise nervt manchmal, aber das Fotografieren an sich macht mir immer noch Spaß.«

Clare fiel nichts ein, was sie so sehr liebte wie Lina die Fotografie – so sehr, dass sie sich zehn Jahre lang abrackern würde, nur um es als Beruf ausüben zu können.

»Weißt du, ich hatte das nie so geplant«, verriet Lina. »Ich habe einfach den Job gemacht, der anstand. Und dann den nächsten. Und dann habe ich weitergemacht, weil ich Spaß daran hatte, und jetzt ist es mein Beruf. Es ist in Ordnung, unsicher zu sein, aber das sollte einen nicht davon abhalten, Dinge auszuprobieren. Risiken einzugehen.«

Nachdem sie aufgelegt hatte, rief Clare erneut die Anzeige auf. Es kam ihr immer noch unmöglich vor, immer noch wie ein Traum.

*Tu es,* hörte sie Linas Stimme in ihrem Kopf. *Tu es.*

Also tat sie es. Sie schrieb eine Bewerbung. Ein Zoom-Interview und ein Wunder später hatte sie den Job.

Anschließend musste sie nur noch eine Autofahrt zum Bahnhof, eine siebzigminütige Zugfahrt zum Flughafen und schließlich einen brutal langen Flug überstehen.

Clares Mutter fuhr sie zum Bahnhof. Clare hatte befürchtet, dass sie versuchen würde, sie davon abzuhalten. Dass sie verärgert sein würde, weil sie davonlief – weil sie *wieder* davonlief –, aber sie schien eher erleichtert zu sein.

*Sie wird doch wohl nicht froh sein, mich loszuwerden,* überlegte Clare. *Es gibt doch sicher einen anderen, netteren Grund.*

Sie bogen gerade auf den Bahnhofsparkplatz ein, als ein Zug abfuhr.

»War das dein Zug?«, fragte Maggie.

»Natürlich«, erwiderte Clare und überprüfte auf dem Handy den Fahrplan. »In zwanzig Minuten kommt der nächste. Ich habe genug Zeit eingeplant, um zum Flughafen zu kommen. Das ist nicht meine erste Reise, Mags.«

Zu ihrer Überraschung schaltete ihre Mutter den Motor aus und löste den Sicherheitsgurt.

»Schon okay«, sagte Clare. »Du musst nicht mit reinkommen und mit mir warten.«

Maggie sah sie an. »Sei nicht albern. Ich werde dich drei Monate lang nicht sehen. Natürlich komme ich mit rein und warte.«

Clare hievte ihren Riesenkoffer aus dem Auto und schnallte sich den Rucksack auf die Schultern, dann gingen sie zum Bahnhof, um auf dem Bahnsteig zu warten.

»Es tut mir leid«, entschuldigte sich Clare, während sie schrecklichen Bahnhofskaffee tranken.

»Was tut dir leid?«

»Ich weiß nicht, ob ich schon wieder weglaufe.«

»Hast du das Gefühl, dass du wegläufst?«, fragte ihre Mutter.

Clare zuckte mit den Schultern und legte die Hände um den heißen Pappbecher.

Maggie seufzte. »Ich bin nicht böse, weil du gehst. Ich bin froh, dass du eine Entscheidung getroffen hast.«

»Eine spontane, leichtsinnige Entscheidung«, erwiderte Clare mit einem schiefen Lächeln.

»Ach, Clare. Ich habe von dir Spontaneität und Leichtsinn erwartet, seit du zwei Jahre alt warst. Ich habe die spontane, leichtsinnige Clare vermisst.« Sie biss sich auf die Lippe und schien nach den richtigen Worten zu suchen. »Ich bin froh, dass du etwas tust, worauf du dich zu freuen scheinst«, sagte sie schließlich. »Es war für mich im letzten Jahr nicht leicht auszuhalten, dass du dich einfach so hast treiben lassen. Dass du so gelangweilt warst. Als du klein warst, hast du dich nie gelangweilt; du hattest ständig neue Pläne. In letzter Zeit war es, als hättest du das verloren. Als könntest du dich einfach nicht entscheiden. Als wüsstest du nicht, was du willst.«

Clare schwieg. Sie wollte ihrer Mutter gegenüber nicht zugeben, wie recht sie hatte und wie viel Angst ihr das bereitete. Nicht nur, weil sie nicht wusste, was sie mit sich anfangen sollte, sondern auch, weil sie befürchtete, dass es da draußen nichts gab, was sie wirklich wollte.

Ihre Mutter saß neben ihr und blickte auf die Bahngleise.

»Hör mal, ich freue mich, dass du das machst«, versicherte sie. »Ich glaube, es wird dir guttun. Aber es sind nur drei Monate. Und was dann? Kommst du anschließend zurück und machst einfach so weiter wie bisher?«

Sie drehte sich zu Clare um, die auf den Pappbecher in ihren Händen starrte.

»Clare, ich möchte, dass du in diesen drei Monaten darüber nachdenkst, wie es danach weitergehen soll. Willst du an die Uni zurückgehen? Willst du einen bestimmten Beruf ergreifen? Willst du einen soliden, zuverlässigen, langweiligen Bürojob annehmen, der es dir ermöglicht, dich einem ausgefallenen Hobby zu widmen? Was auch immer es ist, ich werde dich unterstützen, aber du musst dich entscheiden. Wenn du dich nur weiter von einem Job zum nächsten hangelst, dann … weiß ich nicht, ob ich dich weiterhin zu Hause wohnen lassen sollte.«

Clare riss den Kopf herum und sah ihre Mutter an.

»Maggie!«, rief sie. »Wirfst du mich etwa raus?«

Ihre Mutter lächelte schief. »Nenn mich nicht Maggie«, sagte sie. Dann seufzte sie. »Clare, du bist fünfundzwanzig, du solltest von zu Hause flüchten. Aber ja, ich schmeiße dich wohl raus.«

Sie schüttelte leicht die Schultern und wirkte dabei, als wäre sie ziemlich stolz auf sich.

»Herrgott, Mum, gibt es wenigstens eine Schonfrist?«

»Ich glaube schon. Schließlich wirst du einen Jetlag haben.«

Clare musste unwillkürlich lachen. »Okay, toll. Ich

komme also zurück, habe ein paar Tage Zeit, um mich zu erholen, und dann ist alles vorbei.«

Der Zug fuhr in den Bahnhof ein, und Clare und ihre Mutter standen auf. Clare schulterte ihre Tasche und umarmte Maggie etwas ungeschickt.

»Hab dich lieb, Mum.«

»Ich dich auch. Hab Spaß. Aber denk auch ein bisschen über das nach, was du tun willst.«

»Klar, natürlich, Mum. Ich werde ein bisschen darüber nachdenken, was ich mit dem Rest meines Lebens anfangen will.«

Clare stieg in den Zug ein, warf ihren Rucksack auf den Boden und ließ sich auf den Fensterplatz fallen. Also kein Druck.

Sie schloss die Augen und ließ den Kopf nach hinten sinken, der Rhythmus des Zuges beruhigte sie. Alles würde gut werden. Sie hatte drei Monate Zeit. Drei Monate voller Sonne, Meer und Bücher.

Das war doch genug Zeit, um Zukunftspläne zu schmieden.

*

Jetzt, zwanzig Stunden und zwölftausend Kilometer später, hallte Clare beim Einschlafen die Forderung ihrer Mutter in den Ohren …

Als sie ein paar Stunden später aufwachte, wusste sie, dass noch jemand in der Wohnung war. Zuerst hätte sie nicht sagen können, woher sie es wusste, aber nach einem Moment hörte sie ganz deutlich, dass sich dort jemand bewegte. Es klang, als würde jemand mit nackten Füßen über den Holzfußboden tappen.

Adam wirkte nicht wie ein Typ, der vorbeikam, wann es ihm passte, aber wer sollte es sonst sein?

Clare setzte sich auf und lauschte angestrengt. Etwas knarrte. Vielleicht hatte sich jemand auf die Couch gesetzt. Wer nahm sich das Recht, in ihre (vorübergehende) Wohnung zu kommen und sich auf ihre (vorübergehende) Couch zu setzen?

Einen Moment lang wusste sie nicht, was sie tun sollte. Sie ärgerte sich etwas über sich selbst. Immerhin war sie zwei Jahre lang allein unterwegs gewesen; sie wusste sehr wohl, sich zu schützen. Aber nur weil hier ein Job auf sie wartete, hatte sie jegliche Vorsicht fahren lassen.

Doch dann richtete sich ihre Wut nach außen. Diese mikroskopisch kleine Wohnung war für die nächsten drei Monate ihr Zuhause. Wie konnte es irgendein Fremder wagen, ihr Angst einzujagen?

Sie kniff die Augen zusammen, stand auf und stürmte ins Wohnzimmer.

»Wer zum Teufel bist du?«, fragte sie wütend.

Die Gestalt auf der Couch drehte sich zu ihr um und zog eine dunkle Augenbraue hoch.

»Ich bin Jack«, sagte er und wandte sich wieder dem Laptop auf seinen Knien zu.

Clare blinzelte in die Stille.

»Und was hast du hier zu suchen?«, fragte sie etwas lascher als geplant.

Jack seufzte und drehte sich wieder zu ihr um.

»Ich wohne hier«, antwortete er.

»Nein, das stimmt nicht, ich wohne hier.«

»Schon mal gehört, dass sich zwei Menschen eine Wohnung teilen?«

»Aber es gibt kein weiteres Bett …«

Clare verstummte, als sie bemerkte, dass die dritte Tür jetzt offen stand. Anscheinend befand sich dort ein anderes Schlafzimmer mit einem weiteren Bett, neben dem ein offener Koffer auf dem Boden lag.

»Oh«, sagte Clare.

Adam hatte einen Jack erwähnt, als er sie vom Flughafen abholte, oder? Und hatte er während des Vorstellungsgesprächs nicht von einer anderen Person gesprochen?

Sie konnte sich nicht genau erinnern. Sie war davon ausgegangen, dass sie mit Adam zusammenarbeiten würde, und hatte nicht weiter nachgefragt. Aber dieser Jack musste aus demselben Grund hier sein wie sie.

»Das war mir nicht klar«, gestand sie. »Wir wohnen also zusammen?«

»Sieht so aus.«

*Fantastisch.* Drei Monate in einer Wohnung so groß wie ein Schuhkarton, und das mit einem seltsamen, arroganten Mann.

»Bist du gerade angekommen?«, fragte Clare.

»Jepp.« Der Punkt am Ende seiner Antwort war deutlich zu hören. Er schien entschlossen zu sein, ein richtiges Gespräch um jeden Preis zu vermeiden.

Clare verdrehte die Augen und ging in die Küche, um nach Kaffee zu suchen.

»Es ist noch nichts da«, sagte Jack, als sie einen Schrank öffnete. »Adam hat aber gesagt, dass er uns bald Vorräte bringt.«

Clare neigte den Kopf zur Seite und sah ihn zum ersten Mal richtig an. Sein dunkles Haar war kurz geschnitten, und die Augen, die fest auf den Bildschirm seines Laptops gerichtet waren, dunkelbraun. Gerade hatte er sie zusammengekniffen, aber eigentlich waren sie groß und ausdrucksvoll.

Jack hatte einen amerikanischen Akzent, aber nicht sehr ausgeprägt, so als hätte er viel Zeit außerhalb der Staaten verbracht. Er trug eine dunkle Hose und ein graues Hemd, das sich um seine Schultern spannte. Über der Armlehne des Sofas lag ein Sakko und – sie blickte auf die Schuhe neben der Tür – ja, er trug Oxford-Schuhe. Sie kam zu dem Schluss, dass er eindeutig gut aussah, wenn auch ein wenig zu glatt.

Und er war etwas zu schroff. Sie wollte diesen schroffen Mann – diesen unhöflichen Mann – nicht attraktiv finden. Und schon gar nicht, wenn sie drei Monate lang mit ihm in dieser Miniwohnung festsaß.

»Ziehst du dich in den Tropen immer so an?«, fragte sie deshalb.

Er blickte zu ihr hoch. »Und du?«

Clare sah an sich hinunter und errötete. Sie trug immer noch die Yogahose und das weite Flanellhemd, was für die Fahrt zum Flughafen in der eisigen Londoner Morgendämmerung sinnvoll gewesen war. Den Mantel hatte sie ihrer Mutter gegeben, als sie in den Zug gestiegen war, trotzdem war sie immer noch eindeutig winterlich gekleidet.

Sie verzog das Gesicht, senkte die Nase zu ihrer Schulter und roch, wie sie hoffte, unauffällig daran.

»Ich glaube, ich gehe duschen, wenn du nichts dagegen hast«, sagte sie dann.

»Ganz bestimmt nicht«, erwiderte er und klang dabei … War er etwa erleichtert? »Ganz und gar nicht.«

# 4. Kapitel

Als Clare aus der Dusche kam, war die Wohnung leer, worüber sie ziemlich erleichtert war. Bei der Hitze wollte ihre Feuchtigkeitscreme nicht richtig einziehen, also setzte sie sich in ihrem Morgenmantel ein paar Minuten vor den Ventilator und wartete darauf, dass das klebrige Gefühl von ihrer Haut verschwand.

Sie wusste nicht so recht, was sie davon halten sollte, dass sie sich eine derart kleine Wohnung mit einem Fremden teilen sollte, aber sie konnte das Beste daraus machen. Schließlich wollte sie ohnehin nicht viel Zeit hier verbringen. Außerdem, wenn zwei Leute im Laden arbeiteten, hatte sie vermutlich ziemlich viele freie Tage und damit auch viel Zeit, um die Strände und den Dschungel von Bali zu genießen.

Nach dem Eindruck zu urteilen, den sie von Seashore Books gewonnen hatte, konnte sie sich nicht vorstellen, dass der Umsatz die Anwesenheit von drei Vollzeitkräften rechtfertigte. Doch als sie jetzt so darüber nachdachte, war sie sich plötzlich nicht mehr sicher, ob Adam überhaupt die ganze Zeit dort sein würde. Offenbar war er bei den vorherigen Buchhändlern nicht da gewesen, sonst würde der Laden vermutlich anders aussehen.

Nun ja. Sogar zwei Leute kamen ihr für diesen Laden viel vor.

*Es ist eine Schande,* dachte sie. *Seashore Books könnte so cool sein, so direkt am Strand. Aber offensichtlich hat sich schon lange niemand mehr richtig darum gekümmert.*

\*

Als Clare den Rückweg zum Laden antrat, war schon Nachmittag, und sie hatte einen Bärenhunger. Sie war inzwischen viel passender gekleidet, hatte sich Jeansshorts und ein T-Shirt angezogen. Ihr Haar war noch nicht ganz trocken und kringelte sich so vorwitzig in die Stirn, dass es wie Absicht wirkte. Als sie in den Spiegel geblickt hatte, war sie mehr oder weniger zufrieden mit sich gewesen.

Adam schien der gleichen Meinung zu sein.

»Ja, jetzt wirst du dich viel wohler fühlen«, sagte er, als sie den Laden betrat.

Clare lachte. »Mochtest du den dicken Flanell an mir nicht?«

»O doch, natürlich«, antwortete er lächelnd, »aber das hier passt besser. Wie Betty Boop in der Waschanlage.«

»Genau das wollte ich erreichen«, behauptete Clare.

»Jetzt müssen wir ein paar wichtige Dinge besprechen«, sagte Adam in geschäftsmäßigerem Ton. »Erstens: Ihr müsst heute Abend zu uns zum Essen kommen. Lissie besteht darauf.«

»Ja, natürlich, das klingt …«

»Zweitens werde ich euch in den nächsten Tagen noch freigeben, damit ihr euch akklimatisieren, euch vom Jetlag erholen und euch kennenlernen könnt.«

Clare sah sich um und stellte fest, dass sie und Adam

34

nicht allein waren. Jack stand etwas weiter hinten im Laden und hielt ein Buch in den Händen. Auch er hatte sich dem Wetter entsprechend umgezogen, allerdings hatte er sich für einen professionelleren, formelleren Look entschieden. Während Clare Sandalen trug, steckten seine Füße in Bootsschuhen; während sie ihre Beine zur Schau stellte, trug er eine makellose, hellbraune lange Hose; und während sie ihr T-Shirt lässig in der Taille geknotet hatte, war sein rauchblaues Hemd, obwohl aus zerknittertem Leinen, ordentlich in den Hosenbund gesteckt. Sein einziges Zugeständnis daran, dass er sich auf einer Ferieninsel befand, waren die hochgekrempelten Ärmel. Was ihm gut stand.

Er schien zu merken, dass er beobachtet wurde, und sah von dem Buch in seinen Händen zu Clare und Adam hoch. Sofort veränderte sich die Atmosphäre im Raum, wenn auch nur für eine Millisekunde. Er wirkte etwas verschlafen, als würde er aus einem Traum erwachen. Seine Überraschung war sympathisch, irgendwie liebenswert.

Sein Blick begegnete Clares, und sie schluckte. Hastig sah sie nach unten, wo ihr die Muskeln in seinen Unterarmen auffielen. Sie bewegten sich, als er das Buch in seinen Händen umdrehte. Ja, hochgekrempelte Ärmel standen ihm unbestreitbar gut.

*Meine Güte, Clare! Hör auf damit. Er hat vorhin gesagt, dass du stinkst. Im Grunde hat er es dir gesagt. Also starr nicht so auf die schönen Arme dieses Mannes.*

Sie zwang sich, wieder zu seinem Gesicht hochzublicken, und betrachtete ihn genauer. Es musste doch irgendeinen Makel geben. Etwas, was jegliche Anziehung sofort im

Keim erstickte. Er war nicht besonders groß – vielleicht eins fünfundsiebzig –, aber neben Clares knappen eins sechzig wirkte er so. Er sah sie etwas zu durchdringend aus seinen dunkelbraunen Augen an und verzog den Mund zu einem schiefen Lächeln.

Die Schultern unter dem zerknitterten Hemd wirkten wohlgeformt – muskulös, nicht massig –, und Clare fragte sich, ob sie ihm einen Strandausflug vorschlagen sollte. Nur so, als Experiment, ohne weitere Absichten.

So weit, so gut, aber das war nicht das Ziel der Übung gewesen.

Da war noch das Haar. Ja. Jacks dunkles Haar war so gepflegt, dass es geradezu brav wirkte. Ein sorgfältiger, akkurater Schnitt, mit etwas Gel an Ort und Stelle gehalten, aber nicht so viel, dass es glänzte und hart wurde. Ein typischer Business-Haarschnitt, der sagte: »Ich bin nicht zum Spaß hier, ganz gleich wie schief ich grinse.«

*Schon besser. Konzentrier dich auf den braven Haarschnitt, nicht auf die wohlgeformten Schultern oder die muskulösen Unterarme.*

Ihr Blick fiel auf seine Hände.

*Verdammt.*

Clare riss ihre Aufmerksamkeit von Jack los und richtete sie auf den Raum, dann wandte sie sich wieder an Adam.

»Danke, das ist sehr aufmerksam. Ein paar Tage Eingewöhnungszeit klingen perfekt.«

»Von wegen aufmerksam, das sind Erfahrungswerte«, entgegnete Adam. »Ich habe gesehen, welche Katastrophen passieren, wenn man jemanden direkt nach einem Zwölf-

Stunden-Flug hinter die Kasse setzt. Und jetzt ab mit euch beiden. Ihr habt bestimmt Hunger. Esst zu Mittag, erkundet den Ort, lernt euch kennen.«

Clare drehte sich wieder zu Jack um, dessen schiefes Lächeln erloschen war. Die Aussicht, sie kennenzulernen, schien ihn ziemlich zu entsetzen.

*Wunderbar*, dachte Clare. *Das könnten lange drei Monate werden.*

*

»Also, wollen wir irgendwo etwas essen gehen?«, schlug Clare vor, als sie und Jack den Laden verließen.

Die Buchhandlung gehörte zu einer Reihe von Geschäften, die sich entlang eines kleinen Strandabschnitts befanden. Clare sah eine Modeboutique, ein Nagelstudio und ein paar kleine Restaurants, die alle direkt auf den Strand hinausgingen. Der makellose weiße Sand schmiegte sich warm um ihre Füße und rieselte zwischen ihre Zehen. Ein Stückchen weiter unten am Strand entdeckte sie die Sonnenschirme, die sie vom Auto aus gesehen hatte und die sich als leuchtende rote und orange Tupfen vom blauen Meer abhoben. Ihre Wölbung wurde von einer Spitze gekrönt, und an den Seiten hingen Troddeln.

Mit geschlossenen Augen wandte sie das Gesicht der Sonne zu und spürte, wie die Wärme in ihren Körper sickerte. Sie atmete die salzige Luft ein und lächelte. Das hier war wirklich das Paradies.

Als sie die Augen öffnete, blickte Jack auf sie herab. Der ironische Zug um seinen Mund trat noch deutlicher hervor als im Laden. Vermutlich ihretwegen. Es konnte gar nicht anders sein, und das nervte sie. Er hatte kaum mit ihr geredet – er hatte es vermieden, mit ihr zu reden –, und jetzt verzog er den Mund bei ihrem Anblick? Wahrscheinlich war er voller Vorurteile und hielt sie für seltsam.

Sie stellte ihre Füße etwas fester auf, schluckte und warf den Kopf zurück, als hätte sie nicht bemerkt, dass er sie wie ein seltsames Insekt musterte.

»Wir könnten uns etwas von einem Imbisswagen holen und am Strand essen?«, schlug sie vor.

»Oh, würdest du das gern tun?«

»Klar, das mache ich eigentlich immer am ersten Urlaubstag. Ich suche mir ein einfaches, billiges Gericht, das typisch für das Land ist, und esse draußen. Wolltest du in ein Restaurant gehen oder so?«

»Aha. Im Urlaub also.«

»Ja«, antwortete Clare langsam. »Ein Arbeitsurlaub, natürlich. Aber es war ja nur ein Vorschlag. Was wolltest du denn essen?«

»Darüber habe ich mir noch gar keine Gedanken gemacht. Ich dachte, ich besorge mir einfach ein paar Lebensmittel und esse zu Hause.«

»An deinem ersten Tag hier?«

»Ich wüsste nicht, warum der erste Tag etwas so Besonderes sein sollte.«

Clare öffnete den Mund und schloss ihn wieder. Sie musste einen Moment nachdenken, bis sie wusste, was sie erwidern sollte. Nachdenklich presste sie die Lippen aufeinander und ging los. Als Jack sich umdrehte und ihr folgte, war sie etwas überrascht, obwohl sie eigentlich gar nicht genau wusste, weshalb.

»Es ist so, als würde man jemanden kennenlernen und beschließen, ihm auf unbestimmte Zeit keine Fragen zu stellen«, sagte sie schließlich. »Nicht nach seinem Namen, nicht nach seinem Beruf, nicht danach, was er dort macht, wo man ihn getroffen hat. Es ist, als würde man ihm einfach die Hand schütteln und wieder gehen. Und in diesem speziellen Fall tust du das mit einem Ort, an dem du die nächsten drei Monate verbringen wirst. Du bist gerade deinem neuen Zuhause vorgestellt worden und würdest es ignorieren, weil du lieber in der Wohnung sitzt.«

»Aber in diesem Fall bleibt doch noch viel Zeit, um alles kennenzulernen. Wenn man jemanden trifft, von dem man weiß, dass man viel Zeit mit ihm verbringen wird, muss man sich doch nicht beeilen. Ich denke, man kann diese Fragen immer noch stellen. Und hoffentlich auch bessere Fragen.«

»Aber bei der ersten Gelegenheit, ein wenig in Erfahrung zu bringen – willst du erst mal gar nichts wissen?«

»Das würde ich so nicht sagen. Man kann auch einiges über einen Menschen herausfinden, ohne ihn auszufragen.«

Clare starrte ihn an. »Du meinst, du könntest etwas über Menschen erfahren, ohne mit ihnen zu sprechen?«

»Nicht alles.« Jack zuckte mit den Schultern. »Aber einiges.«

Clare schüttelte den Kopf. »Aber du erfährst mehr, wenn du dir ein bisschen Mühe gibst«, widersprach sie. »Wenn du dich richtig engagierst.«

»Erfahre ich Tiefschürfendes über Bali, wenn ich mir etwas Billiges zu essen kaufe und es am Strand verspeise?«

»Ich habe nicht behauptet, dass es tiefschürfend wäre. Aber zumindest fühlst du dich am nächsten Tag schon etwas heimischer.«

Jack antwortete nicht sofort, und als sie weitergingen, warf Clare ihm einen Seitenblick zu. Seine Stirn war leicht gerunzelt.

»Warum ist es am besten, sich als Erstes etwas Billiges vom Imbiss zu besorgen und es draußen zu essen?«

»Hör auf, mir die Worte im Mund umzudrehen«, blaffte Clare und war selbst überrascht, wie gereizt sie klang. Sie hatte Jack gerade erst kennengelernt, und schon nervte er sie. Dabei musste sie mit ihm zusammenwohnen und -arbeiten. Drei volle Monate lang. »Ich habe nicht gesagt, dass es *am besten* ist, einen Urlaub so zu beginnen. Ich habe nur gesagt, dass *ich* das gern mache.«

»Gut«, sagte Jack etwas kurz angebunden. »Warum machst du es gern?«

Clare antwortete nicht sofort. Sie hatte eigentlich nie darüber nachgedacht. Es war eine dieser Gewohnheiten, die man entwickelte, ohne es zu bemerken. Die ersten paar Male war sie wahrscheinlich einfach nur hungrig irgendwo angekommen. Und sie war immer mit wenig Geld gereist und hatte versucht, so lange wie möglich damit auszukommen. Aber irgendwann war daraus eine Gewohnheit geworden, die eine tiefere Bedeutung für sie hatte. Eine Möglichkeit, sich in einer neuen Umgebung einzuleben, sich dort wohlzufühlen.

»Ich glaube, weil es so etwas ist, das man zu Hause ganz selbstverständlich tut, ohne darüber nachzudenken. Es ist kein Ereignis, weißt du? Nichts, was man plant oder wofür man sich schick anzieht. Man denkt einfach: *Es ist ein schöner Tag, und ich habe Hunger,* dann holt man sich etwas, das man im Park oder wo auch immer isst.«

»Und das macht es zu einer besseren Einführung als ein Essen in Balis feinstem Sterne-Restaurant?«

»Oh, in so etwas gehe ich sowieso nie«, gab Clare lachend zurück. »Aber wenn wir es mit der Art von netten Restaurants vergleichen, die ich mir leisten kann, dann ja. Es ist ein lockerer Einstieg, ohne irgendwelches Chichi.«

»Wie wenn man jemanden zufällig bei der Gartenarbeit kennenlernt und nicht auf einer Galaveranstaltung.«

Clare lachte. »Genau. Ja.«

Für einen Moment bildete sie sich ein, zu ihm durchzudringen und dass sie sich vielleicht verstehen könnten, aber als sie ihn ansah, lag nicht einmal der Anflug eines Lächelns auf Jacks Gesicht. Er hielt den Blick beim Gehen starr geradeaus gerichtet und hatte die Hände in die Taschen geschoben.

Clare atmete aus. Sie war zu erschöpft für so etwas.

»Weißt du«, sagte sie und deutete ein Stück weit vor sich. »Da sind Imbissstände. Holen wir uns etwas.«

Es gab eine Reihe kleiner Karren, die Pfannen voller Reis und Nudeln anboten. Der Duft der Speisen und Gewürze stieg Clare in die Nase, und plötzlich hatte sie das Gefühl, jeden Moment vor Hunger zu sterben. Sie suchte sich einen Stand aus und stellte sich in die Schlange.

»Du hast dich für den mit der längsten Schlange entschieden«, stellte Jack fest. »Vielleicht sollten wir woanders hingehen.«

»Tu das, wenn du willst. Aber wenn du sonst keinen Anhaltspunkt hast, wähle immer den Stand mit der längsten Schlange. Denn wahrscheinlich stehen die Leute dort nicht ohne Grund an.«

Zwanzig Minuten später saß sie mit einer Pappschachtel Nasigoreng in der Hand auf einem weißen Sandstrand und blickte auf das wundervoll blaue Meer, während neben ihr eine charismatische Nullnummer saß. Eine gut aussehende Nullnummer, aber dennoch eine Nullnummer, die entschlossen zu sein schien, nur das absolut Nötigste zur Unterhaltung beizutragen.

»Siehst du? Es ist köstlich«, stellte Clare fest, nachdem sie ein paar Bissen gegessen hatte.

»Stimmt«, bestätigte Jack. »Punkt für Clara.«

»Clare.«

»Richtig. Sorry. Clare.«

Sie aßen einige Minuten schweigend weiter. Clare hatte ihre Sandalen ausgezogen und grub die Füße in den warmen Sand. Einige Leute lagen auf Liegestühlen und großen Sitzsäcken, einige gingen im seichten Wasser spazieren. Clare konnte sich gut vorstellen, einen ganzen Tag hier zu verbringen und in der Sonne zu lesen.

Sie wandte sich wieder an Jack.

»Also, warum hast du dich bei dem Buchladen beworben?«, fragte sie und versuchte, locker zu klingen und das Gespräch in Gang zu halten, obwohl sie bildlich gesprochen das Gefühl hatte, einen Sack voll nassen Sand einen steilen Hügel hinaufzuschleppen.

»Ich dachte, es wäre ein gutes Praktikum.«

»Wofür?«

»Ich habe gerade meinen Master gemacht und fange in ein paar Monaten einen Job an. Ich dachte, ich nutze die Zeit bis dahin, um zu erfahren, wie ein kleines Unternehmen funktioniert.«

»Ach so. Klar.«

Jack antwortete nur mit einem Grunzen.

Clare unternahm einen weiteren Versuch. »Warum gerade dieses kleine Unternehmen?«

»Ich war seit meiner Teenie-Zeit nicht mehr auf Bali. Ich habe es vermisst.«

Clare starrte ihn an. »Du lässt mich die ganze Zeit davon quatschen, was man tun sollte, wenn man zum ersten Mal auf Bali ist, und warst schon mal hier?«

»Ich bin hier praktisch aufgewachsen«, erklärte Jack.

Er grinste, und plötzlich funkelten seine Augen. Dann griff er nach ihrer leeren Pappschachtel und streifte bei der Übergabe ihre Hand, wobei Clare eine Art Stromstoß durchzuckte.

»Ich glaube, ich könnte ein Nickerchen vertragen. Wir sehen uns später.« Jack ging zurück in Richtung Laden und warf unterwegs die Pappschachteln in einen Abfalleimer.

Clare starrte ihm verwirrt hinterher.

Wer war dieser Typ?

# 5. Kapitel

Den restlichen Nachmittag über erkundete Clare gemäch-
lich die Gegend. Wenn sie sich irgendwo zu lange hinsetzte,
würde sie sicherlich wieder einschlafen und später die ganze
Nacht wach sein. Zu ihren Reiseregeln gehörte es, am ersten Tag nie etwas anderes als etwas zu essen zu kaufen, aber
sie schlenderte an Ständen und Geschäften vorbei und
merkte sich die Läden, zu denen sie später zurückkehren
wollte.

Um kurz vor fünf ging sie zur Buchhandlung. Adam hatte
mit Rücksicht auf Clares und Jacks Jetlag vorgeschlagen,
früh zu Abend zu essen. Jetzt unterhielt er sich mit Jack vor
dem Laden, oder vielmehr plauderte Adam, und Jack erwiderte gelegentlich etwas.

»Ah, da ist ja unser neuer Verkaufsstar«, sagte Adam, als
sie auf die beiden zuging. »Großartig. Sind wir alle wach,
haben alle überlebt?«

Clare lächelte. »Bis jetzt. Aber ich entschuldige mich
schon im Voraus für den Fall, dass ich nachher mit dem
Gesicht in den Suppenteller fallen sollte.«

»Keine Sorge, meine Liebe«, meinte Adam. »Sollte das
passieren, wird Lissie es dir in dem Teller so bequem machen,
dass es dir vorkommt, als würdest du in deinem eigenen Bett
schlafen.«

Die Sonne stand schon tief am Himmel, als Adam mit

ihnen am Flughafen vorbei und auf die südliche Halbinsel hinausfuhr. Im Abendlicht wirkte das Grün des Waldes irgendwie unwirklich. Magisch. Sie fuhren an einigen schick aussehenden Resorts und Hotels vorbei, doch als sie weiter hinaufkamen, wurden es immer weniger und vor ihnen lag eine ruhige, menschenleere und atemberaubend grüne Straße. Adam plauderte mehr oder weniger ununterbrochen, sodass Clare und Jack überwiegend schweigend die Aussicht genossen.

Schon bald hielten sie vor einem eleganten Bungalow, und Adam führte sie hinein.

»Wir sind da, Liebes«, rief er von der Tür aus.

Eine Erscheinung betrat den Eingangsbereich.

»Lissie, Liebes, das sind Clare und Jack, unsere neuen Buchhändler. Das ist Celestina Lai, meine Frau.« Als er sie vorstellte, bekam seine Stimme einen warmen Klang, und Clare fragte sich, ob die beiden erst seit Kurzem verheiratet waren.

Celestina war groß und unbeschreiblich elegant. Sie trug einen fließenden goldenen Kaftan, der den warmen Braunton ihrer Haut zum Leuchten brachte, und das silberne Haar fiel ihr in sanften Wellen über den Rücken.

»Willkommen, willkommen, meine Engel«, flötete sie mit leiser Stimme. »Ihr müsst ja vollkommen erschöpft sein.«

Sie ging auf Clare zu, umfasste ihr Kinn, hob es an und blickte ihr in die Augen.

»Ja, du bist richtig«, sagte sie. »Eine Seelenverwandte, glaube ich.«

Clare schluckte und fühlte sich mit einem Mal seltsam verletzlich. Bei jedem anderen hätten diese Worte prätentiös und künstlich gewirkt, aber Celestina hatte trotz all ihrer Extravaganz etwas Geerdetes an sich.

Anschließend ging sie zu Jack und legte ihm die Hände auf die Wangen.

»Du willst nicht, dass ich es sehe«, sagte sie, »aber es ist da. Ja. Da ist etwas.«

Clare blickte zu Jack, weil es sie interessierte, wie er das alles aufnahm. Er runzelte die Stirn und schien leicht verwirrt zu sein.

»Nun, Liebster«, sagte Celestina zu Adam und ließ Jacks Gesicht los, »diesmal hast du es besser gemacht. Diesmal könnte es etwas Besonderes sein.«

»Gut, gut«, erwiderte Adam. »Sie werden es sicher gut machen.«

»Ihr habt ein schönes Zuhause«, sagte Clare.

»Ja, nicht wahr?«, entgegnete Celestina und sah sich mit einem verträumten Lächeln im Raum um. »Wir haben es im vorigen Jahrhundert für einen Spottpreis gekauft, und seitdem ist es ein Traum.«

Dann waren sie also nicht frisch verheiratet, dennoch wirkten sie ein bisschen so.

»So würde ich das nicht sagen«, schaltete sich Adam ein. »Es war schon sehr baufällig, und es hat Jahre gedauert, es bewohnbar zu machen.«

Celestina machte eine wegwerfende Handbewegung. »Ja, aber darum musste ich mir ja keine Gedanken machen. Darum hast du dich ja gekümmert.«

Clare konnte sich ein Grinsen nicht verkneifen. Sie hatte noch nie eine derart charmante Person getroffen. Celestina konnte sicher so ziemlich alles sagen, was sie wollte, und es war trotzdem immer entzückend.

»Jetzt kommt mit ins Esszimmer, und macht es euch bequem.«

Selbst Jack stockte der Atem, als sie den nächsten Raum betraten. Er war elegant eingerichtet, in einem tiefen, satten Blau gestrichen, und überall an den Wänden hingen Bilder. Aber der eigentliche Star war die Südwand.

Als sie ins Haus gekommen waren, hatte es wie ein normaler Bungalow in einer ruhigen, baumbestandenen Wohnstraße auf einem Hügel gewirkt, der auf beiden Seiten von üppigem Grün umgeben war. Doch jetzt sah Clare, dass sie sich auf einer Klippe befanden und auf den Indischen Ozean blickten.

Die gesamte Wand bestand aus einer gläsernen Schiebetür, die zur Seite gezogen war und eine spektakuläre Aussicht bot. Im Westen versank die Sonne im tiefblauen Meer und färbte den Himmel rosa und orange. Im Osten gingen die Sterne auf und funkelten in einer solchen Fülle, wie Clare es noch nie gesehen hatte, und ringsumher ertönte Vogelgezwitscher.

Clare nahm das alles in sich auf. Sie hatte heute schon viele schöne Orte gesehen und gespürt, wie die sonnendurchtränkte Atmosphäre des Urlaubsortes sich auf sie übertrug, aber das hier – das war magisch.

Adam blickte in Clares und Jacks staunende Gesichter und kicherte.

»Ja«, sagte er, »nicht schlecht, oder?«

Celestina klatschte sanft in die Hände. »Und jetzt, Cocktails?«

»Natürlich, natürlich«, sagte Adam und ging zu einer Bar an der gegenüberliegenden Wand.

*

Zwei Old Fashioned und einen herrlichen Sonnenuntergang später war Clare mit sich und der Welt im Reinen.

Celestina erhob sich von ihrem Stuhl, als würde sie bei der Oscarverleihung den Preis für den besten Film verkünden.

»Wir sollten wohl allmählich essen. *Mon cher*, such uns doch einen Wein aus. Ein weißer wäre passend.«

Clare erhob sich deutlich weniger elegant von ihrem Platz.

»Kann ich dir beim Auftragen helfen?«, bot sie an.

»Meine Liebe, Hilfe in der Küche lehne ich niemals ab.«

Clare folgte Celestina durchs Haus.

»Es duftet fantastisch«, schwärmte sie, als sie die Küche betraten, wo eine große Anzahl von Pappschachteln auf der Arbeitsplatte verteilt standen.

»Jetzt muss ich dir mein dunkelstes Geheimnis anvertrauen«, sagte Celestina.

»Die Küche ist nicht gerade deine Stärke?«, fragte Clare.

»Untersteh dich! Ich glänze in der Küche. Essen anzurichten, ist meine große Stärke. Ich habe nur keine Lust, richtig kochen zu lernen.«

»Ich bin mir nicht sicher, ob ich eine große Hilfe beim Anrichten bin«, gestand Clare.

»Dann bringst du mir die Teller und siehst zu, wie kunstvoll ich sie gestalte.«

Es wurde sofort deutlich, dass Celestina nicht übertrieben hatte. Sie packte eine Schachtel nach der anderen aus – ohne Clare zu verraten, woher die Speisen stammten – und richtete alles sorgfältig auf Tellern und Platten an. Durch irgendeine Form der Kunst oder Magie, die Clare nicht nachvollziehen konnte, sah es schließlich sogar noch besser aus, als es duftete.

»Du und Adam scheint hier ein sehr schönes Leben zu haben«, bemerkte Clare, während sie arbeiteten. »Ist er deinetwegen hergezogen?«

»Es war eher andersherum. Ich bin zwar auf Bali geboren, aber nicht hier aufgewachsen. Meine Eltern sind nach Kalifornien gezogen – nach Malibu, Schätzchen –, als ich noch ein Baby war. Wir waren natürlich oft zu Besuch hier, aber ich habe nie auf Bali gelebt. Adam und ich kamen her, kurz nachdem wir uns kennengelernt hatten, und er hat sich sofort in die Gegend verliebt.«

Während Celestina die Teller sorgfältig garnierte, sah sich Clare in der Küche um. Der Raum war zwar geräumig, aber viel minimalistischer eingerichtet als das Esszimmer, ein einziges gerahmtes Foto hing an der Wand. Darauf war ein etwa zwanzig oder dreißig Jahre jüngerer Adam zu sehen, der mit einem großen indonesischen Mann auf einem Balkon saß. Es schien irgendwo im Mittelmeerraum aufgenommen zu sein. Die beiden saßen an einem kleinen Cafétisch, die Oberkörper leicht einander zugeneigt, zwischen ihnen halb ausgetrunkene Weingläser.

Celestina bemerkte, dass Clare das Foto betrachtete, und trat neben sie.

»Ich liebe dieses Foto«, sagte sie. »Mein Lieblingsbild aus der PCÄ.«

Clare sah verwirrt zu ihr hoch.

»Pre-Celestina-Ära, meine Liebe.«

»Ist es seltsam für dich?«, fragte Clare. »Fotos von euch aus der Zeit zu sehen, meine ich.«

»Es gibt ein paar alte Fotos, die ich mir lieber nicht anschaue, aber ich bin immer noch ich. Sie ist da drin, sie weiß es nur noch nicht, obwohl sie es schon ahnt.« Celestina streichelte liebevoll ihr früheres Gesicht auf dem Foto. »Jeder von uns setzt sich aus allen seinen Lebensphasen zusammen. Es gibt immer wieder Zeiten, in denen wir nicht ganz wir selbst sind. Aber das bedeutet nicht, dass diese Zeiten nicht wichtig oder schön sind.«

»Das ist sehr poetisch ausgedrückt«, erwiderte Clare.

»Ja, bin ich nicht wunderbar?«, fragte Celestina. »Wirklich, ich liebe dieses Bild von Adam. Sieh ihn dir an. Wie sehr er mich liebt.«

Sie hatte recht. Adam blickte sie an, als könnte er nicht den Blick von ihr losreißen. Aber auch so, als wüsste er, dass es niemals nötig sein würde.

»Ich habe mich manchmal gefragt, warum ich nie Angst hatte, ihm zu sagen, wer ich wirklich bin. Eigentlich hätte ich Angst haben müssen. Das ist eine große Herausforderung für einen Menschen, und viele Beziehungen überleben das nicht. Aber …« Für einen Moment verstummte sie und betrachtete das Foto. »Schon damals hat er mich gesehen, verstehst du? Wirklich mich. Er wusste nicht, dass er eine Frau vor sich hatte, aber er wusste instinktiv, wer ich bin. Tief in meinem Inneren.«

Clare war sprachlos. Plötzlich fühlte sie sich klein und allein. Sie glaubte nicht, dass jemals jemand so tief in sie hineingeschaut hatte, und es schien ihr unmöglich zu sein, dass es jemals jemandem gelingen würde.

# 6. Kapitel

Die nächsten Tage verliefen einigermaßen friedlich. Clare war bereit, Jack kennenzulernen und sich mit ihm zu unterhalten, wenn es sich ergab, strengte sich aber nicht sonderlich an, mit ihm warm zu werden, nur um ihm ein Lächeln zu entlocken.

Adam weigerte sich kategorisch, sie in der Buchhandlung arbeiten zu lassen, bevor sie sich ein paar Tage erholt hatten. Also erkundete Clare in den nächsten Tagen die Strände und Märkte in der Umgebung.

Sie gönnte sich tatsächlich einen ganzen Tag am Strand in der Nähe des Ladens und mietete sich einen bunten Sitzsack und einen Sonnenschirm. Dort lag sie und las und stand nur auf, um sich etwas zu essen oder zu trinken zu besorgen.

Sie schlenderte über den bunten Markt, feilschte um Sarongs und Halsketten und suchte Souvenirs für ihre Mutter und Lina aus. Etwas weiter westlich entdeckte sie einen ruhigeren Strand mit weniger Restaurants und Bars und ging im klaren blauen Meer schwimmen. Sie erkundete den Osten und besuchte den Surfstrand, den sie am ersten Tag von Adams Auto aus gesehen hatte. Während sie den Surfern zusah, nahm sie sich vor, es selbst einmal auszuprobieren, auch wenn sie sich nicht für ein Naturtalent hielt.

Noch immer sehnte sie sich jeden Abend gegen halb

neun oder neun nach ihrem Bett, darum wollte sie lieber etwas warten, bevor sie einige der Clubs ausprobierte, an denen sie vorbeigekommen war. Sie würden schließlich auch noch da sein, wenn sie sich besser an die Zeitverschiebung gewöhnt hatte.

Sie wusste nicht, wie Jack seine Zeit verbrachte, aber sie hegte einen Verdacht. Als sie am zweiten oder dritten Tag nach dem Mittagessen in die Wohnung zurückkam, um sich umzuziehen, weil sie sich bekleckert hatte, saß er mit seinem Laptop auf der Couch.

Unwillkürlich musste sie lachen. »Du weißt schon, dass das da draußen ein Paradies ist, oder?«

Jack wirkte leicht verlegen. »Oh«, sagte er und – Moment, wurde er etwa rot? »Ja. Ich wollte nur ein paar Sachen aufarbeiten.«

Clare hob eine Augenbraue, sagte jedoch nichts weiter. Was musste er wohl aufarbeiten, wenn er seinen Master in der Tasche und seinen Job noch nicht angetreten hatte? Doch das ging sie nichts an.

Als sie am nächsten Tag vom Schwimmen kam, saß er unter einem Sonnenschirm im Sand, den aufgeklappten Laptop vor sich.

»Schon besser«, rief sie ihm im Vorbeigehen zu. »Nicht viel, aber immerhin.«

Er nickte nur, ohne den Blick vom Bildschirm zu lösen.

Abgesehen davon beschränkte sich Clares Kommunikation mit Jack auf »Guten Morgen« und »Was dagegen, wenn ich jetzt dusche?«. Das und ein gemurmeltes »Entschuldige«, wenn sie sich morgens in der Kochecke an ihm vorbeidrängte, um an die Milch für ihren Morgenkaffee zu kommen. Dabei bemerkte sie, dass er gut roch – eine Erkenntnis, auf die sie ganz und gar nicht erpicht gewesen war.

Und sie hatte sich vielleicht ein- oder zweimal dabei ertappt, wie sie auf Jacks Unterarme gestarrt hatte, als er in der winzigen Küche Gemüse schnippelte, aber das war ja wohl normal. Nur ein paarmal zu starren, war normal, und schließlich hatte er sie nicht dabei erwischt.

Nach vier oder fünf Tagen wurde Clare allmählich unruhig, darum war sie erleichtert, als Adam Jack und ihr endlich erlaubte, ihr neues Arbeitsleben zu beginnen.

\*

Adam führte die beiden zügig in die Abläufe ein.

»Es kommt eigentlich nur auf die ganz praktischen Dinge an: Wie man Bücher verkauft, wie man Bücher bestellt, wo die Kasse ist … Ich hoffe immer, dass die Leute die Initiative ergreifen und dem Laden ihren eigenen Stempel aufdrücken, aber ich glaube, die meisten wollen mir nicht auf die Füße treten und lassen deshalb alles so, wie es ist. Aber darüber braucht ihr euch wirklich keine Gedanken zu machen. Solange ihr hier seid, könnt ihr den Laden als euren eigenen betrachten.«

»Arbeitest du nicht mit uns zusammen?«, fragte Clare erstaunt.

»Oh, nein«, erwiderte Adam. »Ich bin praktisch im Ruhestand, das überlasse ich euch. Aber natürlich könnt ihr mich anrufen, wenn ihr Hilfe braucht.«

»Musst du uns nicht in die Buchhaltung einführen?«,

fragte Jack im selben Moment, in dem Clare sich erkundigte, ob der Laden einen Instagram-Account habe.

»Oh, um die Buchhaltung braucht ihr euch nicht zu kümmern«, sagte Adam leichthin zu Jack. »Das habe ich nie selbst gemacht, den langweiligen Kram habe ich immer weggegeben. Und ich glaube, vor ein paar Jahren hat jemand einen Instagram-Account eingerichtet – die Zugangsdaten findet ihr wahrscheinlich in dem Notizbuch unter der Kasse.«

Er holte es heraus und reichte es Clare. Es musste schon einige Jahre alt sein und enthielt Notizen, die von *Bob holt Donnerstag den kaputten Stuhl ab* bis hin zu *Gab ein kleines Feuer in der Küche. Jetzt gelöscht* reichten.

Clare blätterte, bis sie die Login-Daten für Instagram fand, rief den Account auf und sah ihn sich an. Als Profilbild diente eine unscharfe Aufnahme vom Logo des Ladens, und der Feed bestand ausschließlich aus Selfies – an Stränden, vor Wasserfällen, in Nachtclubs. Es gab kein einziges Bild aus der Buchhandlung. Wäre in den Informationen nicht von Büchern die Rede gewesen, hätte niemand gewusst, wofür der Account gedacht war, und selbst dort hieß es nur »Bali, Bücher und Babes«.

Jack blickte über Clares Schulter auf ihr Handy.

»Ich glaube, das ist eher dein Metier«, stellte er fest.

Clare riss den Kopf hoch. Glaubte er etwa, sie würde auch solche Sachen posten?

Er hatte sich bereits von ihr entfernt und betrachtete nun die Kassenbelege. Na ja, egal. Es *war* ihr Bereich.

»Ist es in Ordnung, wenn ich das Ganze überarbeite?«,

fragte sie Adam. »Und vielleicht einige dieser alten Beiträge lösche?«

»Oh, tu, was du für richtig hältst. Ich sehe mir das nie an.« Clare hatte den Eindruck, dass Adam ihnen bisher nur oberflächlich gezeigt hatte, wie der Laden funktionierte, aber er schien es für ausreichend zu halten und ging nach ein paar Stunden wieder.

»Wirkt er nicht etwas zu, ich weiß nicht …«

»Gleichgültig?«, fragte Jack. »Es scheint ihn eigentlich gar nicht zu interessieren.«

»Ich verstehe das nicht. Wenn ihn der Laden nicht interessiert, warum macht er sich dann so viel Mühe? Alle drei Monate neue Mitarbeiter einzustellen, wenn er doch einfach einen Geschäftsführer engagieren und ihm alles überlassen könnte … Alternativ könnte er den Laden auch verkaufen.«

»Vermutlich nimmt ihm das den Druck. Offensichtlich macht es ihm nichts aus, wenn seine Mitarbeiter die ganze Zeit am Strand verbringen und Selfies machen.«

Die Art, wie er es sagte, irritierte Clare. Es klang, als würde er ihr gute Nachrichten überbringen. Als glaubte er, dass sie sich darüber freuen würde.

»Denkst du etwa, das ist alles, was *ich* tun werde?«, fragte sie.

»Ich habe keine Ahnung, was du tun wirst. Ich kenne dich ja kaum.« Er ging zurück zum Kassenbuch und ließ Clare blinzelnd stehen. »Wenn ich nur wüsste, wo die Nummer von Adams Buchhalter ist …«

*

Clare überließ Jack seinen detaillierten Aufzeichnungen darüber, wann Leute der Kasse Geld für eine Packung Teebeutel entnommen hatten, und ging durch den Laden, um eine Bestandsaufnahme zu machen. In den Regalen herrschte ein einziges Durcheinander, die Bücher waren offenbar einfach immer dorthin gepackt worden, wo gerade Platz war. Anscheinend hatte sich niemand die Mühe gemacht, einzelne Bücher besonders zu präsentieren und mit dem Cover nach vorn aufzustellen, es gab keine Leseempfehlungen, keine Stellflächen für Bestseller oder Neuerscheinungen.

Clare hatte sich noch nie Gedanken darüber gemacht, wie man Buchläden führte, aber sie hatte viel Zeit darin verbracht. Ihr Vater und sie hatten eine Tradition gepflegt: Am ersten Tag der Schulferien war er mit ihr in eine Buchhandlung gegangen, wo sie sich für dreißig Pfund alle Bücher aussuchen durfte, die sie haben wollte. Dabei durfte sie sich mit der Entscheidung so viel Zeit lassen, wie sie brauchte. So kam es, dass sie mit elf bereits *The Shining* gelesen, aber auch die meisten ihrer Lieblingsautoren entdeckt hatte. Mit dreizehn in den Herbstferien Amy Tan, mit acht in den Weihnachtsferien Terry Pratchett. Sie kaufte sich *Hogfather – Schaurige Weihnachten*, und ihr Vater las ihr am Weihnachtsabend daraus vor. Bis Silvester lasen sie dann auch noch *Gevatter Tod* und *Einfach göttlich* durch. Jane Austen mit sechzehn, im Sommer.

Beim Stöbern in Buchläden hatte sie sich immer sicher gefühlt. Geerdet. Klein, aber auf eine gute Art, als ob sie ein Universum umgäbe, das sie langsam und in aller Ruhe erkunden konnte und in dem es immer etwas zu lernen und zu sehen geben würde.

Diese Buchhandlung erzeugte bei ihr nicht dieses Gefühl. In dem schmutzigen Schaufenster lagen auf einem staubigen schwarzen Tuch drei ausgeblichene Taschenbücher. Es sah aus, als hätte jemand vor zehn Jahren begonnen, eine Auslage zu gestalten, und dann vergessen, sie zu beenden. Die Tische im vorderen Bereich waren mit einem wahllosen Sammelsurium von Taschenbüchern beladen.

Nach einer halben Stunde überkam sie das dringende Bedürfnis, etwas zu verändern, und sie wusste auch schon, wo sie anfangen wollte. Allerdings war sie etwas unsicher und nervös. Es kam ihr so vor, als würde sie in etwas eingreifen, das ihr eigentlich nicht gehörte, auch wenn Adam gesagt hatte, sie solle den Laden als ihren betrachten. Außerdem hatte sie so etwas noch nie gemacht. Sie wusste zwar, was sie wollte, und sah es im Geiste bereits vor sich, fürchtete aber, dass die Umsetzung katastrophal aussehen könnte.

Sie schloss die Augen und sprach sich Mut zu.

*Tu es einfach, Clare,* sagte sie zu sich selbst. *Schlimmer als jetzt kann der Laden nicht aussehen.*

Sie schluckte, öffnete die Augen und ignorierte das mulmige Gefühl im Bauch, dann machte sie sich an die Arbeit.

Sie durchwühlte den Laden und den kleinen Lagerraum nach Kisten und Trittleitern – nach allem, was ihr als Ablage dienen konnte. Dabei entdeckte sie ein paar verstaubte alte Lampen, und in Schränken und Regalen fand sie Putzmittel. Sie sammelte alles in der Ecke neben dem Schaufenster, dann trat sie hinaus, betrachtete die Auslage und überlegte, was sie verändern könnte.

Schließlich ging sie zu Jack.

»Ich muss ein paar Dinge besorgen«, sagte sie. »Kann ich etwas Geld haben?«

Jack, der anscheinend gerade Berechnungen anstellte, blickte zu ihr hoch.

»Warum?«, wollte er wissen. »Wozu?«

»Wir müssen die Schaufensterauslage erneuern.«

»Die Schaufensterauslage?«

»Ja, damit der Laden nett aussieht und Kunden anzieht.«

»Ich muss erst ausrechnen, was wir ausgeben können.«

»Vergiss es«, erwiderte Clare. »Ich bezahle es einfach selbst.«

Jack wollte noch etwas sagen, aber Clare war schon durch die Tür. Sie war plötzlich so voller Tatendrang und Energie, dass sie sich nicht von finanziellen Bedenken aufhalten lassen wollte.

Auf dem Markt war es voll und laut, dort pulsierte das Leben. Schweiß prickelte auf Clares Haut, während sie zwischen den Ständen hindurchlief und den Rufen der Verkäufer widerstand, die wunderschön gearbeitete Ledertaschen und bunten Schmuck feilboten.

In dem Gedränge erreichte sie nicht mal eine sanfte Meeresbrise, sodass Clare vor Hitze – und auch vor Hunger – beinahe umkam. Als sie alles gefunden hatte, was sie brauchte, bahnte sie sich einen Weg hinaus und trat erleichtert wieder an die Luft. Sie besorgte für Jack und sich eine Kleinigkeit an einem Imbisswagen und machte sich auf den Rückweg.

»Ich hab dir was zu essen mitgebracht«, sagte sie beim Hereinkommen. »Tut mir leid, ich weiß, ich war eine Ewigkeit weg.«

Jack gab dem Kunden, den er gerade bedient hatte, sein Wechselgeld und widmete sich wieder seinen Berechnungen.

»Ist okay. Wie schon gesagt, ich glaube nicht, dass es Adam interessiert.«

»Wenn du eine Pause machen und etwas essen willst, kümmere ich mich hier um alles.«

»Vielleicht gleich«, sagte Jack, ohne aufzublicken.

Clare verdrehte die Augen und ließ ihn in Ruhe. Hastig schlang sie ihr Mittagessen herunter und machte sich dann an die Arbeit. Drei Stunden lang eilte sie hin und her und vergaß dabei fast, dass Jack auch noch da war. Gelegentlich kamen Kunden herein, aber er schien keine Hilfe zu benötigen, also ließ sie ihn in Ruhe. Jedes Mal, wenn jemand an die Kasse kam, wirkte er etwas verdutzt, brachte dann aber den Verkauf glatt über die Bühne, auch wenn er nicht viel mit den Kunden plauderte.

Schließlich war Clare fertig. Verschwitzt, schmutzig und so zufrieden mit sich, dass es an Selbstgefälligkeit grenzte, stand sie draußen und begutachtete mit einem erschöpften Lächeln ihr Werk.

»Willst du es dir ansehen?«, rief sie Jack zu.

Er brauchte einen Moment, bis er sie entdeckte. Auch er wirkte erschöpft, als er sich mit der Hand durchs Gesicht strich, aufstand und seinen Rücken dehnte, bevor er nach draußen ging.

Die Fensterscheibe glänzte, und die alten Lampen, die

Clare zu beiden Seiten der Auslage aufgestellt hatte, tauchten sie in ein warmes Licht. Auf sorgfältig arrangierten Hockern, Kisten und Tischen lag jeweils ein Stapel aus drei oder vier Büchern, mit dem Einband nach außen; das oberste hatte sie aufgeschlagen. Ein Stapel bestand aus Klassikern, oben auf Jane Austens *Emma*, ein anderer aus einigen unterhaltsamen Neuerscheinungen, gekrönt von einem Roman von Emily Henry. *Die sieben Monde des Maali Almeida* lag auf einem Stapel mit Literaturpreisträgern. Dahinter hing ein durchsichtiger, cremefarbener Baumwollstoff, der das Schaufenster vom Laden trennte, jedoch noch Licht hereinließ. Außerdem hatte Clare mit Fingerfarbe einen großen Kreis aus blauen und grünen Strahlen um den Namen des Ladens gemalt, der dort in goldenen Lettern stand: *Seashore Books*.

»Jetzt muss ich ein bisschen recherchieren, was sich gut verkauft, vor allem an Flughäfen und in anderen Urlaubsregionen. Um Kunden in den Laden zu locken, sollten wir dafür sorgen, dass die Leute von den Büchern hier schon gehört haben. Und wenn ich erst einmal drinnen alles aufgeräumt habe, können wir die Gaze abnehmen, damit die Leute hineinsehen können. Wobei mir der Effekt irgendwie gefällt. Man sieht gerade genug, um es spannend zu machen. Oder wird man eher davon angelockt, wenn alles neu sortiert ist?«

»Ich glaube, du hast recht. Mir gefällt die Gaze auch«, sagte Jack.

Clare sah ihn überrascht an. Mit einem Kompliment hatte sie nicht gerechnet.

»Es gefällt dir?«

»Es ist auf jeden Fall viel besser als vorher«, sagte er, was das Lob wieder etwas relativierte. Das Schaufenster hätte auch besser als vorher ausgesehen, wenn Clare es nur leer geräumt und geputzt hätte.

»Ah, da habe ich die Latte ja beeindruckend hoch gelegt. Ich werde bald an der Olympiade der Schaufenstergestalter teilnehmen.«

»Hast du die Quittungen?«, fragte Jack.

»Warum?«

»Gib sie mir einfach.«

Clare fischte sie aus ihrer Tasche und reichte sie ihm. Daraufhin ging Jack wieder hinein und öffnete die Dose mit dem Geld.

»Oh, mach dir deshalb keine Gedanken«, sagte Clare. »Ich habe doch gesagt, ich übernehme das.«

»Nimm es einfach«, sagte Jack. »Aber ich muss für diese Ausgaben eine Finanzplanung machen.«

»Jaja. Danke.«

Clare ging wieder nach draußen und fotografierte sorgfältig das Schaufenster mit dem leuchtenden Namen des Ladens in der Mitte. Anschließend öffnete sie Instagram und tauschte das unscharfe alte Profilbild aus. Dann rief sie wieder nach Jack.

»Komm noch mal ganz kurz nach draußen.«

Langsam trat er auf sie zu. Bevor er Einspruch erheben konnte, drehte sie ihn um, zog ihn an ihre Seite und stellte sich auf die Zehenspitzen, damit sie besser zusammen in den Bildausschnitt passten. Sie streckte den Arm aus, achtete darauf, dass der Name des Ladens hinter ihren Köpfen deutlich zu sehen war, und machte ein paar Schnappschüsse.

»Ich werde nicht nur Selfies posten«, sagte sie. »Versprochen.«

»Schon okay.« Jack lachte schwach. »Ich meine, das ist gut. Aber ein oder zwei sind in Ordnung, denke ich.«

Clare sah ihn an. Er wirkte, als würde er sich etwas unwohl fühlen. Noch immer standen sie so dicht beieinander, dass sie die Wärme seiner Haut spüren konnte.

»Gut.« Sie räusperte sich und trat einen Schritt zurück. »Nur um dem Ganzen eine persönliche Note zu geben.«

»Ja, ich hab's verstanden.« Er nickte etwas verlegen und ging wieder hinein.

Clare bearbeitete das Foto, dann lud sie es hoch. Sie wirkte müde, aber glücklich. Ihr fiel auf, dass ihre Augen leuchteten, was sie schon eine Weile nicht mehr getan hatten. Lächelnd tippte sie eine Bildunterschrift:

*Hallo, liebe Leser von Bali. Wir sind Jack und Clare, und wenn wir erschöpft aussehen, liegt das daran, dass wir es sind. Wir werden uns die nächsten drei Monate hier um Seushore Books kümmern und haben heute den ganzen Tag geschuftet und uns mit dem Laden vertraut gemacht. Wir freuen uns sehr darauf, euch alle kennenzulernen, also kommt vorbei und erzählt uns, was ihr gern lest. Haltet Ausschau nach Empfehlungen, Veranstaltungen und mehr, während wir in das Leben auf dieser schönen Insel eintauchen. Suksma!*

# 7. Kapitel

Am nächsten Morgen nahm Jack wieder seinen Platz hinter der Kasse ein, beugte sich über Papiere und Notizbücher und tippte auf einem echten Taschenrechner herum, anstatt nur den auf seinem Handy zu benutzen.

Clare ließ ihn in Ruhe und machte sich an eine sorgfältige Bestandsaufnahme. An einigen Regalen waren verblasste Schilder angebracht, die anzeigten, dass sie theoretisch Science-Fiction oder Kochbücher oder Autoren von F bis K enthielten. Aber in jedem gab es eine Flut von Titeln, die nicht dorthin gehörten. Ein Kochbuch von Nigella Lawson stand neben Kazuo Ishiguros *Der begrabene Riese* in einem Regal mit Graphic Novels. Bei *Neuerscheinungen* fanden sich Exemplare von Anne Brontës *Die Herrin von Wildfell Hall* und Evelyn Waughs *Verfall und Untergang,* während *Verblendung* von Stieg Larsson bei den Young-Adult-Romanen einsortiert war. Kurz gesagt, es musste eine Menge umgeräumt werden.

Clare grinste unwillkürlich bei dieser Aussicht, auch wenn sie aus bitterer Erfahrung wusste, dass ihre Begeisterung nicht von Dauer sein würde. Zu Hause überkam sie alle ein bis zwei Jahre das Bedürfnis, ihre Bücherregale neu zu ordnen, was immer nach dem gleichen Muster ablief. Anfangs war sie voller positiver Energie und freute sich darauf, Bücher wiederzuentdecken, die sie seit Jahren besaß und seit Monaten nicht mehr gesehen hatte. Sie überlegte sich Ordnungskriterien und versuchte, das perfekte System zu finden. Dabei hatte sie die Bücher schon nach Farben, Nationalität der Verfasser, Höhe, Breite und – ihr persönlicher Favorit – nach ähnlichen Stimmungen oder Gefühlen geordnet. Sie war jedoch nicht so recht davon überzeugt, dass dieses System in einer Buchhandlung funktionieren würde.

»Schön wär's«, murmelte sie und stieß einen Seufzer aus.

»Was war das?«, fragte Jack hinter ihr.

Erschrocken fuhr sie herum, sie hatte ihn nicht kommen hören.

»Oh«, sagte sie. »Nichts. Das war nur Quatsch.«

Jack musterte sie neugierig.

»Glaubst du, Adam hätte etwas dagegen, wenn ich den Laden ein bisschen umgestalte? Oder auch mehr als nur ein bisschen?«

»Was willst du umgestalten?«

»Alles. Alle Bücher.«

»Da muss dringend etwas mehr Ordnung rein. Ist das etwa *Ich bin dann mal Prinzessin* da bei den Klassikern?«

»Nun ja, es ist ein Klassiker. Es ist also eins der wenigen Bücher, die richtig eingeordnet sind. Aber es geht mir nicht darum, alles wieder an den richtigen Platz zu stellen. Ich will das ganze System von Grund auf erneuern.«

»Ich glaube nicht, dass Adam etwas dagegen hätte«, sagte Jack. »Ich aber vielleicht.«

»Im Ernst? Aber du bist doch so mit deinen ganzen Berechnungen beschäftigt.«

»Du sagst das so, als wären Kalkulationen unwichtig.«

»Oh, ich weiß, dass sie wichtig sind, aber Ordnungssysteme sind es auch. Du machst das eine, also kann ich mich um das andere kümmern.«

Jack trat von einem Fuß auf den anderen. »Ich meine nur, triff keine wichtigen Entscheidungen ohne mich. Ich bin für diesen Ort verantwortlich.«

»Wir sind beide verantwortlich«, entgegnete Clare gereizt.

»Ja, sicher«, bestätigte er. »Aber, weißt du …« Er brach ab.

»Was weiß ich?«, hakte Clare nach.

»Ich dachte, du willst das so. Du bekommst deinen Urlaub im Paradies und musst nur ein paar Schichten in der Buchhandlung schieben.«

»Während du sie leitest?«, fragte Clare.

»Ich will kein Arsch sein, aber ich weiß, was ich hier tue. Du brauchst dir keine Sorgen zu machen.«

»Verstehe. Ich soll nur an meiner Bräune arbeiten und Selfies vor Wasserfällen auf dem Instagram-Account des Ladens posten.«

Clare kam es vor, als würde sie wieder einer schlecht gekleideten und extrem unsympathischen Personalchefin gegenübersitzen, um sich deren »Danke für Ihre Mitarbeit, aber wir müssen uns leider von Ihnen trennen«-Rede anzuhören. Die »Sie entsprechen nicht ganz den professionellen Ansprüchen der Firma«-Rede, die »Sie lächeln zu viel und reden zu viel, Sie sind zu unbeständig und zu laut«-Rede.

»Das hattest du doch vor, oder?«, vergewisserte sich Jack.

»Wow, cool. Danke. Du hast mich durchschaut.«

Jack errötete leicht und verzog den Mund zu einem schiefen Lächeln. »Ist es nicht so? Das hast du doch selbst gesagt. Du warst zwei Jahre lang unterwegs, konntest es dir aber nicht mehr leisten, also hast du dich für diesen Job beworben, damit du quasi umsonst reisen kannst.«

»Wann soll ich dir das denn erzählt haben?«, fragte Clare.

»Neulich Abend beim Essen. Da hast du es uns allen erzählt. Wie froh du bist, hier zu sein, weil du es sonst nicht finanzieren könntest.«

Clare spürte einen Kloß im Hals. Es war wie eine Schallplatte mit einem Sprung.

*Du genügst nicht, Clare. Man kann dich nicht ernst nehmen. Du bist nicht richtig erwachsen.*

»Und das bedeutet, ich will nur in der Sonne herumliegen und faulenzen, solange ich hier bin?«, fragte sie und schluckte den Kloß hinunter. »Und dass ich überhaupt kein Interesse an dem Geschäft habe?«

»Daran ist nichts auszusetzen. Adam erwartet ganz offensichtlich nichts anderes.«

Clare spürte, wie ihre Augen brannten. Sie konnte jeden Moment in Tränen ausbrechen, und dann würde Jack denken, dass sie traurig wäre, obwohl sie eigentlich wütend war.

»Gut«, sagte sie mit bebender Stimme. »Dann überlasse ich dich mal deiner seriösen Arbeit in der Buchhandlung und treibe mich irgendwo herum.«

Sie schnappte sich ihre Tasche, stürmte aus dem Laden und schaffte es gerade noch um die Ecke, bevor sie in Tränen ausbrach.

*

Clare hielt Wort: Sie ging an den Strand, lief über den Sand – an den Essensständen, den Sonnenanbetern und dem Surfkurs für Anfänger, der im flachen Wasser stattfand, vorbei – und hinaus ins Meer. Sie schwamm bis zu einer ruhigen Stelle, an der sie nichts als Blau vor sich sah. Das Salzwasser, das sie umspülte, war erfrischend, und die Weite wirkte irgendwie beruhigend. Sie kam sich klein, aber wichtig vor, als wäre sie ein winziger Teil eines größeren Organismus. Sie atmete tief ein, schmeckte das Salz und kam langsam wieder zu sich.

Warum hatte sie sich so aufgeregt? Es sollte ihr egal sein, was Jack über sie dachte. Schließlich kannte sie ihn kaum, und was sie von ihm wusste, mochte sie nicht. Er war selbstgefällig, verklemmt und langweilig. Er mochte schöne Arme haben und auch ein nettes Lächeln, aber es war nicht nett genug, um die Attitüde des perfekten Geschäftsmanns wettzumachen. Und ja, er mochte manchmal gut riechen – und natürlich war ihr nicht entgangen, wie gut er frisch geduscht nur mit einem Handtuch um die Taille aussah –, aber das bedeutete nicht, dass er sie von oben herab behandeln durfte.

Wenn sie etwas ehrlicher zu sich gewesen wäre, hätte sie sich eingestanden, dass Jacks Vermutungen sie deshalb so getroffen hatten, weil sie der Wahrheit ziemlich nahekamen. Sie *hatte* sich für den Job beworben, um nach Bali reisen zu können, ohne dafür zu bezahlen. Darüber hinaus hatte sie nicht viel nachgedacht, nicht über die Realität. Sie hatte sich einen Job als Buchhändlerin zurechtfantasiert, in dem der betreffende Laden nichts von ihr brauchte. In dem er bereits perfekt war.

Erst als sie bei ihrer Ankunft gesehen hatte, in welchem Zustand sich der Laden befand, war ihr der Gedanke gekommen, dass es um mehr gehen könnte. Irgendetwas an diesem Laden gab ihr das Gefühl, gebraucht zu werden. Sie konnte helfen, das wusste sie. Sie konnte es verbessern.

Sie dachte daran, was ihre Mutter vor der Abreise zu ihr gesagt hatte. An ihre Bitte, die Zeit zu nutzen, um zu entscheiden, wie es weitergehen sollte. Clare hatte nicht den Eindruck, dieser Entscheidung nähergekommen zu sein, aber irgendwie kam es ihr so vor, als könnte sie etwas *bewegen*.

War das die ganze Zeit über ihr Problem gewesen?

Sie war so unsicher, zweifelte so sehr an sich und ihren Fähigkeiten, dass sie gar nicht darüber nachdenken konnte, welcher Job für sie infrage kam oder wo sie nützlich sein konnte.

Klar, bisher hatte sie nur ein Schaufenster aufgeräumt, aber inzwischen war ihr Kopf voller Ideen, wie man den Laden nach vorn bringen könnte, und sie freute sich richtig auf die Arbeit. Der Gedanke belebte sie. Sie freute sich auch, am Strand zu entspannen, ja, aber zum ersten Mal seit Langem hatte sie das Gefühl, etwas bewegen zu können.

Jack nahm sie ganz offensichtlich nicht ernst, doch davon durfte sie sich nicht aufhalten lassen. Sie war hier, um herauszufinden, was sie wollte, wozu sie fähig war. Wenn sie sich von ihm irritieren ließ, würde sie ihre ganze Motivation verlieren.

An erster Stelle kam natürlich die Organisation. Sie

musste ermitteln, wie die Dinge sortiert waren, was es im Lager gab, was fehlte. Dann käme vielleicht eine Veränderung der Einrichtung. Ein neuer Anstrich, eventuell ein neues Logo, falls das nicht zu weit ging. Sie musste herausfinden, ob in dem Laden jemals Veranstaltungen stattfanden – Buchveröffentlichungen, Signierstunden, Podiumsdiskussionen. Im Moment konnte sie sich das allerdings nur schwer vorstellen, dafür fehlte einfach der Platz.

Der Laden sollte sich mit örtlichen Bars zusammentun, um Cocktailabende am Strand mit Buchpräsentationen zu kombinieren. Es gab so viele Möglichkeiten, und sie konnte es kaum erwarten, loszulegen.

Ihr wurde klar, dass ihre Mutter recht gehabt hatte. Sie war tatsächlich gelangweilt gewesen, und zwar schon seit einer ganzen Weile. Schon bevor sie nach Hause zurückgekehrt war. Sicher, sie hatte die zwei freien Jahre genossen, in denen sie durch die Welt gereist war und in Bars gejobbt hatte, aber in den letzten Monaten hatte sie das Gefühl gehabt, ihr Leben zu verplempern.

In gewisser Weise war das ironisch. Sie war auf Reisen gegangen, weil sie gefürchtet hatte, ihre Zeit zu verschwenden. Der Tod ihres Vaters hatte ihr erschreckend bewusst gemacht, wie kurz das Leben war, weil plötzlich alles vorbei sein konnte. Doch dann war ihr das lange Reisen ohne Plan oder Ziel auch wie … nun ja, nicht wie völlige Verschwendung vorgekommen, aber zumindest nicht so gut, wie es hätte sein können.

Sie mochte Projekte und hatte sich danach gesehnt.

Also. Sie durfte nicht zulassen, dass Jack ihr dabei in die

Quere kam. Sie würde es ihm und seinem kleinen, perfekten Business-Boy-Hintern schon zeigen.

Sie trieb noch eine Weile im Meer und ließ sich vom Wasser umspülen. Dabei verwandelte sich ihre Wut zunächst in berechtigte Empörung und dann in Entschlusskraft. Als sie zum Ufer zurückschwamm, funkelten ihre Augen voller Entschlossenheit, und als sie im Sand lag und ihre Haut in der Sonne kribbelte, schwirrte ihr regelrecht der Kopf vor lauter Ideen.

Zufrieden mit ihrem Plan stand Clare auf, wickelte sich einen Sarong um die Taille und schlüpfte in ihre Flip-Flops. Anschließend aß sie eine Kleinigkeit und ging dann noch einmal auf den Markt. Nach einem anstrengenden und anregenden Nachmittag voller Stöbern und Feilschen hatte sie alles, was sie brauchte, um loszulegen.

*

Abends in der Wohnung erwähnte sie Jack gegenüber allerdings nichts davon und sorgte dafür, dass die Einkäufe in ihrem Zimmer außer Sichtweite waren.

Am nächsten Morgen wachte sie auf, streckte sich und drehte sich noch mal um, als sie hörte, wie Jack unter die Dusche ging. Sie aß gerade eine Schüssel Müsli und löste ein Kreuzworträtsel, als er in Arbeitskleidung aus seinem Zimmer kam.

»Hab einen schönen Tag«, sagte sie, als er die Haustür öffnete.

Er sah sie zwar an, erwiderte aber nichts, sondern lächelte nur und ging dann.

Sobald er weg war, machte sich Clare an die Arbeit. Es gab eine Menge zu tun, und sie wollte alles erledigt haben, bevor Jack in die Wohnung zurückkehrte. Hoffentlich würde er seine übliche Routine beibehalten und den ganzen Tag mit dem Taschenrechner und jeder Menge Rechnungen in der Hand auf die Kasse starren. Wenn er zum Mittagessen herkäme, könnte es sonst peinlich werden.

Sie schob den kleinen Couchtisch zur Seite und kippte den Inhalt ihrer Einkaufstüten – moosgrüner Filz, ein Bündel schmaler Treibholzstäbchen, etwas dunkelgraue Baumwolle und ein Päckchen Nadeln – auf den Boden. Anschließend stellte Clare ihren Laptop auf die Couch, machte eine alte Staffel des Backwettbewerbs *The Great British Bake Off* an und lehnte sich mit ausgestreckten Beinen an die Wand. Während sie fröhlich vor sich hin nähte, lauschte sie mit halbem Ohr auf Schritte.

Am späten Nachmittag betrachtete sie mit einem zufriedenen Grinsen das Ergebnis ihrer Arbeit, räumte alle Reste weg und breitete ihr Werk vor sich aus. Das würde gehen, dachte sie. Das würde sogar sehr gut aussehen.

\*

Der nächste Teil von Clares Plan beinhaltete ein kleines Täuschungsmanöver. Oder besser gesagt: etwas niederträchtige Manipulation. Fast hatte sie deshalb ein schlechtes Gewissen – oder zumindest hätte sie das gehabt, wenn Jack nicht zufällig gefragt hätte: »Genießt du deinen Urlaub?«, als sie an jenem Abend auf dem Weg ins Bett durchs Wohnzimmer kam.

Sie blieb abrupt stehen, schaffte es jedoch mit einiger Anstrengung, locker zu klingen.

»Ja, danke.« Sie ließ einen Augenblick verstreichen. »Du siehst müde aus. Stressiger Tag?«

Jack seufzte. »Ich wollte nur …« Er unterbrach sich. »Alles okay. Mir geht's gut. Es ist nur eine Menge durchzuarbeiten.«

»Ja, du hast in den letzten Tagen wirklich hart gearbeitet«, erwiderte Clare mit einem freundlichen Lächeln. »Hör mal, du willst dich doch nicht gleich in der ersten Woche völlig verausgaben. Lass mich morgen für dich einspringen. Ich kümmere mich um den Laden, und du kannst dich ausruhen.«

»Schon gut«, sagte er und fuhr sich mit der Hand durchs Gesicht. »Ich schaff das schon. Ich bin schließlich nicht hier, um Urlaub zu machen.«

Clare verkniff sich eine Bemerkung.

»Ein freier Tag ist kein Urlaub«, argumentierte sie und versuchte, ihrer Stimme einen warmen Klang zu geben. »Wenn du dich nicht anständig ausruhst, kannst du keine Bestleistung abliefern. Schon wenn du heute Abend ins Bett gehst und weißt, dass du morgen früh nicht aufstehen musst, um den Laden zu öffnen, wirst du dich erholen.«

Jack antwortete nicht sofort, aber Clare war sich sicher, dass sie zu ihm durchgedrungen war. Er sah wirklich erschöpft aus.

»Ich weiß, du hältst mich für einen leichtfertigen Taugenichts oder was auch immer, aber einen Tag kriege ich das tatsächlich hin. Ich werde nicht alles ruinieren, versprochen.«

»Sei nicht albern«, sagte Jack. »Natürlich denke ich nicht …« Er verstummte und gähnte.

»Na, also«, meinte Clare und lächelte vor sich hin. »Sieh dich an. Ich verbanne dich für vierundzwanzig Stunden aus dem Laden.«

Jack seufzte. »Ehrlich gesagt bin ich zu müde, um mich zu streiten«, gab er zu.

»Gut! Und obwohl du im Gegensatz zu mir nicht hier bist, um Urlaub zu machen, solltest du dich trotzdem etwas amüsieren. Du kannst nicht drei Monate auf Bali verbringen, ohne wenigstens leicht gebräunt nach Hause zu kommen.«

Jack grunzte nur.

*

Clare hatte gehofft, dass er noch im Bett liegen würde, wenn sie am nächsten Morgen ging, aber er war bereits aufgestanden, wenn auch noch nicht angezogen. Sie duschte und zog sich an. Als sie aus ihrem Zimmer kam, aß er in Boxershorts und T-Shirt eine Schale Müsli. Das könnte ein Problem werden. Nicht etwa, weil sein Anblick in Boxershorts Clare durchaus beeindruckte – das war jedenfalls nicht der einzige Grund –, sondern weil sie ihren ganzen Kram an ihm vorbeischmuggeln musste.

»Morgen«, sagte sie fröhlich. »Gut geschlafen?«

»Ja, tatsächlich«, antwortete Jack. »Ich fühle mich viel besser. Wahrscheinlich komme ich doch noch rein.«

»Nein!«, rief Clare etwas zu laut. »Vierundzwanzig Stunden. Wir waren uns einig. Du brauchst eine richtige Auszeit. Geh und entspann dich am Strand. Lern surfen oder so.«

»Ich kann eigentlich ziemlich gut surfen.«

»Wie bitte?«, fragte Clare.

Jack lächelte schief. »Überrascht?«

»Nein, ganz und gar nicht«, erwiderte Clare. »Als ich dich gesehen hab, wusste ich gleich, dass du ein Surfer bist. Ein Blick auf deinen makellosen Fassonschnitt und deine perfekt gebügelte Hose, und ich dachte: *Das ist durch und durch ein Surfer.*«

»Mensch, so schlimm ist es doch gar nicht«, sagte Jack und fuhr sich mit einer Hand über den Kopf. »Bei dir klingt es, als wäre ich total langweilig.«

»Du machst seit vier Tagen die Buchführung«, erinnerte sie ihn.

»Das ist ein Schlag unter die Gürtellinie.«

Clare grinste ihn an.

»Wenn du dir sicher bist, dass du im Laden zurechtkommst ...«

»Ich bin mir sicher.«

»... dann ist es wohl keine schlechte Idee, sich einen Tag Freizeit zu gönnen.«

»Einen Tag Freizeit. So nennst du das.«

Jack antwortete nicht gleich.

»Ja, sieht so aus«, sagte er dann schließlich.

»Okay, gut.« Clare ging auf die Tür zu und blieb dann stehen, wie sie hoffte, auf natürliche und keineswegs übertrieben dramatische Art. »Oh, mein Handy.«

Sie ging zurück in ihr Zimmer und versetzte der Tür beiläufig einen Stoß, sodass sie nur noch einen Spaltbreit offen stand. Jack sollte sie nicht sehen können, aber die Tür ganz zu schließen wäre seltsam gewesen. Sie schnappte sich ihre Filztasche und ließ sie aus dem Fenster in einen Busch fallen. Dann angelte sie ihr Handy aus der Hosentasche und verließ den Raum.

»Gefunden«, sagte sie und schwenkte es auf dem Weg zur Tür durch die Luft.

Als sie die Tasche aus dem Busch holte und sich auf den Weg zum Laden machte, war sie etwas besorgt, dass es eine Weile dauern würde, bis Jack das Haus verließ. Vielleicht würde er dann am Schaufenster vorbeischlendern, um zu sehen, was sie trieb. Aber es gab viel zu tun, und wenn sie nicht früh anfing, würde sie nicht fertig sein, bis er zurückkam.

Doch sie hatte nicht mit der Effizienz des Business-Boys gerechnet. Zwanzig Minuten, nachdem sie ihn beim Müsliessen zurückgelassen hatte, kam er in Shorts und T-Shirt am Schaufenster vorbei und winkte ihr zu. Mit dem Smartphone in der Hand winkte sie träge zurück, als wäre sie die Möchtegern-Influencerin, für die er sie hielt. Dann stürzte sie zum Fenster, steckte den Kopf hinaus und beobachtete, wie er die Straße hinunterging und um die Ecke bog.

Gut. Jetzt musste sie loslegen.

Clare atmete tief durch und wandte sich dem Laden zu. Sie konnte nicht alles an einem Tag schaffen, aber das war in Ordnung; sie musste nur beweisen, dass es machbar war. Also konzentrierte sie sich auf die Regale rechts von der Tür, die man beim Betreten des Ladens als Erstes sah. Davor standen ein paar Tische, aber sie wollte sich erst einen gründlicheren Überblick verschaffen und wahrscheinlich auch ein paar neue Sachen bestellen, bevor sie sich mit denen befasste. Heute würde sie mit dem arbeiten, was sie hatte.

Den Vormittag über lief sie im Laden hin und her, zog die Bücher heraus, die sie brauchte, und stapelte sie im vorderen Bereich. Dann räumte sie die Regale frei, die sie neu arrangieren wollte. Angesichts des chaotischen Zustands, in dem sich der restliche Laden befand, hielt sie es für sinnlos, das auf geordnete Weise zu tun, und schob die meisten Bücher einfach in die Lücken, die sie gerade erst geschaffen hatte.

Schnell war sie verschwitzt und staubig, und als um die Mittagszeit ein Kunde hereinkam, wurde ihr plötzlich bewusst, dass sie vielleicht etwas unprofessionell wirkte. Sie versuchte es mit einem strahlenden Lächeln wettzumachen.

»Hallo!«, sagte sie etwas zu fröhlich. »Wie kann ich Ihnen helfen?«

»Oh«, sagte der Kunde, ein großer Mann um die fünfzig. »Entschuldigen Sie, haben Sie geschlossen? Ich kann gerne ein anderes Mal wiederkommen.«

»Nein, nein, kommen Sie herein«, bat Clare. »Wir haben nicht geschlossen, es ist nur alles ein bisschen durcheinander, wenn Ihnen das nichts ausmacht. Das System hier ist etwas chaotisch, und ich versuche, es in Ordnung zu bringen. Suchen Sie etwas Bestimmtes, oder wollen Sie sich bloß umsehen?«

»So wie es aussieht, könnte es momentan schwierig werden, etwas Bestimmtes zu finden«, erwiderte der Mann lächelnd.

»Es wäre auf jeden Fall ein guter Zeitpunkt, um einfach zu stöbern und etwas mit geschlossenen Augen aus dem Regal zu ziehen. Falls wir aber haben, was Sie suchen, werde ich es auftreiben – oder wir können es natürlich auch bestellen.«

»Wie stehen die Chancen, dass ich meine Hand in einen beliebigen Stapel stecke und etwas von, sagen wir, Ayn Rand herausziehe?«

»Nicht gleich null, aber alle Abenteuer sind mit einem gewissen Risiko verbunden«, sagte Clare entschuldigend.

»Das klingt verlockend, aber vielleicht ein anderes Mal«, sagte der Kunde. »Ich bin nur hier, um ein Buch abzuholen, das Adam für mich bestellt hat. Es sollte unter Bethany stehen.«

»Gern. Natürlich.« Clare blickte in die Kiste mit den Sonderbestellungen unter der Kasse. Dort lag nur ein Buch – ein Jon-Klassen-Bilderbuch mit einem Post-it auf dem Umschlag, auf dem Bethany stand.

»Oh!«, sagte Clare überrascht. Sie wusste nicht, was sie erwartet hatte, aber das nicht. »Ist es das?«

Der Mann lächelte. »Ja, ausgezeichnet. Sie liebt die mit den Hüten, wissen Sie?«

Clare wusste es nicht, nickte aber dennoch.

Sie verkaufte ihm das Buch, und er ging wieder. Danach wurde sie nicht mehr unterbrochen, was zwar praktisch war, aber auch etwas beunruhigend. Nun gut, sie konnte nicht alle Probleme an einem Tag lösen. Im Moment konnte sie nicht mehr tun, als ein paar Bücher ins Regal zu stellen.

*

Clare saß mit einem Eis vor der Tür der Buchhandlung, als Jack von seinem freien Tag zurückkam.

»Sieht aus, als hättest du es ins Meer geschafft«, sagte sie, als sie sein zerzaustes Haar bemerkte.

Er lächelte. »Könnte sein, dass ich gesurft bin. Und du hattest recht, das habe ich gebraucht.«

»Gut«, sagte sie und grinste dann leicht nervös. »Also, sei mir nicht böse, aber …«

Jack spannte sofort die Schultern an. »Was hast du getan?«

»Es wird dir gefallen. Es ist gut. Es ist sogar großartig.«

Seufzend ließ er den Kopf in den Nacken fallen, und Clare hatte den Eindruck, dass er bis zehn zählte, während er in den Himmel starrte. Dann sah er wieder zu ihr, und sie strahlte ihn an.

»Okay«, meinte er. »Zeig es mir.«

»Das könntest du ruhig etwas freundlicher sagen«, erwiderte Clare, »wenn du möchtest.«

»Verstanden.« Jack folgte ihr in den Laden.

Eine Weile lang sagte er nichts, während Clare mit einem glücklichen Lächeln ihr Werk betrachtete. Die Regale neben dem Eingang waren nicht wiederzuerkennen, fein säuberlich geordnet und mit Clares neuen Wimpeln geschmückt. Der größte von ihnen erstreckte sich über die gesamte Breite der Regale und trug die Aufschrift *Im Urlaub?*. Die

Regale direkt darunter hatten jeweils einen eigenen Wimpel mit der Aufschrift *Liebesroman (modern)*, *Liebesroman (historisch)*, *Krimis (spannend)* und *Krimis (unterhaltsam)*. Das Regal an der Seite war mit *Indonesische und balinesische Autoren* gekennzeichnet.

Clare sah zu Jack hoch. »Und?«

»Ich glaube, die meisten Leute würden eher von ›Thrillern‹ als von spannenden Krimis sprechen.«

»Ich weiß.« Clare schnitt eine Grimasse. »Aber weil ich bei den anderen überall Adjektive benutzt habe, hätte es das Bild gestört.«

»Sind das die einzigen Genres, die man im Urlaub liest?«

»Das sind die einzigen Genres, die ich im Urlaub lese.«

»Was ist mit Sachbüchern? Bahnhofsliteratur wie Politikermemoiren oder Wirtschaftsthemen.«

»Du willst ein Regal mit blöden Wirtschaftsthemen?«, fragte Clare.

»Manche Leute wollen das vielleicht.« Jack seufzte erneut. »Wie viel hast du ausgegeben?«

»Nicht viel. Natürlich wäre es besser, richtige Schilder anfertigen zu lassen, aber ich wusste, du würdest sagen, dass wir das in die Finanzplanung aufnehmen müssen …«

»Nein, Clare, ich muss alles einplanen. Jeden Cent.«

»Hat Adam nicht gesagt, dass wir …«

»Adam hat überhaupt nichts von Geld gesagt, oder? Was glaubst du, warum ich die Bücher so durchgehen musste, wie ich es getan habe? Weil er uns nicht gesagt hat, dass gar kein Geld da ist.«

Clare starrte ihn sprachlos an.

»Wie viele Bücher hast du heute verkauft? Hast du überhaupt welche verkauft?«

»Ja, aber ...«

Jack ging zur Kasse und drückte einen Knopf.

»Eins«, stellte er fest. »Ein Buch. Eins mehr als ich gestern.«

»Der Laden ist ganz offensichtlich in keinem guten Zustand. Deshalb mache ich das hier ja. Damit er besser läuft.«

»Du hörst mir nicht zu«, sagte Jack. »Der Laden ist nicht in einem schlechten Zustand. Er ist tot. Er hat im letzten Jahr nicht mal genug abgeworfen, um unsere Flüge hierher zu bezahlen. Auch wenn wir kein zusätzliches Geld für Schilder vergeuden, kann sich Adam uns nicht leisten.«

Clare schwieg. Wieder spürte sie diesen Kloß im Hals. Sie war sich so sicher gewesen, dass sie etwas bewirken konnte. Dass sie einen Beitrag leisten würde. Was für ein Witz! Sie hätte es wissen müssen.

»Aber warum?«, fragte sie schließlich. »Warum sollte Adam uns herholen, wenn es so schlecht läuft?«

»Ich weiß es nicht«, gestand Jack. »Aber er muss uns aus seiner eigenen Tasche bezahlen.«

»Vielleicht sollten wir mit ihm darüber reden«, schlug Clare vor. »Wir könnten zu dritt einen Plan ausarbeiten.«

»Das habe ich versucht. Die ganze Zeit. Ich habe versucht, mit Adam zu sprechen, ich habe versucht, mit dem Buchhalter zu reden – dessen Nummer ich übrigens erst nach zwei Tagen herausgefunden habe, weil Adam sie mir nicht geben wollte. Er hat gemeint, ich sei aufdringlich.«

Clare warf ihm einen Seitenblick zu, und sie hätte schwören können, dass er rot wurde.

»Hör zu, die Schilder und so, das muss der Laden nicht bezahlen …«

»Der Laden wird dir das Geld erstatten. Gib mir einfach die Quittung. Aber das Kleingeld dafür muss Adam auch aus eigener Tasche beisteuern.«

»Aber das … das soll doch helfen«, sagte Clare. »Wenn wir den Laden besser machen, wird er auch besser laufen. Wir müssen doch etwas investieren, oder? Wenn wir nichts ausgeben, können wir auch nichts bewirken.«

»Komm schon, Clare. Glaubst du wirklich, dass wir den Laden mit ein paar handgemalten Schildern und einer positiven Einstellung vor dem Ruin retten können?«

Das hatte gesessen.

»Ich glaube nicht, dass wir es ohne das schaffen werden«, konterte sie.

»Hör zu, ich kümmere mich um alles«, sagte Jack. »Überlass das einfach mir.«

Clare drehte sich mit verschränkten Armen zu ihm um und sah ihn aus schmalen Augen an. Ihr wurde klar, dass sie ihrer Mutter das Falsche versprochen hatte. Es ging nicht darum, zu entscheiden, was sie tun *wollte*. Es ging darum zu beweisen, dass sie überhaupt etwas tun *konnte*. Irgendetwas. In drei Monaten wollte sie Bali in dem Wissen verlassen, dass sie der Welt etwas zu geben hatte, und sie würde nicht zulassen, dass Jack ihr dabei im Weg stand.

»Nein«, entgegnete sie. »Ich werde etwas unternehmen, ob es dir gefällt oder nicht.«

»Clare …«

»Willst du nicht mehr tun, als dich ›um alles zu kümmern‹? Willst du nicht das Ruder herumreißen? Dieser Laden könnte etwas Besonderes sein. *Wir* könnten ihn zu etwas Besonderem machen.«

Jack fuhr sich mit der Hand übers Gesicht. »Es reicht aber nicht aus, etwas Besonderes zu sein. Der Laden muss auch Gewinn erwirtschaften.«

Clare schnaubte verächtlich.

»Ich sage nicht, dass er Millionengewinne einbringen muss«, meinte Jack und verdrehte die Augen, »aber doch genug Geld, um die Ausgaben zu decken.«

»Okay, er muss Gewinn abwerfen, und es gibt keine Garantie, dass wir beide das hinkriegen. Nicht in drei Monaten«, räumte Clare ein. »Aber wir können es doch versuchen, oder?«

Jack lachte, dann seufzte er. Clare wusste, dass sie etwas überdramatisch war, dennoch machte sie weiter. Sie konnte nicht aufgeben, und das bedeutete, dass auch Jack nicht aufgeben durfte.

»Wir könnten diesen Ort um seiner selbst willen zu etwas Besonderem machen. Falls sich das positiv auf den Umsatz auswirkt – großartig. Und falls nicht, dann wissen wir wenigstens, dass wir unser Bestes gegeben haben.«

»Dann haben wir unser Bestes gegeben und sind gescheitert«, sagte Jack.

Clare stutzte. Er wirkte völlig mutlos. Warum wäre es so schlimm für ihn, wenn sie scheitern würden?

»Wir können nicht scheitern«, widersprach sie. »Wenn

der Laden schon tot ist und wir ihn nicht wieder zum Leben erwecken, ist das nicht weiter überraschend. Aber falls wir es schaffen, ist es ein Wunder. Dann hätten wir ein Wunder vollbracht.«

»Das sagst du nur, weil du glaubst, dass wir es schaffen.«

»Na ja, Mensch, einer von uns muss doch daran glauben. Komm schon, lass es uns versuchen. Lass mich dir helfen – hol mich mit ins Boot.«

Sie sah Jack in die Augen, er musste nur einen winzigen Funken Hoffnung haben. Sie konnten es schaffen, da war sie sich sicher.

»Jack …«

Er biss sich auf die Lippe. »Das werde ich noch bereuen«, brummte er.

»Ist das ein Ja?«

»Gott steh mir bei.«

Clare strahlte. »Okay, dann ist es beschlossene Sache. Du und ich werden diesen Laden retten. Wir werden unser Bestes geben, um ihn zu retten, und falls er trotzdem untergeht, dann wenigstens in Schönheit.«

»Okay.« Jack lachte zögernd. »Okay.«

Clare klatschte in die Hände. »Als Erstes werden wir die restlichen Regale umorganisieren.«

»Ich weiß nicht …«

»Ich finde, wir sollten morgen schließen, damit wir alles erledigen können, ohne dabei gestört zu werden.«

Er wirkte verwirrt und immer noch etwas unsicher, aber sie ließ nicht locker.

»Wir können keine Buchhandlung betreiben, wenn die

Bücher nicht am richtigen Platz stehen«, sagte sie. »Ich verspreche dir, nichts mehr zu kaufen.«

Jack schüttelte den Kopf, aber der Ausdruck in seinen Augen wurde weicher. Wärmer.

»Gut«, gab er schließlich nach. »Also gut.«

# 8. Kapitel

Am Ende schlossen sie für zwei Tage. Danach hatten sie einen sauberen und aufgeräumten Laden, eine Kiste mit Büchern, die zurückgegeben werden sollten, eine Schnäppchenkiste vorn und zwei Tische an der Tür, die mit Neuerscheinungen bestückt waren. Jedenfalls mit den neuesten Neuerscheinungen, die sie finden konnten.

»Als Nächstes müssen wir die Galerie in Angriff nehmen«, sagte Clare, als sie am Ende des zweiten Tages vor dem Laden saßen und ein Bier tranken. Die untergehende Sonne wärmte ihr Gesicht, und sie schob die Zehen in den Sand. »Aber ich glaube, dafür brauchen wir den Laden nicht zu schließen.«

»Lass mich raten: Du hast große Dinge damit vor«, sagte Jack und zog eine Grimasse.

»Na ja …«

Clare richtete sich in ihrem Liegestuhl auf, und Jack murmelte etwas vor sich hin.

»Was war das?«, wollte sie wissen.

»Nichts?«, erwiderte er und veränderte etwas verlegen seine Haltung.

»Was hast du gesagt?« Er antwortete nicht. »Komm schon.« Sie ließ nicht locker. »Ich bin auch nicht böse.«

»Na schön.« Jack seufzte. »Ich habe gesagt: ›Beängstigend.‹«

»Beängstigend?«

»Ja.«

»Ich?«

»Wir kennen uns doch kaum«, sagte Jack abwehrend. »Ich habe nur mit mir selbst geredet. Vergiss es.«

Clare verschränkte die Arme vor der Brust und hob eine Augenbraue.

»Siehst du? Das meine ich«, sagte Jack. »Manchmal, wenn du eine spontane Idee hast oder wenn du glaubst, dich verteidigen zu müssen, ändert sich dein ganzes Verhalten. Du bekommst dieses böse Funkeln in den Augen und veränderst deine Haltung. Es ist, als würde ein Dämon von dir Besitz ergreifen.«

»Und das ist beängstigend?«

»Ja.«

»Ich bin beängstigend.«

»Viel beängstigender, als ich zu Beginn erwartet hatte.«

»Hm«, machte Clare.

»Es tut mir leid. Das hätte ich natürlich nicht sagen sollen«, ruderte Jack zurück.

»Ich glaube wirklich nicht, dass du dich vor irgendetwas fürchten musst.« Clare war sich nicht sicher, ob sie beleidigt sein oder sich geschmeichelt fühlen sollte. Sie hatte sich selbst nie als einschüchternd betrachtet – sie war klein, etwas pummelig, und sie häkelte. Wie konnte jemand wie sie einschüchternd sein? Sie kam sich dadurch irgendwie mächtig vor, und irgendwie gefiel ihr das.

»Es ist nicht nur die Verwandlung, die mit dir vorgeht«, fuhr Jack fort. »Ich habe das Gefühl, dass du irgendeinen

Plan in petto hast, den ich weder aufhalten noch kontrollieren kann, weil du dir deiner Sache so sicher bist.«

»Aber du hast auch keinen Grund, mich aufzuhalten oder zu kontrollieren«, entgegnete Clare, »denn ich habe recht.«

»Siehst du? Genau das meine ich!«

»Ach, komm schon, Jack. Meine Ideen sind gut.«

»Ach ja?«

Jetzt war Clare wütend. Glaubte er wirklich, dass sie sich die ganze Arbeit aus einer unüberlegten Laune heraus machte? Dass sie sich nur aufspielte, weil sie gern das Sagen hatte?

»Moment mal. Du hast gesagt, das Schaufenster wäre gut«, erinnerte sie ihn.

Er nickte zustimmend. »Das Fenster *ist* gut.«

»Und du hast gesagt, die Schilder wären gut.«

»Die Schilder *sind* gut«, bestätigte er.

»Und es ist gut, dass wir die Bücher sinnvoll geordnet haben.«

»Das stimmt.«

»Das heißt, bisher waren alle meine Ideen gut. Warum fürchtest du dich dann vor der nächsten?«, fragte sie.

Ein Grinsen zuckte um Jacks Mundwinkel, was Clare jedes Mal wütend machte, wenn sie es sah.

»Es handelt sich hier nicht um eine besonders belastbare Datenmenge«, sagte er.

»Ich schwöre bei Gott …«

Jack hob beschwichtigend die Hände. »Es geht nicht darum, dass die Pläne nicht gut sind. Aber du zauberst sie aus dem Nichts hervor und preschst einfach vor, ohne jemanden zu fragen, ohne zu prüfen, was das Ganze kostet, und ohne über mögliche Konsequenzen nachzudenken.«

Clare wusste nicht, was sie sagen sollte, und das ärgerte sie nur noch mehr. Es stimmte, dass sie nicht viel Zeit darauf verwandt hatte, die möglichen Vor- und Nachteile abzuwiegen, aber es schien ihr auch nicht viele negative Aspekte zu geben. Alles hatte so funktioniert, wie sie es sich vorgestellt hatte.

»Nur weil du nicht sehen kannst, was in meinem Kopf vor sich geht, heißt das nicht, dass dort nichts ist.«

»Das ist es ja, was mir Angst macht«, erwiderte Jack. Clare holte tief Luft, aber er hob eine Hand, um sie zum Schweigen zu bringen. »Hör zu, es tut mir leid«, entschuldigte er sich. »Deine bisherigen Ideen waren gut, und du hast recht: Ich habe keinen Grund zu glauben, dass die nächste nicht auch gut sein wird. Aber ich weiß nicht genug, um mir sicher zu sein, dass sie es sein wird. Ich habe nur das Schaufenster, ein paar Schilder und deine Beharrlichkeit als Anhaltspunkt.«

Clare wollte etwas erwidern, aber ihr fehlten die Worte. Erwartete er etwa, dass sie seinem Urteilsvermögen traute, wenn er kein Vertrauen in ihres hatte?

»Ich bin einfach ein vorsichtiger Mensch«, fuhr er fort. »Ich lasse mir Zeit, bevor ich etwas entscheide. Ich möchte erst sicher sein, dass ich alle Informationen habe, bevor ich mich festlege, und ich habe jahrelang studiert, um zu verstehen, wie ich diese Informationen am besten interpretiere. Das scheint bei dir anders zu sein. Du vertraust vermutlich deinem Instinkt. Ich kenne deinen Instinkt nur noch nicht so gut.«

Clare schwieg, denn sie wusste nicht, wie sie antworten sollte. Er hatte ihr den Wind aus den Segeln genommen. Sie wusste nicht, ob er sie kritisierte, weil sie zu impulsiv war, oder ob er sie für ihren guten Instinkt lobte. Auf jeden Fall versuchte er, seine höhere Bildung in die Waagschale zu werfen.

Jack nahm einen Schluck von seinem Bier. »Würdest du mir bitte deinen Plan für die Galerie verraten?«

Clare holte tief Luft und räusperte sich. Als sie weitersprach, versuchte sie, entspannt zu wirken und ihrer Stimme einen sanften Klang zu geben.

»Ich habe mir überlegt, dass wir sie zum Veranstaltungsraum umfunktionieren sollten. Wenn wir sie ausräumen, könnten wir dort vielleicht Kaffeetische aufstellen und Signierstunden und Ähnliches abhalten. An den Seiten könnten wir Platz für weitere Bücherregale und vielleicht eine Geschenkabteilung lassen, aber in der Mitte sollten wir einen entspannten Sitzbereich einrichten.«

»Oh Gott, irgendwie ist das noch viel beängstigender.«

Clare war so empört, dass sie fast aufgestanden und gegangen wäre.

»Ich kann nicht …«, hob sie an, aber Jack unterbrach sie.

»Das war ein Scherz, nur ein Scherz«, versicherte er hastig. »Ich finde, das ist eine gute Idee. Wir müssen sowieso all diese Kartons durchsehen. Wahrscheinlich sind da oben noch mehr Bücher, vielleicht sogar ein paar Geschäftsunterlagen. Aber ich weiß nicht, wen wir einladen sollen und ob diejenigen kommen würden. Wir können es uns nicht leisten, Leute herzuholen, also müssten wir Autoren finden, die bereits auf der Insel sind oder bald herkommen. Und wir müssten Exemplare ihrer Bücher zum Verkauf bestellen. Vielleicht können wir daran im Hintergrund arbeiten, während wir versuchen, das Alltagsgeschäft anzukurbeln.«

Eine Weile saßen sie schweigend da, und es fühlte sich fast angenehm an.

»Darf ich auf etwas Offensichtliches hinweisen?«, fragte Clare irgendwann.

»Eigentlich lieber nicht«, entgegnete Jack.

»Wir müssen mehr Bücher bestellen.«

Jack schwieg. Beim Büchersortieren hatte er ziemlich fröhlich gewirkt, aber jetzt ließ er die Schultern hängen und sah ernüchtert aus.

Er wirkte ständig so verspannt, doch allmählich fragte sich Clare, ob das nicht eher den Umständen als seiner Persönlichkeit geschuldet war. Er nahm das alles sehr persönlich. Das war seltsam – schließlich hatte sie ihn überhaupt erst davon überzeugt, dass sie versuchen sollten, den Laden zu retten. Doch jetzt, nachdem er zugestimmt hatte, nahm er die Sache noch ernster als sie. Es schien ihm wichtig zu sein, und Clare fragte sich, warum es das war.

Aber warum weigerte er sich dann so hartnäckig, ihre Hilfe anzunehmen?

Clare machte eine Bestandsaufnahme des Ladens. Er wirkte jetzt heller, weniger beengt. Der Raum war zwar immer noch klein, aber jetzt hatte man das Gefühl, dass ein paar Leute hineinpassten, ohne dass alle übereinanderstolperten.

»Wir sollten einen Buchclub veranstalten«, sagte sie.

»Wöchentlich, vielleicht mittwochabends.«

Als Jack sie ansah, leuchteten seine Augen etwas heller, und um seine Mundwinkel zuckte es. »Was würden wir lesen? Etwas Neues?«

»Wir haben nichts Neues«, gab Clare zu bedenken. »Wovon haben wir viele Exemplare?«

»Sieh in die Retourenkiste – von ein paar Titeln hatten wir zu viele. Vielleicht können wir die verkaufen.«

Clare ging zu der Kiste, die an der gegenüberliegenden Wand stand, und sah sie durch.

»Wir haben eine Menge Exemplare von Arnold Schwarzeneggers Autobiografie – vielleicht nicht ganz das Richtige – und, oh, ein paar Exemplare von *Das Geisterhaus.*«

»Das habe ich nie gelesen«, gestand Jack.

»Oh, das ist toll. Ich habe es in der Schule durchgenommen.«

»Also, wenn du meinst, das könnte passen …«

Clare grinste und holte alle Exemplare, die sie finden konnte, aus der Kiste. Sie stapelte sie fein säuberlich neben der Kasse und griff nach einem Stück Karton, um ein Schild zu malen.

»Ich werde es auf Instagram ankündigen, aber vielleicht sollten wir auch ein paar Flyer machen.« Sie beugte sich über den Schreibtisch, schrieb sorgfältig: *Diesen Monat im Buchclub*, und fügte noch ein paar Schnörkel hinzu. »Und wir sollten uns überlegen, ob wir nicht auch Gegenstände von hiesigen Kunsthandwerkern anbieten wollen. Lesezeichen und Schlüsselanhänger … so etwas. Postkarten von balinesischen Künstlern. Auf den Märkten gibt es einige Stände mit beeindruckenden Lederarbeiten. Und bevor du etwas sagst – wir könnten sie in Kommission nehmen, anstatt sie ihnen abzukaufen.«

»Okay, okay, du hast eine Menge Ideen, kapiert. Können wir später darüber reden?«

Clare lächelte zufrieden. »Auf jeden Fall.«

*

Am nächsten Tag hatten sie den Laden kaum geöffnet, als Celestina in einem fließenden bordeauxroten Gewand hereinschwebte. Ihr Gesicht schimmerte golden, was bei jedem anderen außerhalb einer Oscar-Afterparty lächerlich gewirkt hätte, bei ihr aber an einem Freitagmorgen um fünf nach neun völlig normal aussah.

»Wie schaffst du es nur, dass der Lidschatten an dir ganz natürlich aussieht?«, fragte Clare.

»Das liegt daran, dass er es ist, meine Liebe«, sagte Celestina und nahm das Kompliment hin, als stünde es ihr selbstverständlich zu. »Na, sieh einer an, meine Engel, was ihr aus diesem alten Laden gemacht habt. Er sieht fast wieder lebendig aus.«

»Die Schilder sind Clares Werk«, verriet Jack. »Ich habe nur etwas herumgeräumt.«

Clare sah ihn misstrauisch an. Wollte er sicherstellen, dass sie die Lorbeeren erntete oder dass sie die Schuld auf sich nahm?

»Ich weiß, man sieht, dass sie handgemalt sind«, sagte sie abwehrend. »Es wäre besser, wenn wir sie professionell anfertigen lassen könnten, aber für den Moment sollten sie ausreichen, hoffe ich.«

»Alles muss von Menschenhand gemacht werden«, wischte Celestina die Bemerkung elegant beiseite. »Warum sollten deine Hände weniger wert sein als die der anderen?«

»Oh, ich würde sagen, weil mir die grundlegenden Fähigkeiten dazu fehlen«, entgegnete Clare.

Jack runzelte die Stirn. »Ich finde sie sehr beeindruckend. Ich könnte das nicht.«

Clare drehte sich zu ihm um und machte große Augen. Warum konnte er ihr nicht die ganze Zeit solche Komplimente machen? Dann würden sie sich viel besser verstehen.

»Na, jedenfalls bin ich froh, dass sich die Bastelleidenschaft meiner Kindheit endlich auszahlt«, sagte sie.

»Clare hat auch große Pläne für die Galerie«, berichtete Jack. »Sie will einen Veranstaltungsraum daraus machen, für Signierstunden und …«

Celestina hörte ihnen offenbar nicht mehr zu. Sie ging durch den Laden, schien die Umgebung in sich aufzunehmen und den Geruch einzuatmen. Nach einem Moment blieb sie stehen und nickte.

»Ja«, sagte sie leise, »ich glaube, das mache ich.«

»Was denn?«, fragte Clare.

»Oh, keine Sorge«, entgegnete Celestina. »Ich kümmere mich um alles.«

»Worum willst du dich kümmern?«, fragte Jack.

»Nun, meine Lieben, es ist schon eine Weile her. Wie euch sicher nicht entgangen ist, war der Laden in einem sehr schlechten Zustand. Das sage ich Adam schon seit Jahren, aber er hat das einfach nie ernst genommen. Doch jetzt, nachdem ihr beide so großartige Arbeit geleistet habt und alles so aussieht, wie es aussehen sollte, ist es wohl an der Zeit, dass ich wieder in Erscheinung trete. Meine Fans müssen sich danach sehnen, mich zu sehen. Ich glaube, es ist mindestens neun oder zehn Jahre her.«

»In Erscheinung treten?«, fragte Clare. »Hier?«

»Du hast recht mit der Galerie«, fuhr Celestina fort. »Früher haben wir dort ständig Veranstaltungen abgehalten – Kennenlernpartys, Buchpräsentationen und dergleichen. Aber irgendwann war das vorbei. Es wurde immer schwieriger, Leute zu buchen. Alle wollten nur noch Veranstaltungen in Großstädten machen, wo man ein großes Publikum anziehen und viele Bücher verkaufen kann. Irgendwann fingen die Mitarbeiter an, auf der Galerie Dinge zu lagern, und dann wurde das Ganze so chaotisch, dass sich niemand mehr damit befassen wollte. Und jetzt, na ja …«

Traurig wies sie mit einer Hand auf den Stapel Kartons dort oben.

»Also, wenn wir sie ausräumen, wirst du …« Clare brach ab, da sie nicht wusste, was für einen Auftritt Celestina plante.

»Ja, meine Liebe, es ist beschlossen. Ich werde eine Lesung geben.«

Clare und Jack sahen sich an. Jack wirkte, als wäre er genauso erstaunt wie Clare.

»Eine Lesung?«, fragte er. »Woraus?«

»Hm, ja, das ist die Frage«, antwortete Celestina. »Was würde am besten zu meinem ersten Auftritt nach langer

Abwesenheit passen? Vielleicht etwas aus *Seine Augen waren wie Dolche.* Oder vielleicht *Die scharlachrote Äbtissin.* Nein, das nicht. Wahrscheinlich sollte ich lieber etwas aus meiner Glanzzeit lesen. Ich denke, *Der Fluss über ihnen* ist das Richtige.«

Clare blinzelte ein paarmal schnell hintereinander. »Celestina, du hast uns gar nicht gesagt, dass du Autorin bist.«

»Ja, Schatz. Um genau zu sein, ist Celestina so entstanden. Das war jahrelang mein *Pseudonym*, ehe es mein richtiger Name wurde. Adam und ich haben uns kennengelernt, als ich eine Signierstunde in einer Buchhandlung in Brooklyn gab, die er leitete.«

»Kannst du uns deine Bücher zeigen?«, fragte Clare eifrig. »Gibt es sie im Laden? Ich bin mir sicher, dass ich es bemerkt hätte, als wir alles neu sortiert haben …«

»O nein, meine Liebe, die sind natürlich alle längst vergriffen. Aber echte Fans kommen nicht zu diesen Veranstaltungen, um Bücher zu kaufen. Sie kommen, um mich zu sehen.«

Clare vermutete, dass Jack andere Vorstellungen hatte, was den Sinn solcher Veranstaltungen betraf, aber sie selbst war von Sekunde zu Sekunde fasziniert. Vielleicht sollte sie Celestina bitten, sie in allem zu beraten – von Philosophie bis zur Kleiderwahl.

»Bitte komm öfter her«, sagte sie.

Celestina lächelte gnädig, antwortete aber nicht. Stattdessen klatschte sie sanft in die Hände.

»Nun, meine Lieben, ich muss euch verlassen«, sagte sie und schritt zur Tür. Kurz bevor sie ging, drehte sie sich noch einmal um. »Oh, und morgen Abend führen wir euch aus, Adam und ich. Irgendwohin, wo es schön ist, also zieht euch was Hübsches an.«

Und damit war sie verschwunden und ließ eine Wolke aus köstlichem Parfümgeruch zurück. Clare holte sofort ihr Handy heraus.

»Was machst du da?«, fragte Jack.

»Ich versuche natürlich herauszufinden, ob es E-Books von Celestinas Werken gibt.«

# 9. Kapitel

Zu Hause hätte Celestinas Aufforderung, sich »was Hübsches« anzuziehen, Clare in Panik versetzt. Sie hätte Stunden vor dem Kleiderschrank verbracht, alle möglichen Varianten jedes schönen Outfits durchprobiert, das sie besaß, und die Ideen anschließend wieder verworfen. Sie hätte sich Gedanken darüber gemacht, welche Lippenstiftfarbe am besten zu welchem Kleid passte und ob die Schuhe nicht vielleicht ein bisschen zu klobig zu einem langen Rock aussahen.

Aber sie war schon immer mit leichtem Gepäck gereist, und das war nun ihre Rettung. Natürlich hatte sie mehrere Teile zum Wechseln für die Arbeit eingepackt, außerdem verschiedene Badesachen für Strandtage. Sie hatte gute Wanderschuhe dabei, um Höhlen zu erkunden und zu Wasserfällen zu wandern, und ihre bequeme, alte Jogginghose für den Fall, dass sie krank wurde oder einen heftigen Kater haben sollte.

All das und genau zwei schöne Ausgehkleider. Eines davon war entschieden zu kurz, eher geeignet für eine schweißtreibende Nacht in einem Club als für ein nettes Abendessen. Somit blieb nur eine Option: ein dunkelblaues, schräg geschnittenes Wickelkleid, das ihr dunkelrotes Haar betonte und ihre Brüste umwerfend aussehen ließ.

Sie wählte die silbernen Riemchensandalen, zu denen sie glitzernden Lidschatten auftrug und große silberne Ohrringe anlegte. Nachdem sie ein paar Tage lang in T-Shirt und Shorts Bücher geschleppt hatte, fühlte sie sich großartig.

Sie kam im selben Moment aus ihrem Zimmer wie Jack aus seinem und blieb abrupt stehen.

»Wow«, sagte sie leise zu sich selbst.

Er trug ein rostfarbenes Hemd, das seine Schultern betonte, und hatte die Ärmel so aufgerollt, dass seine Unterarme zur Geltung kamen. Sein Haar war zerzaust und wirkte weich anstatt wie sonst ordentlich frisiert. Sie sah, dass er ebenfalls kurz den Blick über sie schweifen ließ, und lächelte zufrieden.

»Was ist?«, fragte er, als er merkte, wie Clare ihn musterte. »Celestina hat gesagt, wir sollen uns was Hübsches anziehen.«

»Stimmt«, bestätigte Clare.

Als Jack sie als Erste durch die Haustür treten ließ, murmelte sie leise vor sich hin: »Gott segne Celestina.«

*

»Gottverdammt, Celestina«, fluchte Clare eine halbe Stunde später, während sie mitten im Dschungel über einer Schlucht balancierte und sich an den Seiten einer Seilbrücke festhielt. Ihr Absatz war in dem Astloch eines der Holzbretter stecken geblieben, und sie versuchte, ihn zu befreien.

Jack war etwas blass um die Nase und beobachtete sie verwirrt.

»Brauchst du Hilfe?«, fragte er, während Clare keuchend an dem Schuh riss.

Sie starrte ihn wütend an, während sie sich hinunterbeugte, um mit einer Hand die Schnalle zu lösen. Dabei klammerte sie sich an das Seil wie an einen Rettungsring, denn die Brücke schwang bedrohlich hin und her.

»Sie hat gesagt, ich soll mir was Hübsches anziehen«, sagte sie mürrisch.

Die Hängebrücke war die letzte Hürde, die sie auf dem schier unendlichen Weg zu dem »schönen« Ort nehmen mussten, den Adam und Celestina für das Abendessen ausgesucht hatten.

Es hatte damit begonnen, dass ihr Taxi mitten im Nirgendwo hielt. Auf der rechten Seite lagen terrassenförmig angelegte Reisfelder im sanften goldenen Abendlicht. Auf der linken Seite erstreckte sich ein Wald. Für einen Moment dachte Clare, das Auto hätte vielleicht eine Panne, aber der Fahrer starrte sie an und erwartete offensichtlich, bezahlt zu werden.

»Entschuldigen Sie, sind wir hier richtig?«, vergewisserte sie sich.

»*Raja's,* ja«, bestätigte der Fahrer und deutete mit der Hand nach links.

»*O-kay*«, sagte Clare und sah zu Jack, der ebenfalls verwirrt zu sein schien, aber dennoch seine Geldbörse aus der Tasche zog.

Clare gab ihm etwas Geld für ihren Anteil am Fahrpreis, und die beiden stiegen aus. Draußen blickte sich Clare einige Minuten um, erst dann entdeckte sie ein kleines Holzschild mit der Aufschrift *Raja's* und einem Pfeil, der auf einen schmalen Pfad deutete, der zwischen den Bäumen hindurchführte.

»Also das ist interessant«, sagte Jack, der es ebenfalls entdeckt hatte.

»Es ist aufregend«, bemerkte Clare.

»Das ist gar kein richtiger Weg.«

»Das macht es ja so spannend.«

Sie sah zu Jack hoch und war überrascht, dass er zu zögern schien.

»Vielleicht hätten wir das Taxi nicht wegschicken sollen«, überlegte er.

»Komm schon«, forderte Clare ihn auf. »Willst du ernsthaft sagen, dass du nicht gehen willst?«

»Will ich sagen, dass ich nicht blindlings in den Dschungel laufen möchte, mit nichts als einem handgemalten Holzschild als Wegweiser?«

»Wozu geht man überhaupt aus dem Haus, wenn man nicht bereit ist, sich auf ein Abenteuer einzulassen?« Clare lachte.

»Abgesehen von meiner persönlichen Sicherheit?« Er scherzte, aber Clare sah, dass er wirklich beunruhigt war. »Bist du immer so draufgängerisch?«

»Das habe ich von meinem Vater gelernt«, erwiderte Clare. »So ungefähr jedenfalls. Man muss im Leben Risiken eingehen und sein Ding durchziehen.«

»Welches Ding?«

Für *dieses* Gespräch hatten sie jetzt wirklich keine Zeit.

Clare zuckte mit den Schultern. »Irgendetwas. Jetzt komm.« Sie ging auf den Weg zu. »Das wird schon.«

»Ich finde, wir setzen sehr viel Vertrauen in Adam und Celestina«, meinte Jack. »Aber okay.«

In den ersten Minuten war der Weg nur ein Trampel-pfad, doch dann wich er großen Steinplatten. Allmählich kam es ihr wirklich wie ein Abenteuer vor. Celestina und Adam hatten offenbar einen aufregenden Ort für das Abendessen ausgesucht, und Clare fand das spannend und belebend.

Der steinerne Pfad schlängelte sich durch die Bäume, und kurz glaubte Clare, sie kämen zu einer Lichtung und das Restaurant würde sich vor ihnen auftun.

Doch sie hatte sich getäuscht. Stattdessen erschien eine Steintreppe, die zwischen den Bäumen hinaufführte.

Sofort wurde Clare noch aufgeregter.

*Es muss ein ganz besonderer Ort sein,* dachte sie, *der eine solche Reise wert ist.*

Aber nach langen Minuten, in denen sie die unebene Steintreppe hinaufstieg, begannen ihre Energie und ihr Enthusiasmus nachzulassen.

»Wehe, da gibt es kein ganz fantastisches Essen«, keuch-te sie. »Ich meine, einen Burger mit echtem Gold oder so.«

»Ich kann mir nicht vorstellen, dass er dadurch besser schmeckt«, antwortete Jack.

»Darum geht es nicht. Ich möchte nur, dass meine Bemühungen hier auf eine großartige und deutliche Weise belohnt werden.«

»Durch Essen, das unverdauliche Metalle enthält?«

»Oder etwas Vergleichbares.«

»Vielleicht eine Trophäe?«

»Eine Trophäe kann jeder bekommen.«

»Kommt auf die Trophäe an.«

In diesem Moment tauchte die Hängebrücke vor ihnen auf.

»Oh, nein«, keuchte Jack leise.

»Alles okay?«, fragte Clare.

»Ja«, erwiderte er. »Mir geht's gut. Ich komm schon klar.«

»Bist du …«

»Ich bin nicht schwindelfrei«, gestand er, »aber ist schon okay.«

»Ich kann als Erste gehen«, bot Clare an. »Dann sterbe ich auch als Erste, wenn wir abstürzen.«

»Findest du das etwa lustig?«, fragte Jack und starrte sie aufgebracht an. »Oder hilfreich?«

»Okay, okay, tut mir leid«, entschuldigte sich Clare. »Es hat einfach etwas, herauszufinden, dass eine so stoische und ernsthafte Person eine Phobie hat. Damit rechnet man nicht, und es macht sie interessant.«

»Findest du mich etwa uninteressant?«

Clare verzog keine Miene. »Natürlich finde ich dich interessant. Du bist ein faszinierender Mensch.«

»Halt die Klappe«, blaffte Jack. Er schloss die Augen und schüttelte sich. »Okay, dann los! Aber können wir bitte schnell gehen?«

»Natürlich.« Clare trat auf die erste Holzplanke und hielt sich am Seil fest. Sie hatten gerade die Hälfte der Strecke hinter sich, als ihr Absatz stecken blieb. »Kein Problem, geh einfach weiter, runter von der Brücke.«

»Ach, schon in Ordnung«, entgegnete Jack. »Ich warte auf dich.«

Bildete sich Clare das nur ein, oder sah er nervös aus?

Blieb er wirklich lieber mit ihr auf der Brücke, als diesen Ort so schnell wie möglich wieder zu verlassen?

Er umklammerte die Seile derart fest, dass seine Knöchel weiß hervortraten, während sie mit ihrem Schuh kämpfte und sich bemühte, möglichst jede Erschütterung zu vermeiden. Als sie frei war, zog sie ihre albernen Riemchensandalen aus und ging barfuß weiter.

»Wollen wir wetten, dass ich nachher einen Splitter habe?«, fragte sie, als sie ihren Weg endlich fortsetzten.

»Mach keine Witze«, sagte Jack.

Aber das Holz war weich, von zahllosen Füßen abgenutzt, und sie schafften es ohne weitere Zwischenfälle auf die andere Seite.

Als sie wieder festen Boden unter den Füßen hatten, stieß Jack einen Seufzer der Erleichterung aus.

»Du hättest wirklich nicht auf mich warten müssen«, sagte Clare. »Du hättest schon viel früher von der Brücke herunterkommen können.«

»Das war das kleinere von zwei Übeln«, gestand Jack. »Wenn ich allein bin, ist es immer schlimmer. Es ist, als würde man den Bezug zur Realität verlieren, verstehst du? Alles dreht sich von einem weg. Eine andere Person in der Nähe zu haben … ich weiß nicht … erdet mich.«

»Aha.« Clare wusste, dass niemand vor Phobien gefeit war, aber dass ein so ruhiger, ernster Mensch Höhenangst haben könnte, wäre ihr nie in den Sinn gekommen – und irgendwie fand sie es reizend. Seine Qual ließ Jack jünger wirken, doch anscheinend hatte er diese Seite von sich nicht offenbaren wollen. »Das ist nachvollziehbar«, bemerkte

Clare beiläufig. Sie wollte ihm durch die Blume zu verstehen geben, dass sie es nicht weiter dramatisch fand.

Sie versuchte, sich die Schuhe wieder anzuziehen, doch da sie sich nirgendwo hinsetzen konnte, musste sie einen einbeinigen Tanz vollführen, während sie an der winzigen Schnalle herumnestelte.

»Warte«, sagte Jack. »Ich helfe dir.«

Clare war einen kurzen Moment sprachlos.

»Oh«, sagte sie dann. »Okay.«

Jack kniete sich vor sie, und sie schob ihren Fuß in den ersten Schuh. Als seine Finger über ihren Knöchel strichen, verlor sie das Gleichgewicht und stützte sich mit einer Hand auf seiner Schulter ab. Er schloss die Schnalle und nahm den anderen Schuh. Clare schluckte, als er den Fuß festhielt und ihr den Schuh überstreifte. Kam es ihr nur so vor, oder verweilte er tatsächlich etwas länger bei der zweiten Schnalle?

Er setzte ihren Fuß auf den Boden und stand mit leicht geröteten Wangen vor ihr. Nein, sie hatte es sich nicht eingebildet.

»Danke«, sagte sie.

Sie standen sehr dicht voreinander. Es war, als würden sie von einer Energie zueinander hingezogen, wie ein Lasso, das sich langsam straffte.

Irgendetwas daran beunruhigte Clare. Es wäre gelogen, wenn sie behaupten würde, dass sie sich auf Bali nicht ein wenig Spaß und einen Flirt erhofft und sich auf eine unverbindliche Affäre im Paradies gefreut hatte. Aber das hier fühlte sich weder nach Spaß noch locker an. Es war eher wie die statische Aufladung vor einem Gewittersturm.

Clare sah zu Jack hoch und beugte sich ein wenig vor. Sie spürte, wie sich seine Finger um ihre schlossen und sein Daumen über ihren Knöchel strich.

»Jack, ich glaube …«

»Ah«, meldete sich in diesem Moment eine Stimme hinter ihnen. »Ihr habt es gefunden.«

Clare drehte sich um und sah Adam und Celestina von der Hängebrücke steigen. Die beiden machten den Eindruck, als wären sie durch die Luft geschwebt und nicht gerade dreihundert Steinstufen hinaufgestiegen.

»Haben wir?«, fragte sie. »Ich war mir nicht sicher.«

Die beiden kamen auf Clare und Jack zu und sahen dabei aus wie Oberon und Titania – wenn Oberon kleiner gewesen wäre, funkelndere Augen gehabt hätte als auf den üblichen Darstellungen und mehr Leinen trüge. In einem moosgrünen Leinenanzug mit einem locker gebundenen Halstuch war Adam der Inbegriff der zerknitterten Eleganz. Celestina sah wie immer spektakulär aus, in einem grauen Seidenkleid, das zu ihrem auf dem Kopf aufgetürmten, silberfarbenen Haar passte.

»Meine Güte«, sagte sie und blickte von Clare zu Jack, »sehen wir nicht alle fabelhaft aus? Wollen wir reingehen?«

Dann trat sie hinter einen Baum und verschwand.

*

Clare starrte Celestina einen Augenblick hinterher und fragte sich, ob die Hängebrücke sie auf der Spitze des Wunderweltenbaums abgesetzt hatte. Sie blickte zurück zu Adam, der ihr lächelnd zuzwinkerte, und sagte: »Nach dir.«

Clare machte einen Schritt nach vorn und sah nun statt weiterer Bäume einen kleinen Weg, der zu einer Tür in einer Wand führte. Dort stand Celestina in einem Lichtkegel und drehte sich nach Clare um.

Gemeinsam traten sie durch die Tür und gelangten in einen schmalen Flur mit einfachen, braun tapezierten Wänden. Als sie, gefolgt von Jack und Adam, den Gang hinunterging, hörte Clare Stimmen vom anderen Ende des Flurs, wo der Korridor in einen breiten Holzbalkon mündete. Clare trat hinaus … und schnappte nach Luft.

»Schön, nicht wahr?«, fragte Adam von hinten.

Der Balkon gab den Blick auf einen großen Wasserfall frei, der sich über eine Felsformation ergoss und von Grünpflanzen gesäumt war. Für einen Balkon war er groß, aber für ein Restaurant ziemlich klein – der Platz reichte gerade mal für ein paar Tische und Stühle. Die Möbel waren einfach, solide und ziemlich abgenutzt. Es gab kaum Dekoration, nur ein paar Stoffbahnen, die von der Decke hingen, um den Lärm zu dämpfen.

Ein großer, stämmiger Mann kam mit ausgebreiteten Armen auf sie zu.

»Lissie«, sagte er, »es ist so lange her, viel zu lange.«

»Sei nicht albern, Vik«, erwiderte sie und beugte sich vor, um ihn auf die Wange zu küssen. »Ich war doch erst letzten Monat hier.«

»Nein, nein, es ist mindestens ein Jahr her, wenn nicht länger.«

»So etwas darfst du nicht sagen«, mahnte Celestina. »Sonst bekomme ich das Gefühl, dass ich alt werde.«

»Niemals!« Vik lachte. »Kommt, euer Tisch ist fertig.«

Er führte sie zu einem Tisch, der so nah am Rand stand, dass Clare befürchtete, sie könnten nass werden. Sie warf einen Seitenblick zu Jack und fragte sich, ob der Ausblick wieder seine Höhenangst auslösen würde.

»Es ist okay«, sagte er, als er ihren Blick bemerkte. »Solange ich festen Boden unter den Füßen habe, geht es mir gut.«

Clare nickte, hatte aber das Gefühl, dass der Boden unter ihren Füßen weit weniger fest war, als er hätte sein sollen.

»Also, Lissie, hast du deinen Freunden die Regeln erklärt?«, erkundigte sich Vik.

»Das tue ich noch, Vik. Versprochen.«

»Regeln?«, fragte Jack.

»Dieser Ort ist ein gut gehütetes Geheimnis«, erklärte Adam. »Vik gibt sich viel Mühe, um zu verhindern, dass er von Touristen überrannt wird. Das bedeutet: keine Fotos, keine sozialen Medien, keine Hinweise auf den Eingang.«

»Kein Instagram?«, fragte Clare, ohne nachzudenken.

Jack verdrehte die Augen, und Clare warf ihm einen gereizten Blick zu.

»Ich meine, das hier ist ein so außergewöhnlicher Ort, dass es eine Schande wäre, ihn nicht zu teilen«, sagte sie.

»Nicht alle außergewöhnlichen Dinge sind dazu bestimmt, im großen Stil geteilt zu werden«, erwiderte Celestina. »Diesem Ort wohnt ein Zauber inne, der sich verflüchtigen würde, wenn zu viele Menschen davon wüssten.«

»Nur die Einheimischen kennen ihn«, fügte Adam hinzu.

»Macht uns das zu Einheimischen?«, fragte Jack.

»Es war Lissies Idee, euch herzubringen«, bemerkte Adam lächelnd. »Für sie also vermutlich schon.«

»Ich habe ihm erzählt, was für wunderbare Arbeit ihr im Laden geleistet habt«, sagte Celestina. »Als ihr zum Abendessen bei uns wart, dachte ich, ihr werdet ein gutes Paar, und das hat sich bewahrheitet. Ich habe zu gern recht. Da kam es mir nur fair vor, euch einen unserer Lieblingsorte auf Bali zu zeigen.«

»Ich hoffe, wir haben nicht zu viel verändert«, sagte Clare. »Ich weiß, es ist dein Laden, Adam. Ich will es nicht zu weit treiben.«

»Oh, das macht nichts.« Adam wedelte mit der Hand durch die Luft. »Aber arbeitet nicht zu viel – ihr sollt diesen schönen Ort genießen und nicht den ganzen Tag schuften.«

Clare blickte zu Jack. »Aber wir wollen das Beste für euch tun«, sagte sie. »Wir sind so dankbar, hier zu sein, dass wir uns wenigstens Mühe mit dem Laden geben möchten.«

»Ich würde mir keine allzu großen Sorgen machen«, meinte Adam.

»Weißt du, ich glaube, ich kann dir helfen, das Ruder herumzureißen …«, begann Jack nachdenklich, doch Adam unterbrach ihn.

»Es gibt hier keine feste Speisekarte, aber sie haben jeden Tag einen frischen Fang, also empfehle ich irgendwelche Meeresfrüchte.«

»Aber …«, hob Jack erneut an, doch diesmal unterbrach ihn Celestina.

»Meine Lieben, dies ist kein Arbeitsessen, sondern ein Freizeitvergnügen. Ich möchte mehr über deine früheren

Reisen erfahren, Clare. Wie herrlich, so viel von der Welt zu sehen, wenn man noch so jung ist.«

Der Rest des Abendessens verlief in angenehmer Atmosphäre. Adam und Celestina hatten viele unfassbare Geschichten zu erzählen und eine Gabe, die Leute aus sich herauszuholen. Dennoch konnte sich Clare nicht ganz entspannen. Es schien, als hätte Adam den Laden einfach aufgegeben. Als interessierte es ihn kein bisschen, was dort passierte.

Aber warum hatte er sie überhaupt hergeholt, wenn das der Fall war? Warum schloss er den Laden nicht einfach?

# 10. Kapitel

Auf der Rückfahrt im Taxi war Jack schweigsam. Das war nicht ungewöhnlich, aber aus einem Impuls heraus fragte Clare ihn, ob er noch irgendwo auf einen Drink anhalten wollte, bevor sie nach Hause fuhren.

»Oh«, sagte er. »Klar, wenn du willst.«

Sie gingen in eine der Strandbars und setzten sich draußen an einen Tisch, etwas entfernt von der Musik. Das Mondlicht spiegelte sich auf dem Meer, und sie lauschten dem beruhigenden Rauschen der Wellen, die ans Ufer schlugen.

Eine Weile beobachtete Clare die Menschenmenge und wartete darauf, dass Jack vielleicht doch noch Lust bekam, mit ihr zu reden. Ein paar Typen übertrumpften sich damit, im Sand Rad zu schlagen, und feuerten einander an. Einer schien den anderen Tipps zu geben, aber sie hatte es ihn noch nicht selbst probieren sehen, deshalb zweifelte sie an seiner Autorität. Sie drehte sich zu Jack um, um ihn auf die Truppe hinzuweisen, aber er starrte auf seine Bierflasche und zupfte mit dem Daumen an dem Etikett herum.

»Ist alles okay?«, fragte sie.

»Oh, ja. Ich bin nur ein bisschen müde. Es war eine harte Woche.«

»Lemon, es ist Dienstag«, scherzte sie.

»Was? Es ist Freitag. – Ah, halt. Ich hab's kapiert. *The Office*?«

»Gott, bist du müde. Das war *30 Rock*.«

»Ach ja, stimmt.«

Clare schwieg eine Weile. Allmählich machte sie sich Sorgen um diesen verklemmten Trottel, der ihr immer wieder einen Strich durch die Rechnung machen wollte.

»Vielleicht ist das hier Zeitverschwendung«, sagte Jack so leise, dass Clare nicht wusste, ob er mit ihr oder mit sich selbst sprach. »Vielleicht hätte ich nicht herkommen sollen. Ich hätte …« Er brach ab.

»Warum bist du hergekommen?«, fragte Clare nach ein oder zwei Minuten. »Du hast gesagt, früher wärst du oft auf Bali gewesen. Kanntest du den Laden schon?«

Jack antwortete nicht sofort und drehte seine Bierflasche ein paarmal in der Hand.

»Meine Großmutter stammte von hier«, sagte er schließlich, »darum ist mein Dad zweimal im Jahr mit uns hergeflogen, um sie zu besuchen.«

»Hast du hier surfen gelernt?«

Jack nickte. »Wir waren hauptsächlich draußen unterwegs. Mein Vater und mein Bruder stehen beide auf solche Sachen – Wandern, Höhlentauchen, Gleitschirmfliegen. Beim Gleitschirmfliegen habe ich nicht mitgemacht«, fügte er mit einem reumütigen Lächeln hinzu. »Wir waren nicht oft bei Seashore Books. Nur ein- oder zweimal, als einer von uns eine Leseliste für die Schule hatte oder so, haben wir die Bücher hier besorgt. Ich glaube, damals war Adam meistens im Laden, und er war immer interessiert und hilfsbereit. Ich habe mir nicht viel dabei gedacht. Seashore Books war wie jeder andere Laden, aber es war immer nett da.«

»Weiß Adam das?«, fragte Clare.

»Ja, ich habe es in meinem Vorstellungsgespräch erwähnt, aber es schien keinen großen Eindruck auf ihn zu machen. Und dann dachte ich: *Na ja, es kommen bestimmt viele Leute in den Laden, also ist es wohl auch keine große Sache.*«

Inzwischen hatte er das gesamte Etikett von der Flasche abgezogen. Er betrachtete es und ließ es in einen Aschenbecher fallen.

»Wie auch immer«, fuhr er dann fort, »als ich sechzehn war, ist meine *Nini* – meine Großmutter – gestorben, und danach sind wir nicht mehr hergekommen. Ich habe es vermisst. Als ich die Stellenausschreibung las und gesehen habe, dass es um den Buchladen ging, dachte ich: *Warum nicht?* Ich wollte herausfinden, wie es ist, eine Zeit lang richtig hier zu leben. Ich dachte wohl, es wäre noch alles genauso wie damals.«

Plötzlich hatte Clare Mitleid mit ihm. Am liebsten hätte sie ihm tröstend eine Hand auf den Arm gelegt oder ihn an sich gezogen, aber etwas hielt sie zurück.

Jack rieb sich den Hinterkopf. »Oder vielleicht habe ich das auch nicht gedacht. Natürlich verändert sich alles – das ist normal. Es ist nur …« Er verstummte einen Moment und blickte auf den schwarzen Ozean hinaus. »Als ich ein Kind war, schien es, als würden sich eine Menge Leute sehr um diesen Laden bemühen. Ich dachte, das wäre immer noch so. Und Adam wäre einer von ihnen.« Seine Miene verhärtete sich. »Na ja, es ist trotzdem eine gute Praxiserfahrung, beruflich gesehen.«

»Stimmt«, sagte Clare. »Das hast du gesagt. Aber ich verstehe immer noch nicht, wofür.«

Er verwirrte sie zutiefst. Er wollte helfen, den Laden wieder auf Vordermann zu bringen, tat dann aber so, als würde er ihr damit einen Gefallen tun. Doch sobald es danach aussah, als könnten sie scheitern, nahm er es so persönlich.

»Ich wollte meine Expertise erweitern. Ab April arbeite ich bei einem Beratungsunternehmen, das sich auf Fusionen, Übernahmen, Konkursverwaltung und solche Dinge spezialisiert hat. Ich habe dort bereits zwei Praktika absolviert, und eins bei einem Mischkonzern, der Franchising für kleine Unternehmen betreibt. Diese Seite kenne ich – Übernahmen aus der Sicht von Großunternehmen –, aber ich weiß nicht viel darüber, was auf der anderen Seite passiert. Was passieren muss, damit sich ein kleiner Laden einem Franchiseunternehmen anschließt oder an einen Konzern verkauft.«

Clare blieb der Mund offen stehen. Sie wollte ihn unterbrechen, aber es hatte ihr die Sprache verschlagen. Sie hatte Jack zwar als »Business-Boy« betrachtet, aber sie hatte ihn sich nicht bei einem echten Unternehmen vorgestellt. Erst recht nicht bei einem, das sich auf die Übernahme kleinerer Unternehmen spezialisiert hatte. Unternehmen wie jenem, das sie zu retten versuchten.

»Ich dachte immer, dass die Leute es aus Verzweiflung tun und dass sie vorher mit allen Mitteln darum gekämpft haben, ihr geliebtes Geschäft zu behalten«, fuhr Jack fort. »Aber vielleicht ist es manchen auch einfach egal. Vielleicht betreiben sie es nur noch aus Gewohnheit und sind sogar irgendwie erleichtert, wenn sie aufgekauft werden.«

Er verstummte.

»Was sagst du da?«, fragte Clare.

Er seufzte. »Ich weiß auch nicht. Ich dachte, wir könnten etwas tun, um den Laden wieder auf Vordermann zu bringen. *Für* Adam, weißt du? Aber … glaubst du nicht, dass so ein kleines Geschäft manchmal zu einem Mühlstein um deinen Hals wird? Etwas, das dich belastet, von dem du dich aber nicht trennen kannst? Weil es, keine Ahnung, wie ein Versagen aussehen würde oder so?«

Clare stand auf. Das wollte sie nicht hören. Sie hatten beschlossen, den Laden zu retten, und Jack war einverstanden gewesen. Jetzt redete er so, als wollte er ihn den Bach runtergehen lassen, weil es das Beste für alle wäre. Für alle außer Clare. Wenn der Laden geschlossen wurde, musste sie mit der Erkenntnis nach Hause zurückkehren, dass sie wieder versagt hatte.

Nein, sie musste das hier durchziehen. Sie ahnte, dass es unvernünftig war, ihr Selbstwertgefühl davon abhängig zu machen, aber sie war sich auch sicher, dass es zu spät war, sich anders zu entscheiden.

»Jack, gibst du etwa auf? Willst du mir tatsächlich sagen, dass du aufgibst?«

Jack wandte ihr den Kopf zu, doch es dauerte einen Moment, bis er sie wirklich ansah.

»Was?«, fragte er. »Ich …«

»Du darfst nicht aufgeben. *Wir* dürfen nicht aufgeben. Dass es Adam nicht zu interessieren scheint, ist noch lange kein Grund, sich zurückzulehnen und den Laden vor die Hunde gehen zu lassen.«

»Das habe ich nicht gesagt«, widersprach Jack. »Ich habe nicht gesagt, dass ich aufgeben will.«

Clare atmete schwer. Ihr war klar, dass sie gerade überreagierte, aber sie wusste nicht, wie sie wieder runterkommen sollte.

»Gut«, sagte sie und ließ ihn einfach dort sitzen.

*

Clare zog die Schuhe aus und schlenderte zur Wasserkante hinunter. Dort stellte sie sich an den Rand und ließ ihre Zehen von den Wellen umspülen, bevor sich das Wasser wieder zurückzog. Am liebsten wäre sie in die Nacht hinausgeschwommen, um sich in der Dunkelheit des Ozeans zu verlieren, bis sie sich wieder beruhigt hatte.

Ihr Verhalten war ihr jetzt schon peinlich. Sie hatte Jack nicht einmal ausreden lassen. Außerdem hatte er recht, was Adam anging. Er schien sich nicht sonderlich für den Laden zu interessieren oder dafür, was aus der Buchhandlung wurde.

Warum hatte sie sich so aufgeregt? Gerade jetzt, da sie sich näher kennenlernten und es sich anfühlte, als könnten sie Freunde sein. Gerade als sie sich zu fragen begann, ob da vielleicht mehr als nur Freundschaft zwischen ihnen war. Dieser Moment an der Hängebrücke war womöglich in mehrfacher Hinsicht ein Abgrund gewesen – wer konnte schon sagen, was passiert wäre, wenn Celestina und Adam sie nicht unterbrochen hätten?

Aber jetzt hatte sie es ruiniert, weil sie einen kindischen Wutanfall bekommen hatte.

*Man kann dich nicht ernst nehmen.*

Und bald musste sie nach Hause in ihre winzige gemeinsame Wohnung. Sie musste zu Kreuze kriechen und zugeben, dass sie sich wie eine Idiotin verhalten hatte.

Eine Welle kam angerollt und erreichte nicht ganz ihre Füße, woraufhin Clare nach vorn trat, um sie aufzufangen.

»Oh, lass das lieber«, sagte eine Stimme hinter ihr. »Das Kleid ist zu schön für ein Mitternachtsbad.«

Clare drehte sich um. Vor ihr stand ein großer, sehr gut gebauter Mann mit goldener Hautfarbe, der nichts außer Boardshorts trug. Sie erkannte ihn als einen der Radschläger, und aus der Nähe betrachtet verschlug es ihr bei seinem Anblick die Sprache. Die Muskeln, das Haar, der australische Akzent … er wirkte wie eine Art Hemsworth.

»Es ist noch gar nicht Mitternacht«, erwiderte sie etwas lahm.

»Ja, aber ein ›Zehn-nach-elf-Bad‹ klingt nicht so gut«, konterte er. »Was machst du hier unten allein? Hast du dich mit deinem Freund gestritten?«

Er deutete mit dem Kopf in Richtung Bar, wo sie mit Jack gesessen hatte.

Clare verzog die Lippen. »Er ist nicht mein Freund.«

Hemsworth nickte wissend. »Ist er fremdgegangen?«

»Nein, nein, wir sind nicht zusammen. Waren wir auch nie.« Clare schüttelte den Kopf. »Ich arbeite nur mit ihm zusammen. Ich *muss* nur mit ihm zusammenarbeiten. In einer Buchhandlung.«

»Okay …« Der Mann klang verwirrt, und das war durchaus verständlich. Es war schwer vorstellbar, welche Art von

Drama am Arbeitsplatz dazu führen konnte, dass jemand so davonstürmte, wie sie es getan hatte. »Also, du siehst aus, als könntest du etwas Gesellschaft gebrauchen. Und vielleicht einen Drink.«

»Bist du nicht mit deinen Freunden unterwegs?«

»Nein, die haben sich schon alle aufs Ohr gelegt. Wollen morgen früh surfen.«

»Und du nicht?«

»Doch, ich gehe trotzdem mit.« Er grinste. »Schlafen kann ich noch, wenn ich tot bin. Ich bin übrigens Toby. Tobes.«

»Clare.«

*

Es stellte sich heraus, dass Tobes jedes Jahr mit seinen Jungs für einen ganzen Monat nach Bali kam. Diese Tradition hatten sie mit achtzehn am Ende ihrer Highschoolzeit begonnen. Seither hatte sich die Gruppe verändert – nicht alle, die ursprünglich dabei gewesen waren, kamen noch mit, dafür waren andere hinzugekommen –, aber die Tradition selbst hatte sich erhalten.

»Bali ist wie ein Paradies und gleichzeitig so einfach zu erreichen«, sagte er. »Na ja, also wenigstens von Perth aus.«

»Aber ist Australien nicht selbst ein Paradies?«, fragte Clare.

»Ja«, räumte er ein. »Aber das hier ist anders. Eine schöne Abwechslung. Wenn ich in Perth surfe, ist das auch toll und alles, aber ich weiß, dass ein Stück weiter zwischen all den Häusern die Arbeit auf mich wartet. Hier kommt man her und muss sich um nichts kümmern. Man surft, man trinkt, man isst und denkt an nichts anderes als an Surfen, Essen und Trinken.«

Er war ein sehr ruhiger Mensch, und Clare merkte, dass sie sich in seiner Gesellschaft so entspannte, als nähme sie ein heißes Bad. Als sie ihm von dem Laden, ihrer Mutter und den schwierigen Jobs zu Hause erzählte, hörte er ihr zu, ohne darüber zu urteilen. Und als sie ihm ihr Bewertungssystem für den TV-Backwettbewerb *The Great British Bake Off* erklärte, hörte er ihr genauso aufmerksam zu.

Dies war kein Abgrund und kein Gewitter, dies war ein Stärkungsmittel. Sie spürte, wie sich ihre Hirnfalten unter dem Einfluss von Tobys belanglosem Geplauder glätteten. Oder vielleicht lag es auch an den Cocktails. Jedenfalls fühlte sie sich so, wie man sich auf einer Reise nach Bali fühlen sollte – mit der Welt im Reinen, allen Problemen entrückt. Wie konnte es Probleme geben, wenn der Strand im Mondlicht so friedlich aussah und der Mann an ihrer Seite so attraktiv war?

Sie unterhielten sich weiter und nahmen noch ein paar Drinks, dann begleitete er sie nach Hause. Als sie an der Buchhandlung vorbeikamen, zeigte sie darauf.

»Ah, das ist also dein Schaufenster«, stellte er fest.

»Ganz genau. Gefällt es dir?«

»Ich finde, es sieht echt toll aus. Vor allem, was du da mit dem Stoff gemacht hast.«

»Es sieht besser aus, wenn das Licht an ist.«

»Ich weiß nicht, ich finde es so schon ziemlich gut.«

»Danke. Mir gefällt es auch.«

Sie schwiegen einen Moment lang.

»Ich finde, du siehst auch ziemlich gut aus«, sagte er dann.

Plötzlich musste Clare kichern und war ziemlich verlegen.

»Na ja«, sagte sie, »ich habe mich aufgestylt.«

Toby schüttelte leicht den Kopf, streckte eine Hand aus und zupfte an ihren Fingerspitzen.

»Das Kleid ist gut«, sagte er. »Das Kleid ist *sehr* gut. Aber es hatte auch die besten Ausgangsbedingungen.«

*Das ist die Affäre im Paradies, die du wolltest,* dachte Clare.

»Ich kann dich nicht hereinbitten«, sagte sie. »Die Wohnung ist so groß wie ein Schrank, und wir wohnen da zu zweit.«

Toby ließ den Kopf in den Nacken fallen und fasste sich mit einer übertriebenen Geste ans Herz.

»Welch verheerende Wendung der Ereignisse. Nächstes Mal müssen wir das besser planen.« Er sah ihr in die Augen. »Wenn du willst?«

»Ähm, ja?«, erwiderte sie und blickte lächelnd zu ihm hoch. »Doch, gern.«

»Gut.«

Er neigte den Kopf und legte einen Finger unter ihr Kinn. Clare stellte sich auf die Zehenspitzen, um ihm entgegenzukommen, ihre Hände auf seiner breiten, festen Brust.

*Ja,* dachte sie, als seine Lippen ihre berührten. *Das ist es, was ich brauche. Einen sanften, anspruchslosen Kuss von einem sanften, anspruchslosen Mann.*

*

Als Clare hereinkam, stellte sie erleichtert fest, dass Jacks Tür geschlossen war. Ja, sie musste sich entschuldigen, aber sie war noch nicht bereit, sich der peinlichen Situation zu stellen. Als sie ins Bett ging, sagte sie sich, dass es am Morgen leichter sein würde.

Doch das war es nicht. Als sie aus der Dusche kam, saß Jack bereits angezogen beim Frühstück.

»Jack. Hallo.«

Er nickte, und sie trat auf ihn zu.

»Hör mal«, begann sie. »Es tut mir leid wegen gestern Abend. Ich war wohl müde und habe mich wegen nichts aufgeregt. Ich will nur … Ich möchte, dass das wirklich funktioniert. Mit dem Laden. Verstehst du?«

Jack blickte sie an, und ihr war sehr bewusst, dass sie nichts als ein Handtuch trug.

»Schon okay.« Er biss von seinem Toast ab und blickte wieder auf sein Handy.

Clare stand einen Moment unbeholfen da. Sie hatte das Gefühl, ihm eine Erklärung dafür zu schulden, dass sie spätabends einfach so davongestürmt war, aber er schien keine zu erwarten. Ob er sich Sorgen um sie gemacht hatte? Jetzt schien er sich jedenfalls keine zu machen. Na ja, sie war schließlich erwachsen und für sich selbst verantwortlich. Er war nur ihr Kollege und Mitbewohner. Was sie sonst noch trieb, ging ihn nichts an.

Und sie wollte auch nicht, dass es ihn etwas anging, oder?

Clare überließ ihn seinem Toast und ging in ihr Zimmer, um sich für den Laden anzuziehen.

Da noch einige Regale beschriftet werden mussten, nahm sie den restlichen Filz mit und bearbeitete ihn. Sie postete ein Foto von ihren Fortschritten auf Instagram und ermutigte die Leute, in den Laden zu kommen und sich die neue Gestaltung anzusehen.

Eine Kundin kam herein und stöberte eine Weile. Clare überließ es Jack, sich um sie zu kümmern, da sein Schoß nicht mit Nadeln und Fäden bedeckt war.

Er grüßte die Frau leise und ließ sie dann weiter stöbern. Sie schritt zielstrebig auf das Krimiregal zu und sah es durch. Nach ein paar Minuten ging sie zur Kasse und fragte, ob sie noch andere Krimis von Dorothy L. Sayers auf Lager hätten.

»Ich fürchte, nein«, sagte Jack, »aber wir können gern etwas für Sie bestellen.«

»Nein, schon okay«, antwortete die Kundin. »Bis das kommt, bin ich schon weg. Aber die, die Sie haben, kenne ich leider schon.«

Jack nickte. »Tut mir leid«, sagte er und ließ die Kundin wieder zu den Regalen wandern.

Clare verdrehte die Augen, legte das Schild, an dem sie gerade arbeitete, vorsichtig beiseite, stand auf und ging zu der Kundin.

»Haben Sie Ngaio Marsh gelesen?«, fragte sie. »Ihre Bücher könnten Ihnen auch gefallen.«

»Nein, von der Autorin habe ich noch nie gehört. Ist sie gut?«, fragte die Kundin.

»Ich finde, Sie sollten es mal probieren. Außerdem sind Krimis gerade wieder ziemlich angesagt – wenn Sie einen neueren Krimi suchen, Richard Osman ist sehr beliebt.« Sie zog ein Exemplar von *Der Donnerstagsmordclub* heraus.

»Oh!«, rief die Kundin erfreut. »Ja, ich glaube, davon habe ich gehört. Können Sie es empfehlen?«

»Ich habe es selbst noch nicht gelesen, aber alle, die es gelesen haben, schwärmen davon.«

Clare schickte die Frau mit drei Büchern zur Kasse und kehrte zu ihrem Platz mit den Schildern zurück. Als sie sich gerade setzen wollte, ging die Tür erneut auf und ein weiterer Kunde kam herein – einer, den Clare wiedererkannte.

»Hallo!«, grüßte sie. »Möchten Sie noch eine Bestellung für Bethany abholen?«

»Hallo. Ja«, bestätigte er. »Das heißt, nein, ich habe nichts bestellt, aber ich wollte ein weiteres Buch für sie kaufen. Ich habe keine besonders große Auswahl, wissen Sie.«

»Gut, natürlich. Sie wollen eine Auswahl für jede Stimmung.«

Er schmunzelte. »Ja, so etwas in der Art.«

Clare zeigte ihm die neu gestaltete Kinderabteilung.

»Ich habe die Bücher neulich durchgesehen. Dieses hier hat mir am besten gefallen.« Sie zog ein Buch von Oliver Jeffers heraus. »Aber wir haben auch viele Klassiker, die ich als Kind geliebt habe, wie *Peepo!* Und *Wo die wilden Kerle wohnen* und *Die kleine Raupe Nimmersatt.*«

»Oh, wunderbar«, sagte der Mann. »Die sehen alle toll aus.«

»Perfekt.« Strahlend führte sie ihn zur Kasse und reichte Jack die Bücher, damit er sie abkassierte.

Der Kunde bemerkte den Stapel Taschenbücher von Isabel Allende und nahm eins in die Hand.

»Sie fangen wieder mit dem Buchclub an?«, fragte er. »Das ist ja großartig.«

»Ja«, bestätigte Clare und ergriff die Gelegenheit. »Möchten Sie kommen? Es ist ein fantastisches Buch.«

»Ich weiß nicht so recht«, erwiderte er. »Ich kann es nicht immer einrichten.«

Clare war äußerst neugierig auf den distinguierten älteren Mann und seine wachsende Bilderbuchsammlung, aber sie hatte nicht den Eindruck, dass sie ihn fragen durfte. Vielleicht würde sie mehr über ihn erfahren, wenn er zum Buchclub käme. Und er könnte ihr erzählen, wie der Laden früher einmal war.

»Ach, das ist ganz zwanglos«, versicherte sie. »Waren Sie früher auch dabei? Ich würde gern wissen, wie der alte Buchclub war.«

»Gelegentlich«, antwortete der Mann. »Es war immer etwas unvorhersehbar, es gab keinen festen Termin, aber irgendwie kamen immer eine Menge Leute zusammen. Vielleicht wegen des wunderbaren Essens.«

Clare lachte. »Ich weiß nicht, ob wir diesmal eine gute Auswahl bieten können, aber wir werden daran arbeiten.«

»Also, es war mehr als nur das. Ich habe nicht regelmäßig teilgenommen, aber die Atmosphäre war immer sehr herzlich. In diesem Laden herrschte eine echte Gemeinschaft. So kam es mir jedenfalls vor.«

Clare lächelte. Genau das war es, was sie wieder aufleben lassen wollte.

»Es ist nicht schlimm, wenn Sie es an dem Tag nicht schaffen«, sagte sie. »Aber nehmen Sie das Buch doch mit, und wenn Sie dann Zeit haben, können Sie dazukommen. Ich bin übrigens Clare, und das ist Jack.«

»Wissen Sie was? Ich glaube, das mach ich. Es war eine anstrengende Zeit … Vielleicht könnte ich einen Abend nur für mich gebrauchen.«

»Ich würde es Ihnen empfehlen«, sagte Clare, als wüsste sie genau, was für eine anstrengende Zeit er hinter sich hatte.

»Ja. Danke, Clare«, erwiderte er. »Oh, und ich bin Joyo.«

Als Joyo den Laden verließ, drehte sich Clare um und bemerkte, dass Jack sie beobachtete.

»Du machst das ziemlich gut«, lobte er sie.

Clare stutzte. »Was? Über Bücher reden?«

»Ja. Aber es ist mehr als das. Du weißt, was den Leuten gefällt.«

Clare dachte darüber nach. Sie hatte das Reden über Bücher, das Empfehlen von Büchern, nie als eine Fähigkeit betrachtet.

»Ich glaube, das habe ich von meinen Eltern«, sagte sie schließlich. »Als ich klein war, haben sie immer über Bücher gesprochen. Sie haben mich sogar nach dem Lieblingsbuch meiner Mutter von Maeve Binchy benannt, und selbst nach ihrer Trennung haben sie sich immer darüber ausgetauscht, was sie gerade lesen. Und an der Uni habe ich vergleichende Literaturwissenschaft studiert. Über Bücher zu reden, ist ganz normal. Also für mich.«

Während Jack sie ansah, umspielte ein neugieriges Lächeln seine Mundwinkel und wurde zu einem schiefen Grinsen.

Clare musste unwillkürlich ebenfalls grinsen. »Manchmal schenke ich den Leuten ein Buch, aber kein neues, sondern mein eigenes Exemplar. Eines, das ich gelesen habe, und manchmal mache ich am Rand Notizen für sie. An Stellen, die mich an sie erinnert haben oder die sie lustig finden könnten oder was auch immer.«

»Hast du keine Angst, dass die Leute nur die Notizen lesen und nicht das Buch?«

Clare starrte ihn an. »Wer würde so etwas tun?«

»Bist du sicher, dass du es nicht tun würdest? Es vorher durchblättern, um zu sehen, was derjenige geschrieben hat?«

»Hm, ich hoffe nicht. Ich weiß nicht, für mich hat noch nie jemand Notizen am Rand gemacht.«

Jack lächelte. »Ja, ich habe auch noch nie gehört, dass das jemand tut.«

Clare zuckte mit den Schultern. »Ich teile gern Bücher mit anderen. Nicht nur, um sie jemandem zu geben, sondern auch, um die Leseerfahrung zu teilen.«

»Wolltest du nie ins Verlagswesen gehen? Du könntest es versuchen, wenn du wieder zu Hause bist.«

»Vielleicht.« Clare runzelte nachdenklich die Stirn. »Aber ich weiß nicht, ob ich das gut könnte. Bewertungen schreiben, Dinge mitgestalten … Und ich stelle es mir sehr emotional vor. Manchmal muss man die Leute verletzen. Ich mag das fertige Produkt, aber ich weiß nicht, ob ich die Richtige bin, um bei der Entstehung zu helfen.«

»Das verstehe ich. Aber du könntest PR-Beraterin für Bücher sein. Darin wärst du großartig. Keiner geht, ohne ein Buch von dir zu kaufen.«

Clare dachte nach. »Kann sein. Oder vielleicht sollte ich einfach zu Hause in einer Buchhandlung arbeiten. Ich glaube, darin bin ich ziemlich gut.«

Jack grinste sie an. »Ganz bestimmt.«

*

Der Rest des Vormittags verlief recht ruhig. Clare wollte gerade anbieten, etwas zum Mittagessen zu holen, als die Tür aufging und ihr breitschultriger Mitternachtskuss hereinkam.

»Hallo«, sagte er zu Jack. »Ist Clare da?«

Jack blickte von Toby zu Clare, die sich von ihrem Platz auf der Treppe erhob.

»Hallo«, sagte sie. »Ich wusste nicht, dass du kommst.«

»Ich dachte, ich sehe mir den Laden mal bei Tageslicht an«, erwiderte er.

Nun, da sie *ihn* bei Tageslicht sah, konnte sie den Gedankengang nachvollziehen. Mit der Sonne, die auf sein Haar und seine Oberarme schien, sah er noch beeindruckender aus. Er trug ein T-Shirt und Shorts, sein Haar war nass und zerzaust – offensichtlich kam er gerade vom Surfen.

»Ein Freund von dir?«, fragte Jack.

Toby streckte ihm eine Hand hin. »Tobes«, stellte er sich freundlich vor. »Du musst Jack sein. Vielleicht könnte ich Clare zum Mittagessen entführen, wenn du sie für eine Stunde entbehren kannst.«

»Natürlich.« Jack verzog den Mundwinkel, seine Augen funkelten und wirkten abweisend. »Lass dir Zeit.«

»Danke«, sagte Clare. »Ich kann dir etwas mitbringen.«

»Nein, lass nur«, erwiderte Jack. Er hatte sich bereits wieder der Arbeit vor ihm zugewandt.

»Du und die Jungs wollt vermutlich nicht einem Buchclub beitreten?«, fragte Clare, als Toby und sie nach draußen gingen.

»Nicht ganz so unser Ding«, gab er zu. »Aber ich sage ihnen, dass sie herkommen sollen, wenn sie mal einen Tag nicht surfen wollen.«

Er lachte schallend über seine eigene Bemerkung, und Clare beschloss, sich keine Hoffnungen zu machen.

Das Mittagessen war genauso entspannt wie die Drinks am Abend zuvor, und Clare war erleichtert, dass es nicht nur am Alkohol gelegen hatte. Es wäre schön, hier einen Freund zu haben – zumindest für eine Weile. Jemanden zum Reden, der sich nicht von ihr einschüchtern ließ.

Toby erzählte ihr von seinen Freunden und davon, wie sich ihre Tradition im Lauf der Zeit verändert hatte.

»Bei den ersten paar Reisen hingen wir nur in Kuta herum. Morgens surfen, die ganze Nacht Party machen. Wir waren jung, weißt du?« Er lachte. »Idioten. Erst bei unserer vierten Reise haben wir gemerkt, wie viel mehr man hier machen kann.« Er blickte mit funkelnden Augen zu ihr hinunter. »Warst du schon mal bei einem der versteckten Wasserfälle?«

»Es gibt versteckte Wasserfälle?« Sie hatte die Erkundung der Insel ruhig angehen lassen, schließlich blieb sie drei Monate. Doch jetzt beschlich sie das Gefühl, dass sie bereits Zeit verschwendet hatte.

»Ich zeige sie dir«, sagte Toby. »Keine Sorge, ich kenne die besten.«

Alles schien sich zu fügen. Wie es aussah, konnte sie mit Jack die Buchhandlung retten, mit Toby das Paradies erkunden und als völlig neue Frau nach Hause zurückkehren.

*

Als sie nach dem Mittagessen in den Laden zurückkam, verhielt sich Jack so, dass ihr sofort wieder einfiel, warum sie Toby brauchte.

»Oh«, sagte er und wirkte leicht überrascht. »Du bist wieder da.«

»Natürlich. Ich habe eine Stunde Mittagspause gemacht. Jetzt bist du dran.«

»Schon in Ordnung«, erwiderte er. »Ich dachte, du nimmst dir den Rest des Nachmittags frei. Mit deinem Freund.« Er legte eine seltsame Betonung auf das letzte Wort. »Wann hast du den Typen eigentlich kennengelernt?«

Clare biss sich auf die Lippe und mied Jacks Blick.

»Letzte Nacht«, gestand sie.

Sie hatte ein schlechtes Gewissen. Nachdem Jack und sie diesen Moment in der Bar gehabt hatten, war sie davongelaufen, direkt in die Arme eines anderen Mannes.

*Mach dich nicht lächerlich,* sagte sie zu sich selbst. *Du bist ihm nichts schuldig.*

»Na, mit ihm kannst du deine Zeit hier sicher noch mehr genießen.« Jack verzog höhnisch das Gesicht.

»Machst du das mit Absicht?« Clare verschränkte die Arme vor der Brust. »Du tust so, als wäre ich eine unzuver-

129

lässige Tussi, die sich aus dem Staub macht und dir die ganze Arbeit überlässt. Willst du mich ärgern?«

»Nein. Aber du hast doch Adam gestern Abend gehört. Ihm ist der Laden egal. Er will, dass du Bali genießt.«

»Er möchte, dass wir beide Bali genießen«, korrigierte Clare, »und nicht, dass ich auf der Insel herumgondele, während du mit deinen Rechenaufgaben hier drinnen hockst.«

»Ich hocke nicht nur drinnen«, widersprach Jack. »Ich war neulich draußen.«

»Einen Tag. Du machst nicht einmal Mittagspause.« Sie holte tief Luft und versuchte sich zu beruhigen. Bloß nicht schon wieder aufregen. »Du brauchst deine Pausen, und anscheinend nimmst du sie nicht, wenn ich dich nicht regelrecht aus der Tür schiebe.«

»Mach dich nicht lächerlich.«

Clare seufzte. »Na, wenigstens gibst du nicht auf.«

Jack sah sie erschrocken an. »Nein, das tue ich nicht.«

»Prima«, erwiderte Clare. »Ich gebe auch nicht auf. Ich bin hier, um diesen Job gut zu machen. Ich möchte diesen Laden nach vorn bringen, habe aber kein schlechtes Gewissen, weil ich nicht *nur* deswegen hier bin.«

Jack blieb still.

»Pass auf, die Buchhandlung braucht unsere Unterstützung, aber dazu müssen wir nicht beide ständig hier sein«, sprach Clare weiter. »Ich glaube, wir sollten uns darauf einigen, dass wir beide – *beide* – von Zeit zu Zeit ein oder zwei Tage freinehmen. Du hast selbst gesagt, dass du herausfinden willst, wie es ist, hier richtig zu leben. Das kannst du nicht, wenn du rund um die Uhr arbeitest. Drei Monate sind schnell vorbei, und wenn du nicht aufpasst, hättest du in dieser Zeit genauso gut bei dir zu Hause arbeiten können – wo auch immer du herkommst.«

»Chicago.«

»Richtig. Du hättest sonst ebenso gut in einem Laden in Chicago arbeiten können.«

Jack schwieg.

»Komm schon! Ich weiß, dass du oft hier warst, aber du kannst nicht alles auf der Insel kennen. Es muss noch Dinge geben, die du immer schon mal ausprobieren wolltest.«

»Klar, natürlich.« Jack fuhr sich mit einer Hand durchs Haar. »Aber nichts Wichtiges.«

»Genau darum geht es mir. Mach etwas, was nicht wichtig ist. Etwas, was du schlecht kannst. Probiere etwas Neues aus, erlebe ein Abenteuer.«

Sie wartete eine Weile und sah zu ihm hoch. Er biss sich unsicher auf die Lippe.

»Los, Jack«, sagte sie noch einmal. »Haben wir eine Abmachung?«

»Okay.« Jack seufzte. »Ja.«

# II. Kapitel

Clare hatte gehofft, dass ihre Beziehung zu Jack entspannt bleiben würde. Vielleicht mit weniger atemlosen Momenten auf Klippen, und ohne sich zu oft zu lange in die Augen zu schauen. Es hatte eine Weile gedauert, bis sie sich aneinander gewöhnt hatten, aber schließlich hatte es so ausgesehen, als ob sie Freunde würden. Und sie wollte, dass sie Freunde waren.

Doch jetzt war die Atmosphäre zwischen ihnen wieder genauso peinlich und angespannt wie am Anfang. Jack war schroff zu ihr, und sie blaffte ihn an. Es war, als stünde etwas zwischen ihnen, das keiner von ihnen ansprach. Und Clare wusste nicht, was es war.

Die beiden entwickelten eine Routine, die man nicht gerade als angenehm bezeichnen konnte, aber wenigstens stritten sie sich nicht mehr. Gelegentlich bat Clare um Geld für kleine Verbesserungen, und Jack lehnte sie ab. Sie stöberten in den Kisten auf der Galerie, trennten Bücher, die sie verkaufen, von solchen, die sie zurückgeben wollten, und durchwühlten Stapel von Gerümpel. Dabei fanden sie gelegentlich etwas, was sie wiederverwenden konnten, häufiger aber Dinge, die sie wegwerfen mussten.

Die meisten ihrer freien Tage verbrachte Clare mit Toby, der abenteuerlustiger war als sie. Er ging mit ihr tauchen, und sie bewunderte die Schönheit der tropischen Fische.

Wenn sie dann beschwingt und glücklich nach Hause kam und in die ganze Insel verliebt war, saß Jack mit seinem Laptop auf der Couch. Er sagte kurz »Hallo«, ohne den Blick vom Bildschirm zu lösen, und sie fühlte sich ernüchtert.

Sie wanderte mit Toby durch einen üppigen Dschungel, der zu einem herrlichen Wasserfall führte. Toby zeigte ihr eine Bungee-Jumping-Plattform, und in einem Moment, der einer außerkörperlichen Erfahrung gleichkam, nickte Clare. Nachdem sie sich nach unten gestürzt hatte, fühlte sie sich auf dem Heimweg wie eine Göttin.

Jack war bereits zu Bett gegangen, und auf der Bank lag ein Zettel mit der Nachricht: *Wir haben keinen Kaffee mehr.* Clare legte sich mürrisch schlafen.

Aber was er konnte, konnte sie schon lange. Sie zeigte einfach auch kein Interesse mehr daran, was Jack an *seinen* freien Tagen unternahm – auch wenn sie öfter darüber nachdachte, als sie zugeben wollte.

Allmählich zog der Laden mehr Kunden an, und Clare fühlte sich wohl dort. Jack hatte recht: Sie war gut darin, den Leuten die passende Lektüre zu empfehlen. Wenn sie nicht gerade Kartons sortierte, blätterte sie in Büchern, die sie nicht kannte – vorsichtig, damit sie den Buchrücken nicht verbog –, um ihre Kenntnisse zu erweitern. Sie hatte schon immer gern gelesen und sich über Literatur unterhalten, aber sie hatte noch nie über den eigenen Tellerrand hinausschauen müssen. Sie genoss die Herausforderung, nach etwas zu suchen, was anderen gefallen könnte, um nicht nur das zu empfehlen, was sie selbst jedem ans Herz legen wollte.

Wenn Jack Kunden bediente, musste sie sich beherrschen,

um nicht dazwischenzugrätschen. Üblicherweise zeigte er ihnen lediglich, wo die Bücher standen, nach denen sie gefragt hatten, und bot an, welche zu bestellen, die im Laden nicht vorrätig waren. Er selbst schien überhaupt nicht zu lesen – zumindest hatte Clare ihn noch nie dabei gesehen. Anscheinend war dieser Job einfach zum richtigen Zeitpunkt gekommen, und er hätte genauso gut in einer Eisdiele oder in einem Laden für Craftbier arbeiten können. Sie wollte seine Arbeit nicht kritisieren, aber sie versuchte, die Kunden möglichst gleich vorn abzufangen, um sie vor ihm zu retten.

Sie sprachen nicht viel miteinander, und Clare nahm an, dass Jack lieber seinen geschäftlichen Überlegungen nachhing, anstatt mit ihr zu reden. Er schien sich nicht sonderlich dafür zu interessieren, was sie tat oder wie sie Bali fand. Deshalb war sie sowohl überrascht als auch verärgert, als er eines Morgens aus heiterem Himmel anmerkte, dass sie ihren Aufenthalt hier mit ihrem »Muskelprotz« offenbar genoss.

»Wie bitte?«, fragte sie.

Sie waren zum ersten Mal seit Langem wieder gleichzeitig in der Küchenecke und machten sich Frühstück. Da Clare die Stille nicht aushielt, hatte sie zu plaudern begonnen – nicht über etwas Bestimmtes, sondern einfach über ihre Missgeschicke beim Surfen und über das Restaurant, in das sie und Toby am Vorabend gegangen waren. Sie hatte weder darauf geachtet, was sie sagte, noch auf Jack, aber das Wort *Muskelprotz* ließ sie aufhorchen. Wie kam Jack dazu, etwas so Unhöfliches zu sagen?

»Ich meine, du scheinst dich zu amüsieren.«

Sie starrte ihn an. »Das tue ich.«

»Ja. Mehr habe ich nicht gesagt. Mit ihm.«

»Warum hast du ihn als Muskelprotz bezeichnet?«

»Ich weiß nicht. Ich wusste nicht, wie ich ihn sonst nennen sollte.«

»Vielleicht einfach bei seinem Namen.«

»Richtig. Tobes.«

Clare blinzelte ein paarmal. Was war nur los mit ihm? War er etwa eifersüchtig?

»Gibt es ein Problem?«, fragte sie.

»Nein. Ich freue mich, dass du Spaß hast.«

Clare schüttelte den Kopf, als hätte sie Wasser im Ohr und wollte es loswerden. Sie hatte keine Ahnung, weshalb das Gespräch plötzlich diesen Verlauf genommen hatte.

»Bist du sauer auf mich?«, fragte sie. »Bist du sauer auf Toby? Was hat er dir denn angetan?«

»Nein, nichts«, erwiderte Jack. »Es tut mir leid. Ich bin müde. Manchmal rede ich abfällig, wenn ich müde bin.« Clare starrte ihn an, sagte aber nichts. »Egal«, fuhr er fort, »unternehmt ihr heute was? Es ist dein freier Tag.«

»Nein«, sagte sie langsam. »Er geht mit seinen Freunden zum Fallschirmspringen. Ich glaube, ich besichtige einen Tempel. Zu so etwas hat er nie Lust.«

»Nein, ich kann mir vorstellen, dass das nicht sein Ding ist.«

»Was ist *los* mit dir?«

»Nichts, nichts. Achte einfach nicht auf mich.«

»Mit Vergnügen.«

*

Clare war schon zwanzig Minuten gelaufen, als sie merkte, dass sie ihr Handy in der Wohnung vergessen hatte. Sie blieb stehen und ließ stöhnend den Kopf in den Nacken fallen. Wenn sie deshalb wiederauftauchte, würde Jack sie total nerven. Für ihn wäre es sicher der Beweis dafür, dass sie nicht nur vergesslich, sondern auch telefonsüchtig war.

Langsam, widerwillig und gereizt drehte sie um und stapfte den Weg zurück, den sie gekommen war. Als sie am Laden ankam, schlich sie auf der anderen Straßenseite vorbei und hoffte, dass Jack nicht gerade in diesem Moment aus der Tür sah. Dann machte sie kehrt und pirschte sich an die Wohnung heran.

Erst an der Eingangstür stellte Clare fest, dass sie auch ihre Schlüssel vergessen hatte. Sie ließ sich gegen die verschlossene Tür sinken und malte sich aus, wie ihr Telefon und ihre Schlüssel dort drin auf der Bank lagen. Es gab kein Entrinnen, sie musste ihre Blödheit eingestehen.

Sie stapfte den Weg zurück zum Eingang des Ladens und trat durch die offene Tür. Jack war nicht an der Kasse, und für einen Moment dachte sie, der Laden sei leer, aber dann hörte sie irgendwo aus dem Inneren eine Frauenstimme.

»... aber er will immer nur etwas mit Raumschiffen und Planeten lesen. Ich will mich ja nicht beschweren – er ist sechzehn, und ich freue mich, dass er überhaupt liest –, aber ich dachte, es wäre schön, wenn wir etwas gemeinsam lesen würden, worüber wir reden können. Vielleicht findet er es auch unter seiner Würde, mit seiner Mutter über ein Buch zu sprechen, aber ich dachte, wenn ich etwas finde, was sein Ding ist, könnte ich ihn dazu überreden.«

»Aber Sie suchen etwas anderes als Science-Fiction?«

»Ich kenne mich mit diesen Büchern nicht aus. Ich lese eher zeitgenössische Belletristik. Sally Rooney, Hanya Yanagihara. Ich mag lieber Literatur über Menschen als Bücher über Dinge. Über Beziehungen.«

Clare konnte beinah hören, wie Jacks Mundwinkel zuckte.

»Würden Sie mit ein paar Raumschiffen klarkommen, wenn es daneben auch komplizierte Beziehungsdramen gibt?«

Die Frau lachte. »Wenn er damit einverstanden ist, bin ich es auch.«

»In diesem Fall haben Sie viele Möglichkeiten. Es gibt N. K. Jemisins *Zerrissene Erde*-Trilogie, Iain Banks' *Kultur*-Zyklus, Margaret Atwoods *Der blinde Mörder*, Ursula Le Guins *Die linke …*«

»Moment, Moment, das will ich mir aufschreiben.«

»Ich kann Ihnen gerne eine Liste geben. Aber vorher will ich noch versuchen, Sie von meinem Favoriten zu überzeugen.«

»Von Ihrem liebsten Science-Fiction-Buch?«

»Von meinem Lieblingsbuch überhaupt.«

Clare hörte, wie Jack ein Buch aus dem Regal nahm.

»Das sieht extrem nach Raumschiffen aus«, stellte die Kundin fest.

»Ja, das Cover soll verkaufen«, sagte Jack. »Es vermittelt einen falschen Eindruck. Ich habe es mit siebzehn oder achtzehn gelesen, und ich lese es alle paar Jahre wieder. Es ist Science-Fiction, aber es geht um viel mehr.«

Jacks Stimme wurde etwas leiser, und Clare hielt den Atem an, damit sie ihn besser verstehen konnte.

»Es ist eine generationenübergreifende Familiensaga«, fuhr er fort. »Sie spielt auf zwei Zeitebenen. Die eine handelt von einem jungen Paar, das auf einer verwüsteten Erde lebt und versucht, auf ein koloniales Raumschiff zu gelangen. Die andere folgt ihren Urenkeln, die sich mit dem Schiff einem Planeten nähern, auf dem Leben möglich ist.«

Er war aufgeregt, stellte Clare fest. Er hielt sich sogar zurück, um nicht zu zeigen, wie aufgeregt er war.

»Es gibt ein Raumschiff und etwas Action und sogar ein oder zwei Laser, aber es geht auch darum, was bleibt, und um Bindungen. Die spannende Frage: Sollte man versuchen, andere Planeten zu kolonisieren, obwohl es die Kolonisierung war, die diesen Planeten zugrunde gerichtet hat? Aber der eigentliche Grund, warum ich es so sehr liebe …«

Unwiderstehlich von seiner Stimme angezogen, beugte sich Clare etwas vor.

»… sind die Liebesgeschichten auf den beiden Zeitebenen. Eine zwischen zwei Teenagern, die zum ersten Mal die Liebe entdecken, die andere zwischen alten Menschen, bei denen am Ende ihres Lebens noch einmal ein Funke entflammt.«

Die Kundin antwortete etwas, aber Clare hörte nicht mehr zu. Sie hatte Jack noch nie so über irgendetwas reden hören. Sie hatte angenommen, dass die Bücher, die sie anboten, für ihn nur Ware darstellten, die es zu verkaufen galt. Es war ihr nie in den Sinn gekommen, ihn überhaupt zu fragen, was er gern las. Ganz selbstverständlich war sie davon ausgegangen, dass er, sofern er überhaupt las, Wirtschaftsbücher bevorzugte – wie man vor seinem siebenundzwanzigsten Geburtstag Millionär wird, in was man investieren sollte, um vor seinen Kollegen gut dazustehen. Das und natürlich die *Financial Times*.

Während Jack die Kundin zur Kasse führte und den Verkauf abschloss, duckte sich Clare instinktiv hinter ein Regal. Als die Frau den Laden mit zwei Exemplaren desselben Buches in der Hand verließ, erhaschte sie einen Blick auf das Cover. *Wind über Dofida* von Simone Adair.

Clare stand wie erstarrt hinter dem Regal und wusste selbst nicht, warum sie sich immer noch versteckte. Gerade als sie einen Schritt nach vorn machen wollte, hörte sie Jack fluchen. Er stand auf, stellte das Schild mit der Aufschrift *In fünf Minuten zurück* auf den Schreibtisch und ging hinaus. Vermutlich hatte er ebenfalls etwas in der Wohnung vergessen.

Clare schlich weiter in den Laden, zur Sci-Fi/Fantasy-Abteilung und blickte auf das oberste Regal. Da war es: Adair. Es gab noch ein paar andere Bücher derselben Autorin, aber nur noch ein Exemplar von *Wind über Dofida*. Sie schnappte es sich, nahm sich vor, es morgen zu bezahlen, und verließ fluchtartig den Laden.

Sie riskierte nicht einmal einen Blick über ihre Schulter, als sie die Straße hinunterlief. Ihr Smartphone und die Schlüssel wollte sie später holen. Der Tempel konnte warten. Ein Lesetag am Strand klang perfekt.

# 12. Kapitel

Clare las den ganzen Vormittag über. Auch als sie sich mittags an einem Imbisskarren anstellte, um sich etwas zu essen zu besorgen. Und als sie abends einen ruhigen Tisch zum Abendessen im Freien fand und sich ein Glas Wein bestellte, las sie immer noch.

Das Buch war unglaublich, und es war ihr unerklärlich, warum sie noch nie davon gehört hatte. Es war episch und mitreißend und hatte dennoch etwas Intimes. Trotz der ausufernden Handlung zeichnete die Autorin ihre Charaktere mit viel Wärme und großer Liebe, und selbst in den tragischen Momenten war stets ein Hauch von Hoffnung zu spüren.

Clare war so fasziniert, dass sie fast vergaß, wo sie war.

Leicht gereizt merkte sie, dass sich ihr gegenüber jemand an den Tisch setzte und »Hallo« sagte, und es dauerte einen Moment, bis sie aufsah und Celestina erkannte.

»Ah«, sagte Celestina, als Clare den Kopf hob, »Simone.«

»Ich habe noch nie von ihr gehört«, gestand Clare. »Sie ist beeindruckend.«

»Ja, es ist Jahre her, dass sie etwas veröffentlicht hat, und noch länger, dass sie die Werbetrommel für ihre Bücher gerührt hat.«

»Ach, wie schade.«

»Ja, nicht wahr?« Celestina machte eine unbestimmte

Geste, woraufhin ein Kellner mit einem Glas Wein herbeieilte. »Sie hat in den Neunzigern für Furore gesorgt, aber dann ist sie einfach von der Bildfläche verschwunden. Und natürlich hat sich die Welt weitergedreht, und alle haben sie vergessen.«

»Nicht alle«, sagte Clare leise.

»Weißt du«, Celestina beugte sich verschwörerisch vor, »sie wohnt hier. Oder zumindest hat sie früher hier gewohnt.«

»Auf Bali?«

»Ja. Der Titel des Buches nimmt Bezug auf einen indonesischen Star, dieses Land muss also eine gewisse Bedeutung für sie gehabt haben. Ich glaube nicht, dass sie selbst Balinesin ist, aber es gibt eindeutig eine Verbindung. Anfang der 2000er-Jahre behaupteten einige Leute, sie hier gesehen zu haben. Natürlich behaupteten auch einige, sie in Wien oder in Burbank oder wo auch immer gesichtet zu haben. Aber nachdem Adam gehört hatte, dass sie hier sein könnte, hat er sie ausfindig gemacht. Er wollte sie zu einer Veranstaltung im Laden einladen. Das war, als die Buchhandlung noch sein Ein und Alles war, weißt du? Er hatte ständig neue Pläne.«

In Celestinas Augen trat ein entrücktes Leuchten.

»Der Laden war einmal etwas ganz Besonderes. Ständig gab es Lesungen – einmal hat er David Mitchell überredet, dort ein Buch zu präsentieren. Es gab eine monatliche Lesenacht am Strand. Das war kein Buchclub, sondern eine Gelegenheit, am Lagerfeuer zu lesen und etwas zu trinken.«

Sie lächelte traurig.

»Jedenfalls, als Adam gerüchtehalber erfuhr, dass Simone Adair tatsächlich hier lebt, war er ganz aufgeregt. Natürlich gibt es viele wunderbare Autoren in Indonesien, aber Simone war ein Star. Eine einheimische Autorin mit so großer, internationaler Bedeutung ... tja, die wäre für jede Buchhandlung gut. Und es hat eine Weile gedauert, aber schließlich hat er sie gefunden.«

»Hat sie denn bei einer Veranstaltung mitgemacht?«, fragte Clare.

»Nein. Und außerdem hat sie ihm gesagt, er solle sie nie wieder besuchen. Ich glaube, ihr Mann war im Jahr zuvor gestorben, und sie wollte einfach nur ihre Ruhe haben.«

»Das kann ich verstehen«, sagte Clare.

Sie schwiegen eine Weile. Clare zögerte, fragte aber schließlich: »Seit wann ist der Laden Adam nicht mehr so wichtig?«

»Oh, das muss mindestens schon seit einem Jahrzehnt so sein«, meinte Celestina.

»Ist etwas passiert?«

»Nicht dass ich wüsste. Jedenfalls nicht so, wie du es meinst. Ich glaube, es war eine langsame Entzauberung.« Celestina blickte auf den Horizont hinaus. »Er hat den Laden immer als Zentrum einer Gemeinschaft verstanden. Er hat sich vorgestellt, mit Kindern, die gerade lesen lernen, ihre ersten Bücher auszusuchen und sie dann über die Jahre zu begleiten, bis sie vor seinen Augen erwachsen werden.«

»Und das ist nicht passiert?«

»Solche Dinge sind nie ganz so, wie man sie sich vorstellt. Ja, es gab Menschen, die den Laden geliebt haben und immer wieder kamen, aber natürlich war er für sie nur ein kleiner Teil ihres Lebens. Nicht das Zentrum, so wie für ihn. Und ich glaube, dass es ihm jedes Mal wehgetan hat, wenn jemand nicht die enge Bindungen zu Seashore Books hatte, die er sich wünschte. Irgendwann zog er sich immer mehr zurück. Und je mehr er sich zurückzog, desto mehr litt der Laden und desto mehr Menschen empfanden ihn nicht mehr als unverzichtbaren Teil ihres Lebens.«

»So läuft es nun mal«, sagte Clare. »Es muss sehr schmerzhaft gewesen sein, das mitanzusehen.«

»Ha! Ja, Vonneguts große Regel des Schreibens – wenn du eine perfekte Formulierung findest, verwende sie das ganze Buch lang immer wieder.«

»Es muss sehr schmerzhaft gewesen sein, das mitanzusehen.«

»Ja«, bestätigte Celestina. »Also, ja, ich denke, das war es. Zumindest wäre es das gewesen, aber ...« Sie beugte sich vor und senkte den Blick. »Ich schaffe es nicht immer, anderen meine ungeteilte Aufmerksamkeit zu schenken. Man könnte mich wohl als egozentrisch bezeichnen. Gelegentlich.«

Sie lehnte sich wieder zurück und trank einen Schluck Wein.

»Ich habe es nicht so früh bemerkt, wie ich es vielleicht hätte bemerken können, und so konnte ich ihm nicht helfen«, gestand sie dann. »In den letzten Jahren habe ich es natürlich versucht, aber er lächelt mich nur an und schert sich nicht weiter darum. Ich glaube nicht, dass er gern dort ist.«

»Bietet er deshalb die Urlaubsvertretungen in der Buchhandlung an? Damit er nicht dort arbeiten muss?«

»O nein, wenn es so schlimm wäre, wäre es besser, wenn er jemanden in Vollzeit einstellen würde. Dann müsste er überhaupt nicht mehr darüber nachdenken. Ich glaube, er hat noch Hoffnung. Die Hoffnung, dass eines Tages jemand anders den Laden so lieben wird, wie er es getan hat.«

*

Clare las den ganzen nächsten Tag in der Buchhandlung weiter in *Wind über Dofida*. Es war Jacks freier Tag, sodass sie jedes Mal unterbrechen musste, wenn ein Kunde hereinkam. Der Laden brummte zwar immer noch nicht gerade, aber es gab immerhin regelmäßigeren Kundenverkehr als noch vor ein paar Wochen.

Auch wenn sie in das Buch vertieft war, freute sie sich über jede Unterbrechung. Sie war entschlossen, aus dem Laden wieder etwas zu machen, was Adam gefiel, und arbeitete an der nächsten Phase ihres Plans.

Sie hatte im Internet nach Simone Adair gesucht, und es gab immer noch eine ganze Menge Fans, die Clare als fanatisch bezeichnen würde. Die Gerüchte, dass die Autorin auf Bali lebte, hielten sich hartnäckig – sie hatten sich im Laufe der Jahre sogar noch verstärkt –, und jedes Jahr fand auf der Insel ein inoffizielles Treffen statt. Die hartnäckigsten Fans von Simone – oder wenigstens diejenigen, die sich schöne Reisen leisten konnten – trafen sich an einem der schwarzen Sandstrände, um auf ihre Arbeit anzustoßen und Lesungen zu hören. Es schien klein angefangen zu haben, mit einer Gruppe von Freunden, die sich in der Hoffnung auf die Reise gemacht hatten, sie zu finden. Doch seitdem waren es jedes Jahr mehr geworden, und manchmal waren sogar bekannte Schauspieler darunter, die aus Simones Werk vorlasen.

»Und dieses Jahr ist der dreißigste Jahrestag des Buches«, sagte Clare, als sie Jack an diesem Abend ihren Plan erläuterte.

Es war schon spät. Da konnte sie es ausnahmsweise einmal kaum erwarten, dass er nach Hause kam, und prompt blieb er bis nach zehn Uhr weg. Sobald er durch die Tür gekommen war, hatte sie angefangen zu reden und seitdem nicht wieder aufgehört.

»Also, wenn wir sie finden und sie überreden könnten, hier bei einer Veranstaltung mitzuwirken, wäre das unglaublich. Es würden so viele Menschen kommen und sich riesig freuen, sie zu sehen.«

Jack antwortete nicht.

»Meinst du nicht, dass es wunderbar wäre?«, fragte sie. »Natürlich müssten wir Bücher bestellen, aber wir würden sie auf jeden Fall verkaufen. Jeder würde ein Autogramm haben wollen.«

Jack schwieg weiterhin. Er starrte sie an, als hätte er noch nie einen Menschen gesehen.

»Jack? Was meinst du?«

Er hob zu sprechen an und verstummte dann wieder.

»Du hast *Wind über Dofida* gelesen?«, fragte er schließlich. »Weil du gehört hast, wie ich darüber gesprochen habe?«

»Jack, das war das Erste, was ich gesagt habe. Sag mir, dass du den Rest gehört hast. Alles andere war viel wichtiger.«

Jack fuhr sich mit der Hand durchs Gesicht. »Ich …« Er verstummte erneut. »Was?«

»Ist das dein Ernst?«

»Nein … ja … ich meine, ich habe gehört, was du gesagt hast. Ich versuche nur, es zu verstehen.« Erneut schwieg er einen Moment. »Und sie wohnt hier?«

»Anscheinend. Oder wenigstens hat sie mal hier gelebt. Und Adam hat sie aufgespürt. Er hat mit ihr gesprochen. Vielleicht hat er noch ihre Nummer, oder vielleicht finden wir irgendwo im Laden einen Zettel.«

Jack nickte ein paarmal, sagte aber weiterhin nichts. Nach ein paar Minuten fragte Clare sich, ob er eingeschlafen war.

»Aber warum glaubst du, dass wir sie jetzt dazu überreden könnten, wenn sie damals kein Interesse an einer Veranstaltung hatte?«

»Damals hat sie getrauert«, argumentierte Clare.

»Vielleicht trauert sie immer noch.«

»Vielleicht. Aber was wäre, wenn sie nur ein geruhsames Leben führt und keine Ahnung hat, wie wichtig ihre Bücher vielen Menschen sind. Vielleicht denkt sie, alle hätten sie vergessen. Vielleicht würde sie sich freuen, wenn sie wüsste, dass sie immer noch so geliebt wird.«

»Und wenn nicht?«, beharrte Jack.

»Herrgott, Jack, wenn sie die Veranstaltung nicht machen will, werden wir sie nicht dazu zwingen. Aber warum diskutieren wir darüber, wenn wir sie stattdessen einfach suchen, fragen und dann weitersehen könnten? Und selbst wenn sie keine Lust hat, werden Dutzende ihrer Fans kommen, denen wir wenigstens eine Lesung anbieten könnten.«

»Okay«, sagte Jack. »Ich ... Okay. Ich muss schlafen. Ich muss darüber nachdenken. Ich gehe ... Ich muss ins Bett. Aber danke, dass du mir das alles erzählt hast.« Er ging in sein Zimmer.

»Gern geschehen«, sagte Clare zu seiner geschlossenen Tür.

*

Als Clare am nächsten Morgen aufstand, lehnte Jack am Küchentresen und hielt einen Becher Kaffee in den Händen. Als er Clare sah, schenkte er ihr ebenfalls einen Becher ein und schob ihn ihr zu. Ein paar Minuten standen sie schweigend da und tranken ihren Kaffee.

»Habe ich geträumt?«, fragte Jack schließlich.

»Nein.«

»Du hast *Wind über Dofida* gelesen.«

»Ja, aber ...«

»Und du hast herausgefunden, dass Simone Adair hier gelebt hat und vielleicht immer noch hier lebt.«

»Ja, und ...«

»Und ein paar ihrer größten Fans kommen in ...«

»In sechs Wochen her und ...«

»Und du willst eine Veranstaltung organisieren. Falls wir sie finden, mit Simone Adair.«

»Ja«, bestätigte Clare. »Ja, genau. Das ist alles.«

Jack atmete tief ein und aus, starrte in seinen Kaffeebecher und trank dann den letzten Schluck.

»Du musst das verstehen, sie ist meine absolute Lieblingsautorin«, erklärte er dann. »Ich kann irgendwie nicht glauben, dass das real ist.«

»Hast du nie die Gerüchte gehört, dass sie hier lebt?«, fragte sie.

»Nein. Ich habe eigentlich nie darüber nachgedacht, wo sie leben könnte. Ich meine, ich habe schon angenommen, dass sie mal in Indonesien war, wegen *Wind über Dofida*, des von Indonesien benannten Sterns, aber …« Er schwieg einen Moment. »Als ich sie entdeckt habe, war ich schon ein paar Jahre nicht mehr hier gewesen, also war es nicht in meinem …«

Sein Blick verriet ihr, dass er fassungslos war.

Clare lächelte sanft. Sie hätte nie gedacht, dass er bei diesem Thema emotional werden würde; genau genommen hatte sie ihn überhaupt nicht für einen emotionalen Menschen gehalten. Er hatte überraschend leidenschaftlich über das Buch gesprochen, aber ihr war nicht klar gewesen, dass seine Liebe so tief ging. Sie hatte nicht erwartet, dass ihre Idee ihn so sehr berühren würde.

Sie nippte an ihrem Kaffee und beobachtete, wie er sich bemühte, das alles zu verarbeiten.

»Also, ich darf mir nicht zu große Hoffnungen machen«, sagte er nach einer Weile. »Sehr wahrscheinlich hat Adam nach all der Zeit ihre Kontaktdaten verloren, und falls nicht, könnte sie gut umgezogen sein – in ein anderes Haus oder sogar in ein anderes Land. Abgesehen davon wäre es durchaus möglich, dass sie immer noch kein Interesse an öffentlichen Auftritten hat.«

Clares Lächeln wurde noch breiter. »Ist das ein Ja?«

Jack blickte sie aus großen Augen an und schüttelte leicht abwesend den Kopf. Er sah so jung aus!

»Wir müssen es wenigstens versuchen«, sagte er, und Clare strahlte.

# 13. Kapitel

Adam war nicht ganz so begeistert, als sie ihm am Telefon von ihrem Plan erzählten und ihn fragten, ob er noch Simone Adairs Kontaktdaten habe.

»Ich habe nichts dagegen, dass ihr eine Veranstaltung machen wollt«, dröhnte seine Stimme aus Clares Handy. »Es könnte sie allerdings verstimmen, wenn es unter ihrem Namen und hinter ihrem Rücken geschieht.«

Clare fühlte sich leicht getadelt, denn sie hatte bereits einen Hinweis auf das Ereignis auf Instagram gepostet – ein Foto von der Auswahl des Ladens mit der Bildunterschrift:

*Wusstet ihr, dass sich jedes Jahr die größten Fans der legendären Autorin Simone Adair hier auf Bali treffen, um ihr Werk zu feiern? Da sie eine der Lieblingsautorinnen von Seashore ist, möchten wir dieses Jahr dabei mitmachen. Ihr kennt ihre Bücher noch nicht? Wir empfehlen als Einstieg* Wind über Dofida *oder* Der Gang der Einhundert.

»Aber wir wollen nicht, dass es hinter ihrem Rücken geschieht«, sagte Clare. »Wir möchten sie kontaktieren, um sie zu fragen, ob sie daran teilhaben möchte.«

»Ja, aber das ist vielleicht etwas zu viel verlangt. Ich habe es versucht, und zwar eine ganze Zeit lang, das muss so vor zwanzig Jahren gewesen sein. Ich habe drei Monate gebraucht, um ihre Kontaktdaten ausfindig zu machen, und dann wollte sie nichts mit uns zu tun haben.«

»Wir wissen, dass sie früher kein Interesse hatte«, sagte Jack, »aber das ist lange her, und wir hoffen, dass sie jetzt anders darüber denkt. Vor allem, weil sie vielleicht nicht weiß, wie viele Fans sie da draußen noch hat.«

»Vielleicht«, sagte Adam. »Vielleicht.«

Clare und Jack sahen sich über das Handy hinweg an.

»Hast du noch ihre Nummer?«, fragte Clare. »Oder die Nummer, die sie vor zwanzig Jahren hatte?«

»Schon möglich«, erwiderte Adam. »Aber ich weiß nicht, wo. Wahrscheinlich irgendwo im Laden. Ich hatte so ein Buch, in das ich Kontakte eingetragen habe, aber das habe ich schon seit Jahren nicht mehr gesehen.«

»Weißt du noch, wie es aussah?« Jack klang leicht verzweifelt.

»Vielleicht braun?«, antwortete Adam. »Ehrlich gesagt habe ich keine Ahnung.«

Nach dem Telefonat lehnten sich Clare und Jack an den Verkaufstresen und stützten die Köpfe in die Hände.

»Du bist nicht zufällig auf ein Adressbuch gestoßen, als du die ganzen Dokumente durchgesehen hast?«, fragte Clare.

»Nein. Und du bei deinen Aufräumarbeiten wohl auch nicht?«

»Nein.«

Jack seufzte. »Das Gute daran ist, dass da noch ein riesiger Haufen Gerümpel steht, den wir bisher nicht durchgegangen sind.«

»Auf der Galerie?«

»Ja, aber auch hier drin.« Jack öffnete einen Eckschrank,

in dem sich Kisten und Kartons stapelten. Die beiden obersten Regalbretter waren sauber aufgeräumt, darunter herrschte ein vollkommenes Durcheinander.

»Ist das da oben dein Werk?«, fragte Clare.

»Ich bin gerührt, dass du es bemerkt hast«, sagte Jack, und ein Lächeln zuckte um seine Mundwinkel.

»Okay, alles klar. Wir müssen also nur die Galerie aufräumen und nutzbar machen und einen enormen Berg Müll sortieren, um die eine kleine Information zu finden, die wir brauchen. Die müssen wir dann verwenden, um eine Person zu kontaktieren, die vielleicht nicht kontaktiert werden möchte, und sie überreden, an einer Veranstaltung teilzunehmen, die sie womöglich ablehnt. Oh, und wir müssen die Veranstaltung so bewerben, dass die Leute auch tatsächlich kommen, und zwar so, dass wir niemandem etwas versprechen, was wir vielleicht nicht halten können.«

Jack nickte stumm, dann strahlte er. »Oder wir wenden uns an ihren Verlag – vielleicht können die uns helfen«, schlug er vor.

»Das ist ein sehr guter Gedanke«, fand Clare. »Allerdings müssen wir das restliche Gerümpel da oben trotzdem aufräumen, wenn wir in diesem Laden eine Veranstaltung mit mehr als sechs Leuten abhalten wollen.«

*

Simones Verleger konnte ihnen jedoch nicht weiterhelfen. Seit sie 1998 ihr letztes Buch abgeliefert hatte, hatte er keinen Kontakt mehr zu ihr; er schickte ihr lediglich alle sechs Monate die Tantiemenabrechnung.

»Er durfte mir natürlich nicht verraten, wohin sie die Briefe schicken«, berichtete Jack, »aber er sagte, es sei eine Postfachadresse irgendwo in den Vereinigten Staaten.«

»Meinst du, das bedeutet, sie hat Bali verlassen?«

»Nicht unbedingt. Vielleicht leitet ein Assistent die Sachen weiter oder so. Vielleicht hat sie ihrem Verleger ihre Adresse hier nie mitgeteilt.«

Simones Agenten waren auch keine Hilfe. Der Agent, der sie vertreten hatte, war schon lange nicht mehr bei der Agentur, und da sie seit Jahrzehnten nichts Neues mehr geschrieben hatte, bestand ihre einzige Verbindung zu Simone darin, dass sie die Lizenzeinnahmen an sie weiterleiteten.

»Wie wäre es, wenn wir ihrer Agentur gegenüber behaupten würden, wir wären Produzenten und wollten eines ihrer Bücher verfilmen?«, fragte Clare eines Abends bei Nudeln und Bier am Strand. »Dann müssten sie den Kontakt zu ihr herstellen.«

»Dafür bräuchten wir vermutlich irgendwelche Referenzen«, gab Jack zu bedenken. »Vielleicht ist das eine beliebte Masche von Stalkern, die versuchen, so an Kontaktinformationen zu kommen.«

»Vielleicht sollten wir wirklich Produzenten werden. Jemand sollte ihre Bücher adaptieren.«

»In den 90er-Jahren ist eins verfilmt worden«, sagte Jack. »*Persephones Bogen*, glaube ich. Er war schrecklich, ziemlich cartoonhaft, und seitdem hat es niemand mehr versucht.«

»Wie schade. Es sollten mehr Leute von ihr wissen. Sie ist so toll!«

»Vor einer Woche wusstest du auch noch nichts von ihr«, bemerkte Jack.

»Ja, genau! Das ist eine verdammte Schande!«

Jack lachte sie an und nahm einen Schluck von seinem Bier.

»Ich finde, wir sollten mit dem Rest der Planung beginnen. Mit den Aspekten, für die wir sie nicht brauchen.«

»Was meinst du?«

Clare holte tief Luft – sie hatte schon seit Tagen darüber nachgedacht.

»Ich habe diesen Tischler entdeckt. Buana. Er hat eine Werkstatt nicht weit von hier und macht wirklich tolle Sachen. Ich habe ihm erzählt, was wir vorhaben, und er schien interessiert zu sein – ich glaube, er kennt Celestina. Er hat gemeint, Stühle habe er immer genug, aber wenn wir Tische wollten, müsste er sie vielleicht anfertigen.« Sie redete etwas zu schnell und sah Jack dabei nicht an. Bestimmt würde er Nein sagen, aber sie wollte ihm vorher unbedingt ihren ganzen Plan erläutern. »Ich glaube, er würde uns einen Rabatt geben, wenn er darauf hinweisen dürfte, wer die Möbel gemacht hat und wo sie zu bekommen sind. Mit einer kleinen Plakette oder so.«

Sie verstummte und wartete auf den unvermeidlichen Protest, doch er blieb aus. Unsicher sah sie Jack an. Er hatte die Stirn gerunzelt und schien an etwas anderes zu denken.

»Jack?«, fragte Clare, woraufhin er sie ansah.

»Tut mir leid, ich habe nur …«, er wurde rot, »… ein bisschen kalkuliert. Ich denke, das geht. *Buy local* ist eine gute Idee, und ein Rabatt würde uns sehr helfen. Es wird zwar ein Haufen Geld sein, aber ich glaube, du hast recht, es ist eine wichtige Investition. Aber eine Bitte habe ich: Lass mich die Details aushandeln. Ich habe meine halbe Kindheit hier verbracht, also weiß ich, wie man richtig feilscht.«

»Du kannst feilschen?«, fragte Clare und lächelte unschuldig.

Als Jack sie anstarrte, begann Clare zu lachen. Er stieß die Luft aus und rollte mit den Augen.

»Meine Güte!«

»Das war aber leicht«, sagte Clare augenzwinkernd. »Ich möchte, dass du nach Hause gehst und darüber nachdenkst, wie du es anstellst, dass du nächstes Mal nicht so schnell auf mich hereinfällst.«

Jack lachte. »Ich werde jeden Tag üben«, sagte er und fügte dann leise, wie eine Beschwörungsformel, hinzu: »Clare macht einen Witz. Sie scherzt.«

Clare lächelte. »Aber im Ernst: Danke. Ich war mir sicher, dass du Nein sagst.«

Er wirkte überrascht. »Wir waren uns doch einig, dass wir die Galerie als Veranstaltungsraum nutzen wollen. Darum habe ich dafür ein Budget erstellt und weiß also, was wir uns leisten können. Na ja, leisten ist ein bisschen übertrieben, aber ich weiß, was geht.«

»Oh.« Clare war überrascht. Sie war davon überzeugt gewesen, dass er ihre Ideen als unnötige Geldverschwendung betrachtete und sie nur bei Laune halten wollte. »Na gut.«

Jack lächelte, nahm ihr den leeren Nudelkarton ab und trug ihn zu einem Mülleimer.

Vielleicht konnte es funktionieren, dachte Clare. Vielleicht konnten sie das wirklich zusammen hinkriegen.

\*

Am nächsten Tag, sie fertigte gerade einen Kunden ab, hörte Clare einen erstickten Schrei von der Galerie. Der Kunde und sie blickten nach oben und dann einander an.

»Es ist bestimmt alles in Ordnung«, versuchte Clare ihn mit einem unbeholfenen Lächeln zu beruhigen. »Ich wünsche Ihnen noch einen schönen Tag!« Dann ging sie zur Treppe und rief nach oben: »Jack? Lebst du noch?«

Sein Kopf erschien hinter einem Karton. Er war schon ein paar Stunden dort oben, auf seiner Wange war ein Schmutzfleck, und in seinem Haar hing eine Spinnwebe.

»Herrje! Komm erst runter, wenn wir schließen. Du vergraulst noch die Kunden.«

»Clare«, sagte er, ohne auf ihre Bemerkung einzugehen, »du musst sofort hochkommen.«

Sie starrte ihn an.

»Clare!«, sagte er mit wachsender Verzweiflung. »Sofort!«

»Okay, okay«, erwiderte sie und ging die Treppe hinauf. »Was ist los? Eine Zibetkatzenfamilie?«, scherzte sie, aber nichts hätte sie auf das vorbereiten können, was oben auf sie wartete.

Jack saß neben einem offenen Karton und sah Clare an, als wollte er unbedingt, dass sie dasselbe erlebte, was er erlebt hatte. Neben ihm waren ein paar Bücher aufgestapelt, daneben lagen einige lose Blätter und eine Tüte mit Müll.

Jack deutete stumm auf den offenen Karton, Clare beugte sich darüber und schnappte nach Luft.

»Oh, mein Gott«, rief sie. »Oh, mein Gott!« Sie ging neben ihm auf die Knie und starrte von ihm zu dem Karton und wieder zurück. »Es ist echt.«

Es sah so aus, als wäre Jack schon halb mit dem Sortieren der Kiste fertig gewesen, in der sich hauptsächlich Bücher und diverser Krimskrams aus der Buchhandlung befanden. Obenauf lag ein Taschenbuch mit einem dramatisch illustrierten Cover, das eine Frau zeigte, die über den Arm eines riesigen Mannes drapiert war; ihr rotes Haar fiel wallend bis auf den Boden. Beide trugen kunstvoll zerrissene Kleidung, die bei ihm definierte Muskeln und bei ihr üppige Brüste enthüllte.

In dem stürmischen Himmel über ihnen standen die Worte *Gefährliche Verführung* und, etwas kleiner, *von Celestina Lai.*

Langsam und ehrfürchtig streckte Clare die Hand aus und hob das Buch auf. Doch als sie es aufschlagen wollte, löste sich der Umschlag. Der Kleber am Buchrücken war brüchig und bröckelte.

»Oh nein!«, rief sie entsetzt. »Glaubst du, wir können es noch lesen?«

Jack nahm ihr das Buch vorsichtig ab, um es zu untersuchen. Ein paar Seiten lösten sich und fielen zu Boden. Clare schrie auf.

»Oh Gott«, sagte Jack und packte das Buch fester. »Kannst du ein paar Papierklemmen oder so etwas besorgen?«

Clare eilte zur Kasse und kramte in der Schreibwarenschublade nach etwas Passendem, dann stürmte sie wieder die Treppe hinauf. Inzwischen hatte Jack das Buch vorsichtig auf den Boden gelegt und blätterte es langsam durch, um die losen Seiten an den richtigen Stellen wieder einzufügen.

»So können wir es nicht lesen«, stellte Clare fest.

»Nein«, bestätigte Jack, »und ich will es unbedingt lesen. Ich habe eine Zeile gesehen, in der sich jemand in eine verirrte Lanze stürzt, und ich muss mehr wissen.«

»Ist das ein Euphemismus?«

»Das ist das Problem, Clare«, sagte Jack in gequältem Ton. »Ich weiß es nicht!«

Er steckte die Seiten zurück, schloss das Buch und befestigte es mit den Klammern, die Clare geholt hatte. Dann betrachteten sie es einen Moment lang.

»Meinst du, wir könnten es neu binden lassen?«, fragte Clare. »Oder wäre das unverschämt teuer?«

»Ich weiß es nicht«, erwiderte Jack und drehte sich mit leuchtenden Augen zu ihr um. »Vielleicht kümmere ich mich mal darum und finde heraus, ob das möglich ist.«

»Ich frage mich, ob es noch mehr davon gibt ...«

Einen Moment sahen sie sich an, dann griffen beide nach dem Karton und zogen ihn näher heran. Darin befanden sich ein altes Kompaktwörterbuch und ein Taschenrechner, außerdem entdeckte Clare eine Schachtel mit Stiften. Sie nahm die Sachen aus dem Karton und warf sie beiseite.

»Vorsichtig«, sagte Jack. »Falls es noch mehr gibt, könnten die Bücher in demselben Zustand sein wie dieses hier. Und vielleicht sind schon andere Seiten herausgefallen.«

Clare nickte, dann wandten sie sich wieder dem Karton zu und entfernten langsam und methodisch den Unrat. Sie kam sich vor wie eine Archäologin, die Dreck und Sand von einer zerbrochenen Schale abbürstete, die jahrhundertelang vergraben gewesen war. Erst als sie den Boden des Kartons erreichten, wurde ihre Suche belohnt: Dort lag ein weiteres Buch von Celestina. Dieses trug den Titel *Seine Blicke waren wie Dolche.*

»Das ist gleichzeitig der beste und der schlimmste Tag meines Lebens«, sagte Clare. »Ich fasse es nicht, dass wir sie gefunden haben. Und ich fasse es nicht, dass wir sie nicht lesen können.«

»Dieser Karton stand mit den beiden da drüben zusammen«, sagte Jack. »Da könnten noch mehr drin sein.«

Im Erdgeschoss ging die Tür auf, und Clare stieß ein leises »Neeeein« aus.

In seinem momentanen Zustand konnte Jack auf keinen Fall jemanden bedienen.

»Ich schwöre, ich sage dir sofort Bescheid, sollte ich noch etwas finden«, sagte er, als würde er einen heiligen Schwur ablegen.

»Wehe, wenn nicht.« Clare stand auf, wischte sich den Staub von den Knien und stieg die Treppe hinunter.

*

Am Ende des Tages hatte Jack drei weitere Bücher ausgegraben. *Die sündige Äbtissin, Die Gräfin und die Hunde* sowie *Zu viel Donner.*

Sie hatten alle einen eleganten, reißerischen Einband,

und bei allen löste sich die Bindung. Nachdem sie den Laden geschlossen hatten, standen Clare und Jack nebeneinander und blickten auf die Bücher hinunter. Jack hatte sie alle mit Klammern und Gummibändern befestigt, damit keine Seiten verloren gingen.

»Das ist Quälerei«, sagte er.

»Ich würde meine linke Brust geben, um das zu lesen«, erklärte Clare. »Und das ist meine größere.«

»Wow, das vergesse ich bestimmt nicht mehr.« Jack betrachtete die restlichen Müllhaufen. »Aber jetzt ist es spannender hier, oder?«

Clare grinste ihn an. »Ich finde es fast schade, dass wir jetzt in die Wohnung gehen und all das hier zurücklassen werden, wo wir doch noch mehr Kartons öffnen könnten.«

Jack stieß sie mit dem Ellbogen an, eine freundschaftliche Geste. Für einen Moment war Clare sprachlos, *wie* freundschaftlich sich das anfühlte.

*Das ist nicht genug,* schoss es ihr durch den Kopf, doch sofort verdrängte sie den Gedanken.

»Das liegt nur daran, dass du den ganzen Tag unten warst«, sagte Jack. »Immerhin bist du noch komplett sauber.«

Clare seufzte. »Tja, morgen bin ich dann wohl dran.«

\*

Aber es stellte sich heraus, dass Celestinas Bücher die einzigen Schätze waren, die in dem Müllberg versteckt waren. Am nächsten und übernächsten Tag fanden Clare und Jack beim Sortieren des Durcheinanders nichts Nützliches oder

Interessantes mehr. Der Müllhaufen schien einfach immer weiter anzuwachsen.

»Und das Schlimmste ist, wir können nicht einfach aufhören und alles in den Müll werfen«, beklagte sie sich bei Toby, als sie an einer Vielzahl erlesener tropischer Pflanzen vorbei durch den sattgrünen Dschungel wanderten. »Immerhin *könnte* ja noch etwas Gutes oder Wichtiges dabei sein.«

»Ja«, sagte er über seine Schulter hinweg, als sich in dem Unterholz neben ihnen eine Öffnung auftat und einen herrlichen Blick auf leuchtendes Grün freigab, das in das satte Blau des Ozeans überging. »Logisch.«

»Die Nummer von Simone könnte da oben stehen. Tolle Bücher könnten sich dort verstecken. Ein nicht eingelöster Scheck über genug Geld, um den Laden zu retten«, fantasierte Clare.

»Also, Letzteres wohl kaum«, widersprach Toby. »Schecks werden irgendwann ungültig.«

»Schecks werden ungültig? Das ist ja so, als ob Geld ungültig werden würde.«

»Ja, aber stell dir vor, du stellst jemandem einen Scheck über einen sehr hohen Betrag aus, um ihn zu retten. Dann löst derjenige den Scheck aber zehn Jahre lang nicht ein. Sollte er es dann doch noch tun, kannst du die Summe vielleicht nicht mehr aufbringen. Dann bist du auf einmal diejenige, die gerettet werden muss.«

»Okay. Dann müsste ein Koffer mit Bargeld da oben sein.«

»Glaubst du, im Laden ist ein Koffer mit Bargeld?«, fragte Toby.

»Nein, aber was, wenn es einen gäbe und wir ihn wegschmeißen, weil wir denken, dass es Schrott ist?«

Sie hielten vor einem wunderschönen Wasserfall, um Fotos zu machen, und Clare postete ein Selfie auf Instagram mit der Bildunterschrift: *Unglaubliche Aussicht. Es ist wundervoll hier.*

»Also beschäftigen wir uns jeden Tag nur mit haufenweise Kartons voller sinnlosem Zeug«, fuhr sie dann fort. »Und es ist so schmutzig. Siehst du, wie geschwollen meine Augen von dem ganzen Staub sind?«

Toby drehte sich um und schaute sie an. »Sie sehen gut aus. – Pass auf, der Affe ist hinter deinem Handy her.«

Clare verstaute es sicher in der Tasche. »Vielleicht sind sie inzwischen abgeschwollen, aber heute Morgen waren sie total verquollen.«

»Das klingt, als ob es wehgetan hätte. Vielleicht solltet ihr die Räumung der Galerie für ein paar Tage aussetzen.«

Clare starrte ihn an. »Aber das kann ich nicht. Ich muss es wissen. Ich muss wissen, ob da oben noch etwas ist. Ich muss ständig daran denken.«

»Ich weiß, Babe«, erwiderte Toby. »Ich weiß.«

# 14. Kapitel

Als Clare am nächsten Morgen langsam erwachte, graute ihr davor, einen weiteren Tag in staubigen Kartons voller Müll herumzuwühlen, um vielleicht Simones Kontaktdaten zu finden. Anfangs hatte sie sich so sehr auf die Veranstaltung gefreut, aber langsam dämmerte ihr, dass das Ganze schwieriger werden könnte als gedacht.

Sie drehte sich auf den Rücken und nahm ihr Smartphone zur Hand. Eine Weile blieb sie liegen, scrollte sich durch Instagram, likte das neueste Hochzeitsshooting ihrer Cousine Lina und den missglückten Versuch einer Freundin, Sauerteig herzustellen, und kommentierte die Schwangerschaftsanzeige von jemandem, mit dem sie an der Uni einen Kurs besucht hatte, mit *OMG Glückwunsch!*

Dann wechselte sie zum Account des Ladens, schrie und ließ das Handy auf ihr Gesicht fallen.

»Au, Shit!« Sie rieb sich die nun schmerzende Nase, stürzte aus dem Bett und rief: »Jack! Jack!«

Aber er war natürlich nicht da, denn es war bereits zehn Uhr fünfundvierzig, und der Laden öffnete um zehn. Offenbar war er zu einer vernünftigen Zeit aufgewacht und zur Arbeit gegangen, was sie auch hätte tun sollen.

Beschämt lief Clare in der Wohnung umher. Dann warf sie einfach einen Trenchcoat über ihren Schlafanzug, schlüpfte in ihre Schuhe und eilte zur Tür hinaus.

»Jack!«, rief sie, als sie in die Buchhandlung stürmte.

Er warf ihr einen strengen Blick zu, der ihr deutlich zu verstehen gab, dass sie still sein sollte, während er eine Kundin bediente. Er reichte der Frau eine Papiertüte mit ihren Büchern, wünschte ihr einen schönen Tag und wartete, bis sich die Tür hinter ihr geschlossen hatte, bevor er sich Clare zuwandte.

»Ja?«, fragte er sanft.

»Jack, wir haben neunzigtausend Follower.«

»Wie bitte?«

»Auf Instagram.«

Er schwieg sichtlich verwirrt.

»Weißt du, wie viele wir gestern hatten?«, fragte Clare.

»Ich habe wirklich keine Ahnung.«

»Etwa elftausend. Von elf auf neunzig über Nacht.«

»Hä?« Jack wirkte immer noch verwirrt. »Glückwunsch.«

Clare stand wie erstarrt in ihrem Pyjama da. »Verstehst du denn nicht? Wir müssen irgendwo viral gegangen sein. Der Laden.«

Sie setzte sich an die Kasse und begann zu scrollen. Die alten Strand-Selfies hatte sie alle gelöscht, jetzt war der Feed voller Fotos vom Laden mit dem Meer im Hintergrund, von Sand auf der Türschwelle, Bücherstapeln auf den Tischen, Büchern am Strand, Büchern an Poolbars, Büchern, die bei einem Schauer von einem Regenschirm geschützt wurden.

Sie hatten jeweils ein paar Likes und Kommentare bekommen, aber jetzt waren diese Zahlen exorbitant gestiegen. Die Leute markierten sich gegenseitig in den Kommentaren und schrieben beispielsweise: *Hier müssen wir auf unserer nächsten Reise hin.* Die Leute teilten die Fotos in ihren Storys mit *#dreamlife.*

»Und ich habe ungefähr fünf PNs, in denen ich gebeten werde, Simone-Adair-Bücher für jemanden zurückzulegen«, sagte Clare, während sie Jack alles zeigte.

»Wie schön, Clare. Willst du nicht in die Wohnung gehen und dir was anziehen?«

Clare sah an sich hinunter. Sie trug, dem Wetter entsprechend, einen recht knappen Pyjama. Hastig griff sie nach den Aufschlägen ihres Trenchcoats und wickelte ihn sich um, dann sah sie wieder zu Jack hoch. Seine Augen funkelten amüsiert.

»Wie auch immer«, sagte Clare, »du hast mich schließlich schon spärlicher bekleidet gesehen.«

Das Funkeln wechselte von Belustigung zu … etwas anderem. Etwas Elektrisierendem.

Clare schluckte. »Ich meine, im Bikini zum Beispiel«, fügte sie hastig hinzu.

»Nein«, erwiderte er. »Ja, ich habe dich im …« Er räusperte sich.

»Genau. Ich gehe mich umziehen.«

»Ja, bitte«, sagte Jack.

Clare streckte ihm die Zunge heraus, ging aber in die Wohnung zurück – und dann wieder in den Laden, um sich Jacks Schlüssel zu leihen, denn in der Eile hatte sie ihre drinnen liegen gelassen.

\*

Den restlichen Tag über versuchte sie herauszufinden, was

den Account so nach vorn gebracht hatte. Irgendwann am Nachmittag fand sie es schließlich heraus.

Sie saß im Schneidersitz auf der Galerie neben einem halb leeren Karton, den sie in den Momenten durchsah, in denen sie sich von ihrem Handy losreißen konnte.

»Reddit!«, rief sie triumphierend.

Sie hörte ein Seufzen, Schritte, dann erschien Jacks Gesicht über der Treppe.

»Reddit?«, fragte er.

»Das ›Simone Adair Message Board‹ hat gestern Abend meinen Instagram-Post auf Reddit geteilt.«

»Und hat er den Fans gefallen?«

Clare scrollte durch die Diskussion unter dem Post.

»Einigen schon«, stellte sie fest. Ein paar Leute schienen von dem Beitrag begeistert zu sein und spekulierten darüber, was für eine Veranstaltung Seashore Books wohl ausrichten würde, aber viele klangen skeptisch.

*Ich habe noch nie von Seashore Books gehört,* hieß es in einem Kommentar, *und ich war schon siebenmal auf Bali.*

*Vielleicht ist der Laden neu?,* hatte jemand geantwortet, aber darunter schrieb ein anderer: *Nein, da war ich schon mal. In dem Laden herrscht ein totales Durcheinander. Keine Ahnung, was die da für eine Veranstaltung ausrichten wollen.*

Clare zog eine Grimasse, doch dann strahlte sie.

»Sieh dir das hier an.« Sie zeigte Jack ihr Handy.

*Bisher hat sich keine andere Buchhandlung hinter die Fans gestellt,* hatte jemand geschrieben. *Vielleicht werden sie nicht viel erreichen, aber es ist schön, dass sie es versuchen. Ich bin auf jeden Fall sehr gespannt, was sie vorhaben.*

»Und sieh mal, wie viele Likes der hat!«, rief Clare aufgeregt.

»Glaubst du, dass sich die Likes in Verkäufen niederschlagen werden?« Jack grinste schief.

Clare verschränkte die Arme vor der Brust und starrte ihn an.

»Ja«, entgegnete sie. »Ich denke, dass sie zumindest für etwas Umsatz sorgen werden.«

Jack lachte. »Na, hoffentlich hast du recht. Ich freue mich für dich und deine neunzigtausend Simone-Adair-Fans«, sagte er und drehte sich um, um wieder nach unten zu gehen.

Clare stand auf und folgte ihm.

»Nicht alle sind Fans von Simone Adair«, erklärte sie. »Damit hat es nur angefangen. Es sind hauptsächlich Leute, die den Laden süß finden. Und es sind jetzt hunderttausend.«

»Das ist wunderbar«, sagte Jack.

»Es *ist* wunderbar«, bestätigte Clare. »Es ist ein tolles Market…«

Sie wurde von zwei Mädchen unterbrochen, die kichernd den Laden betraten.

»Siehst du, was hab ich dir gesagt. Ich weiß, wo er ist«, sagte die eine. »Ich bin schon oft hier vorbeigelaufen.« Sie wandte sich an Clare. »Macht es Ihnen etwas aus, wenn wir ein Selfie machen?«

»Nur zu«, sagte Clare und lächelte Jack zufrieden an. »Achtet darauf, dass ihr uns markiert.«

Die Mädchen machten ein paar Aufnahmen, feilten ein

paar Minuten daran herum und winkten Clare und Jack zu, als sie den Laden verließen.

»Siehst du?«, sagte Clare, als sie das Foto der Mädchen auf Instagram postete. »Dieses Zeug bewirkt etwas.«

»Sie haben nichts gekauft«, bemerkte Jack.

»Okay, die Mädels haben nichts gekauft, aber einige werden etwas kaufen.« Clare verdrehte die Augen. »Und je mehr Leute den Laden im Internet posten, desto mehr werden von ihm erfahren.«

»Okay, okay.« Jack hob die Hände, als würde er kapitulieren. »Dieser zwingenden Logik habe ich nichts entgegenzusetzen.«

»Pass mal auf, Business-Boy, willst du mir etwa erzählen, dass sie euch an eurer großartigen Business-School nichts über Marketing beigebracht haben? Jede Art von Marketing – Plakatwände, prominente Zugpferde, Flyer in Briefkästen … – führt, für sich genommen, wahrscheinlich nur zu einer Handvoll von Verkäufen. Wahrscheinlich weniger als zehn Prozent. Aber je breiter man das Marketing streut, desto größer ist dieser Anteil.«

»Wie hast du mich gerade genannt?«

»Was?«

»Hast du mich gerade ›Business-Boy‹ genannt?«

Plötzlich wurde Clare rot. Sie hatte sich so daran gewöhnt, ihn im Geiste so zu nennen, dass ihr das Wort einfach so herausgerutscht war.

»Egal«, sagte Jack, »woher weißt du das alles?«

»Ich weiß es eigentlich gar nicht«, gestand Clare. »Es ist einfach logisch. Wie viele Anzeigen siehst du, und bei wie vielen denkst du: *O ja, das Produkt werde ich kaufen?* Ich wette, bei den meisten nicht.«

Jack sah sie mit einem seltsamen Blick an.

»Was ist?«, fragte Clare. »Ich habe recht.«

»Wieder diese unbestechliche Logik«, sagte Jack und lächelte. »Ich verspreche, dass ich Instagram oder Reddit oder was auch immer ab sofort nicht mehr abtun werde.«

»Danke.« Clare nickte huldvoll. »Das wäre mir sehr recht.«

\*

In den nächsten Tagen konnte Clare nur schwer ein selbstzufriedenes Grinsen unterdrücken. Die Zahl der Instagram-Follower stieg weiter an, immer mehr Leute kamen in den Laden, um Selfies zu machen, und ein bekannter Kolumnist postete: *Tut mir leid, dass ich diese Woche meine Deadline nicht eingehalten habe. Ich habe davon geträumt, alles hinzuschmeißen und einen Buchladen auf Bali zu eröffnen.*

Abgesehen davon kamen deutlich mehr Leute in den Laden, um Bücher zu kaufen. An diesem Freitag verkauften sie an einem Tag so viel wie davor in der ganzen Woche. Sie hatten einen Haufen Bestellungen für neue Bücher aufgegeben, darunter mehrere Exemplare von Simone Adairs Romanen, die alle ausverkauft waren.

Als Clare die Tür verriegelte und das Schild auf *Geschlossen* drehte, seufzte sie glücklich und erschöpft.

»Wir sollten ausgehen«, sagte sie. »Wir sollten irgendwo essen gehen und feiern.«

»Ich weiß nicht, ob wir schon feiern können«, entgegnete Jack. »Und außerdem, willst du nicht mit Toby ausgehen?«

»Er wird mal einen Abend ohne mich auskommen«, sagte Clare. »Und wir sollten uns diesen Tag merken. Die erste Woche, in der es so aussah, als könnten wir diesen Laden wirklich wieder hinkriegen. Das ist die Wende, ich spüre es.«

Jack lächelte ein wenig traurig und nickte. »Okay, das ist wohl ein Essen wert.«

Als sie plaudernd den Laden verließen, ging gerade die Sonne unter.

Clare wurde immer noch nicht recht schlau aus Jack. Sie konnte diesen Jack, dem die Aussicht auf eine Veranstaltung mit seiner Lieblingsautorin die Sprache verschlagen hatte und der so hart daran gearbeitet hatte, den Laden wieder auf Vordermann zu bringen, nicht mit dem Jack in Einklang bringen, der studiert und gearbeitet hatte, um ein Experte für Unternehmensübernahmen zu werden. Sie wusste nicht, an welchen sie glauben sollte.

Sie standen gerade vor einer Reihe von Restaurants und überlegten, in welches sie gehen sollten, als ein Buch aus Jacks Jackentasche fiel.

»Gott«, sagte Clare und rollte mit den Augen. »Für mich ist es schon schwierig, überhaupt Kleider mit Taschen zu finden, und deine sind so groß, dass ganze Bücher hinein … Moment, was ist das für ein Buch?«

Jack errötete. Er hatte versucht, es wieder in seine Tasche zu stopfen – was nicht so einfach war, weil er die Jacke über dem Arm trug –, zog es aber dann verschämt heraus, um Clare das Cover zu zeigen.

Es war der fünfte Band der Reihe *Ich bin dann mal Prinzessin*.

Clare sah ihn staunend an. »Du weißt aber schon, dass du nicht zur Zielgruppe gehörst, oder?«

»Ist es meine Schuld, dass diese Marketingleute es nicht hinkriegen, solche Bücher auch an Männer in den Zwanzigern zu verkaufen?«, fragte Jack.

»Warum liest du *Ich bin dann mal Prinzessin*?«

»Du hast gesagt, dass du die Bücher magst.«

»Ich mochte sie«, korrigierte Clare, »als ich zwölf war.«

»Du solltest sie noch mal lesen. Sie sind sehr unterhaltsam.«

»Moment, wann haben wir eigentlich über die Bücher gesprochen?« Clare konnte sich nicht erinnern, dass sie überhaupt über Meg Cabot geredet hatten.

»Wir haben nicht ausführlich darüber gesprochen, aber du hast es erwähnt. Vor Ewigkeiten, als wir zum ersten Mal im Laden waren. Du hast gemeint, es sei ein Klassiker.«

Clare starrte ihn an, als wäre er von einem anderen Stern. »Ich habe gesagt, dass *Ich bin dann mal Prinzessin* ein Klassiker ist, als wir *uns gerade kennengelernt* hatten, und da hast du gleich beschlossen, alle *sieben Bücher* zu lesen?«

»Also, nein. Ich habe beschlossen, das erste zu lesen. Und das hat mir gefallen, also habe ich das zweite gelesen. Und so weiter.«

Clare war sprachlos. Sie hatte gedacht, Jack interessiere sich für nichts, was sie sagte oder tat. Er fragte nie, wie sie ihre Zeit verbrachte, und schien sich nie für etwas anderes als für den Laden zu interessieren, dabei hatte er die ganze Zeit über Bücher gelesen, die sie einmal erwähnt hatte?

»Mia erinnert mich ein bisschen an dich«, sagte Jack. »Sie

171

hat ständig Flausen im Kopf.« Er steckte das Buch zurück in seine Tasche, ohne zu bemerken, dass Clare wie erstarrt war. »Wie auch immer. Was hältst du von diesem Laden? Ich glaube, ich habe Lust auf einen Burger.«

*

»Weißt du«, sagte Clare, nachdem das Essen gekommen war und sie sich einigermaßen wieder gefangen hatte, »bis ich gehört habe, wie du Simone Adair empfohlen hast, war ich mir nicht einmal sicher, ob du überhaupt liest.«

»Warum sollte ich in einer Buchhandlung arbeiten wollen, wenn ich nicht gern lese?«

»Ja, das hat mich auch ziemlich verwirrt«, gab Clare zu. »Ich habe dich nur einfach nie lesen sehen.«

»Es war viel zu tun.« Jack hielt inne. »Und vielleicht war es mir auch etwas peinlich.«

»Ein Buch zu lesen, das sich an zwölfjährige Mädchen richtet?«

»Nein«, entgegnete er. »Ich wollte nur nicht, dass du wieder darauf herumreitest, dass du mit etwas recht hattest.«

»Ich müsste es dir nicht so oft sagen, wenn du es mir einfach glauben würdest.«

Er lachte. »Botschaft angekommen. Aber es ist schwieriger, jemandem zu sagen, dass er recht hat, wenn er dich nicht mag.«

Clare runzelte die Stirn. »Ich mag dich.«

»Ach, du magst mich.« Er lachte wieder. »Traumhaft. Aber erst mochtest du mich nicht.«

»*Du* mochtest *mich* nicht!«, gab Clare zurück. »Du dachtest, ich wäre ein oberflächliches Urlaubshäschen, das nur hier ist, um Selfies am Strand zu knipsen!«

Jack legte die Stirn in Falten.

»Vielleicht«, gab er zu. »Ein bisschen. Tut mir leid.«

»Danke. Und mir tut es leid, dass ich dachte, du wärst ein knauseriger Konzernroboter.«

Jack entglitten die Gesichtszüge, und er sah verletzt aus. »Hast du das wirklich von mir gedacht?«

Clares Magen zog sich zusammen. Sie wollte nicht zugeben, dass sie genau das gedacht hatte und insgeheim immer noch fürchtete, damit recht zu behalten. Sie wollte nicht erwähnen, was er an jenem Abend nach ihrem zweiten Abendessen mit Adam und Celestina gesagt hatte. Sie mochte diesen Jack. Sie genoss seine Gesellschaft und wollte die Stimmung nicht ruinieren, indem sie es thematisierte.

»Oh, nein. Du bist nur … du weißt schon, du rechnest so viel herum.«

Jack lachte, wirkte aber immer noch etwas besorgt.

Clare nagte kurz an ihrer Lippe.

»Du hattest nicht ganz unrecht«, sagte sie dann. »Ich habe mich für diese Stelle beworben, weil ich wieder reisen wollte. Es ist schon eine Weile her, dass ich es mir leisten konnte, irgendwohin zu fahren.«

»Bist du schon immer gern gereist?«

»Nachdem ich einmal damit angefangen hatte«, sagte Clare und lächelte schwach. »Bis ich einundzwanzig war, bin ich nirgendwo gewesen, aber ich habe ständig mit meinem Vater darüber gesprochen.«

»Ist er gern gereist?«

»Er ist nie dazu gekommen«, erklärte Clare. »Er hat aber immer von Orten gesprochen, an die er reisen wollte. Er hat sich jede Reisesendung angesehen und sich ständig Notizen über das gemacht, was er tun wollte, wenn er jemals dazu kommen würde. Die TranzAlpine in Neuseeland. Alcatraz in San Francisco. Eishotels in Norwegen. Aber meine Mutter hielt das für Geldverschwendung. Ich hatte gehofft, dass er nach ihrer Trennung endlich verreisen würde, aber das hat er nie getan. Darum habe ich ihm das Versprechen abgenommen, dass wir nach meinem Uniabschluss zusammen verreisen.«

»Was ist passiert?«, fragte Jack.

Clare zuckte mit den Schultern und sah auf ihren Teller. »Er ist gestorben.«

»Oh Gott. Das tut mir leid.« Jack nahm ihre Hand.

»Ja. Deshalb …« Sie zögerte. Irgendwie wollte sie Jack mit seinem MBA nicht von ihrer gescheiterten Unilaufbahn erzählen. Aber vielleicht sollte sie ehrlich zu jemandem sein, der ihretwegen Meg Cabot gelesen hatte. »Deshalb habe ich meinen Abschluss nicht gemacht«, gestand sie.

Sie hielt den Atem an, weil sie fürchtete, er könnte schockiert sein. Er könnte denken, sie sei nicht qualifiziert genug, um den Laden mit ihm zu führen.

Doch er sah keineswegs schockiert aus, sondern eher traurig.

»Ich glaube, so etwas passiert häufig, wenn man trauert«, sagte er.

»Ich bin mir nicht einmal sicher, ob es wirklich Trauer war«, gab sie zu. »Vielleicht doch, aber … Ich weiß nicht, es kam mir vor, als würde ich mit einem Uniabschluss meine Zeit verschwenden.«

»Ein Uniabschluss kam dir wie Zeitverschwendung vor?«

»Irgendwie schon. Das Studieren an sich nicht, aber der Abschluss …« Sie verstummte. Sie wusste nicht, wie sie ihm erklären sollte, wie sehr der Tod ihres Vaters sie aus der Bahn geworfen hatte.

»Ich verstehe irgendwie nicht, was du meinst.«

Clare lachte, dann seufzte sie. »Nein, vermutlich ergibt es keinen Sinn. Es war, als ob … Das Lernen hat mir immer noch Spaß gemacht. Das Lesen, Vorlesungen und Seminare zu besuchen – zumindest bei einigen Professoren. Als es jedoch an der Zeit war, das Gelernte unter Beweis zu stellen, Hausarbeiten zu schreiben und Prüfungen abzulegen, kam es mir einfach sinnlos vor. Zum Teil, weil mein Vater nicht mehr da war und stolz auf mich sein konnte. Denn ich wollte ihn unbedingt stolz machen. Zum Teil aber auch, weil mir das alles so willkürlich vorkam. Und ich verstehe, dass man eine Prüfung ablegen muss, aber es fiel mir schwer, das ernst zu nehmen.«

Auf einmal nachdenklich geworden, hielt sie inne. So hatte sie das alles noch nie in Worte gefasst. Sie war selbst noch dabei, es zu verstehen.

»Mein Vater hat immer das getan, was man tun sollte«, erzählte sie. »Er hat sich stets an alle Regeln gehalten, hat immer alles richtig gemacht. Und er war davon überzeugt, dass er eines Tages das bekommen würde, was er sich wirklich wünschte. Wie eine Belohnung. Ich wollte nicht, dass mir das auch passiert.«

»Und was hast du dann gemacht?«

»Eine Zeit lang habe ich weiterstudiert. Mein Vater hatte mir etwas Geld vererbt, sodass ich davon einen Teil meiner Studienkredite abbezahlen konnte.«

»Aber dann hast du das Studium irgendwann abgebrochen?«

»Ich habe alle nötigen Scheine, aber keine Abschlussarbeit geschrieben«, erklärte sie.

»Warum hast du an der Stelle aufgehört?«

»Ich glaube, an dem Punkt war ich schon am Ende meiner Kräfte. Und eines Tages konnte ich … einfach nicht mehr lesen.«

Er sah sie an. »Du konntest nicht mehr lesen?«

»Na ja, ich konnte schon lesen, also die Wörter konnte ich entziffern. Aber sie blieben mir nicht lange genug im Gedächtnis, um einen Sinn zu ergeben. Am Ende eines Satzes wusste ich nicht mehr, wie er begonnen hatte.«

»Das klingt für mich eindeutig nach Trauer«, stellte er fest.

»Vielleicht. Aber ich glaube, es war mehr als das. Es hatte mit seinem Leben zu tun. Damit, dass er so lange von etwas geträumt und es dann nie getan hatte.«

»Und was hast du dann gemacht?«

»Ich habe um eine Fristverlängerung gebeten und bin nach Italien gegangen.«

»Und bist nie zurückgekehrt?«

»Nein, ich bin nie zurückgekehrt. Vom Rest seines Geldes habe ich die Reisen unternommen, die er nie gemacht hat, oder zumindest so viele wie möglich. Bis mir das Geld ausging und ich wieder bei meiner Mutter einziehen musste. Ich bekam einen vernünftigen Bürojob. Wurde gefeuert. Bekam einen anderen und wurde wieder gefeuert. Und seitdem verschwende ich meine Zeit mit Jobs in Cafés und mit Zeitarbeit und frage mich, warum ich nicht versuche, etwas Besseres zu finden.«

Jack schwieg.

»Oh Gott«, sagte Clare, »du fragst dich dasselbe.«

»Nein!«, widersprach er. »Na ja, vielleicht. Aber man braucht Zeit, um herauszufinden, was man will. Das geht nicht so von jetzt auf gleich.«

»Also, meine Mutter will, dass ich das tue«, sagte Clare, »und sie hat wahrscheinlich recht. Sie schien immer ganz zufrieden mit einem Job zu sein, der ihr nichts bedeutete. Sie hat gearbeitet, um die Rechnungen bezahlen zu können.«

»Warum wurdest du gefeuert?«, wollte Jack wissen. »Ich meine, du musst natürlich nicht darüber reden. Ich will dir nicht zu nahe treten.«

Clare verzog das Gesicht. »Das erste Mal war es nachvollziehbar. Ich habe mir wirklich kein Bein ausgerissen. Ich saß in diesem kleinen grauen Bürogebäude und habe Daten eingegeben. Das war ungefähr eine Woche nach meiner Rückkehr. Ich war gerade in Kuba gewesen und total gefrustet, dass ich in einem kleinen, grauen Bürogebäude saß. Das war genau das, wovor ich Angst gehabt hatte, weißt du? Jeden Tag meine Stunden abzureißen und abends das Gefühl zu haben, ich vergeude mein Leben.«

»Also hat man dich entlassen?«

»Ja. Ich meine, ich lag leistungsmäßig meilenweit hinter den Vorgaben. Es war richtig.«

Sie verstummte, und Jack musterte sie unsicher.

»Und beim zweiten Mal?«

Clare stöhnte und rieb sich die Augen. »Ich habe mir wirklich Mühe gegeben«, versicherte sie. »Ich habe versucht, es gut zu machen. Ich saß am Empfang einer kleinen Buchhaltungsfirma und dachte: *Diesmal musst du dich anstrengen.* Ich dachte, da die Empfangsdame die erste Person ist, der Besucher begegnen, sollte ich freundlich und fröhlich sein. Und das habe ich versucht. Ich habe gelächelt und mit den Kunden gescherzt, bunte Blumen aufgestellt und von meinem eigenen Geld eine Bonbonschale gekauft.«

»Aber das hat ihnen nicht gefallen?«

»Ich war kaum zwei Monate dort, als mich eine Frau aus der Personalabteilung zu sich rief«, berichtete Clare. »Ich habe mir tatsächlich eingebildet, ich hätte gute Arbeit geleistet. Die Kunden schienen sich gern mit mir zu unterhalten. Einige der Mitarbeiter bemerkten, wie viel Energie ich hatte, oder machten mir Komplimente über meine Kleidung. Das freute mich sehr, denn ich habe mir viel Mühe mit meinem Aussehen gegeben. Ich wollte professionell, aber auch freundlich und keinesfalls einschüchternd wirken.«

Sie seufzte und nahm einen Schluck von ihrem Getränk.

»Aber diese Frau schwadronierte stundenlang darüber, dass ich alles falsch gemacht hätte. Meine Kleidung sei zu auffällig, ich würde zu viel reden, ich hätte den Empfangstresen vollgestellt … Sie hat mich behandelt, als wäre ich zwölf. Von den Mitarbeitern werde erwartet, dass sie sich wie Erwachsene verhielten, hat sie mir erklärt. Sie hat gemeint, ich sei nicht *seriös* genug und würde nicht in die Firma passen. So ging das noch eine Weile weiter. Sie hätte auch einfach sagen können, dass ich gefeuert bin, aber sie opferte eine ganze Stunde ihrer Zeit dafür, alles aufzuzählen, was ich nicht zu ihrer Zufriedenheit erledigt hatte.«

»Herrgott.«

»Daraufhin habe ich mich einfach bei einer Zeitarbeitsfirma gemeldet – da wird nichts von einem erwartet, und ich habe mir keine Mühe gegeben. Denn wenn ich schon meine Zeit verschwende, muss ich nicht auch noch Energie verschwenden. Aber ich kam mir wie eine Versagerin vor.«

Jack blickte auf seine Hände hinunter. »Das Gefühl hat wohl jeder mal.«

»Bitte«, sagte Clare. »Irgendwie bezweifle ich, dass das auf dich zutrifft.«

Jack räusperte sich verlegen. »Das würde ich nicht sagen«, erwiderte er, und Clare sah überrascht zu ihm hoch. Er biss sich auf die Lippe und zog die Stirn kraus. »Ja …«, sagte er langsam. »Letzten Sommer hat eine Firma meinetwegen einen Zwanzig-Millionen-Dollar-Auftrag verloren.«

Clare starrte ihn an.

Er sah sie an und lachte leise. »Das war nicht lustig.«

»Was … wie …«, stammelte Clare.

»Ich habe dort ein Praktikum gemacht und sollte für ein Kundenmeeting die PowerPoint-Präsentation zusammenstellen, mit der wir uns bewerben wollten«, erzählte Jack. »Eigentlich eine Formalität. Sie hatten schon seit Monaten daran gearbeitet und wollten nur noch die letzten Details durchgehen. Also habe ich ein interaktives Gewinnprognose-Tool erstellt, das vorhersagte, wie viel Gewinn das Investment in den verschiedenen Unternehmensbereichen nach der Fusion abwerfen würde. Aber irgendwo in der Formel war ein Fehler, sodass es aussah, als würden die Gewinne viel, viel höher ausfallen. Der Kunde bemerkte es und nahm an, wir hätten das mit Absicht gemacht. Er meinte, wir hätten die ganze Zeit über versucht, ihn über den Tisch zu ziehen, und trat von dem Deal zurück.«

»Oh, mein Gott!«

»Ja.«

»Aber du warst doch nur ein Praktikant. Es gab doch bestimmt jemanden, der dafür verantwortlich war, zu überprüfen, ob alles in Ordnung ist?«

»Ja. Und sie wurde meinetwegen ebenfalls gefeuert.«

»O nein.«

»Seitdem versuche ich herauszufinden, wo der Fehler steckte.«

»Hast du deshalb immer an deinem Laptop gesessen?«

»Ja. Es war nicht gerade gesund, aber ich konnte nicht aufhören, meine Arbeit durchzugehen, um herauszufinden, wie der Fehler passieren konnte. Aber ich kam nicht drauf, bis …«

»Bis?«

»Bis du mich gezwungen hast, auszugehen und etwas Besseres mit meiner Zeit anzufangen. Ein Abenteuer zu erleben.«

Clare lächelte ein wenig. »Warst du deshalb so erpicht

darauf, die Finanzen des Ladens zu regeln? Ich konnte mir nicht erklären, warum dir das so wichtig ist.«

»Mehr oder weniger. Ich wollte etwas richtig machen. Das karmische Gleichgewicht wiederherstellen oder so.«

»Das Gefühl kenne ich«, sagte Clare mitfühlend. »Ich versuche hier, mir zu beweisen, dass ich etwas bewegen kann.«

Jack atmete lange aus. »Gott, ich wollte dir das eigentlich nicht erzählen, aber es ist irgendwie ganz gut, dass es da draußen ist anstatt immer nur in meinem Kopf.«

»Du hast das noch niemandem erzählt? Auch nicht deiner Familie?«

»Niemandem«, bestätigte Jack. »Natürlich wissen es die Leute, für die ich gearbeitet habe, aber sonst niemand.«

»Warum?«

Jack runzelte die Stirn. »Ich spreche eigentlich erst über meine Fehler, wenn ich sie schon korrigiert habe«, gestand er. »Und ich gestehe Probleme erst ein, wenn ich sie schon gelöst habe.«

»Aber dann kann dir doch niemand mehr helfen.«

»Das will ich ja auch nicht.« Er zuckte mit den Schultern. »Ich will nicht auf Hilfe angewiesen sein.«

»Das ist lächerlich. Es ist ein Geschenk, jemandem helfen zu können. Wenn dir jemand zeigt, dass er dich braucht, ist das ein Privileg.«

Jack starrte wieder auf seine Hände. »So habe ich das noch nie gesehen.«

Clare atmete langsam ein und wieder aus. »Tja, wir sind wohl beide Versager. Jeder auf seine Art.«

Jack lachte gequält. »Sieht so aus.« Dann lächelte er sie mit einer Wärme an, die sie tief berührte.

»Ich finde aber, dass wir hier gute Arbeit leisten.«

»Das finde ich auch. Und du scheinst es zu genießen«, bemerkte er. »Du wirkst, als hättest du richtig Spaß an der Sache.«

»Das stimmt«, gab Clare zu. »Es macht mir mehr Spaß, als ich dachte. Ich meine, ich hatte eine Fantasieversion im Kopf, und *die* hätte mir bestimmt gefallen. Aber ich wusste auch, dass die reale Version wahrscheinlich anders aussieht. Jetzt glaube ich allerdings, dass mir die reale Version sogar mehr Spaß macht als die Fantasieversion.«

»Und du bist gut darin.« Jack machte ein so ernstes Gesicht, als läge ihm viel daran, dass sie ihm glaubte.

Sie lachte.

»Ja, oder? Ich möchte den Laden wirklich retten, Jack. Unbedingt.«

Jack antwortete nicht.

»Aber es sind nur noch zwei Monate«, sagte Clare. »Und dann muss ich zurück nach Hause.«

*Zwei Monate,* dachte sie. *Und dann muss ich entscheiden, was ich mit dem Rest meines Lebens anfangen will.*

# 15. Kapitel

Es war Jacks freier Tag, und Clare war allein im Laden. Allmählich fragte sie sich, was er an seinen freien Tagen anstellte. Er kam oft mit kleinen Schnitten und Blasen an den Händen zurück. Vielleicht ging er klettern. Aber dann hätte er brauner sein müssen. Da er sie jedoch nie fragte, was sie gemacht hatte, fragte sie ihn auch nicht. Wenn er zurückkam, nickte er ihr zu und sagte meist nicht mehr als: »Sieht aus, als hättest du Spaß«, und so eine Bemerkung hielt sie keiner Antwort für würdig.

Anfangs hatte es einen kurzen Kundenansturm gegeben, und Clare hatte schon mit einem geschäftigen Tag gerechnet. Doch dann war eine Flaute eingetreten, die sich inzwischen über zwei Stunden hinzog.

Schließlich ging die Tür auf, und eine Frau sagte bereits beim Hereinkommen: »Hallo, ich wollte … Oh.« Als sie Clare bemerkte, blieb sie abrupt stehen und sah sich im Laden um. »Ist Ihr Kollege nicht da?«

»Tut mir leid, es ist sein freier Tag«, antwortete Clare. »Kann *ich* Ihnen helfen?«

»Vielleicht. Er hat mir ein Buch empfohlen – eins, das mein Sohn und ich zusammen lesen können –, und das war perfekt, einfach wunderbar. Wir fanden es beide grandios, und ich wollte mich erkundigen, ob er uns vielleicht noch etwas anderes empfehlen kann.«

Clare spürte, wie sich ein warmes Gefühl in ihrer Brust ausbreitete. Es dauerte einen Moment, bis sie erkannte, dass sie … was empfand? Stolz? Stolz auf Jack?

Die Frau ging auf die Kasse zu und redete dabei weiter. »Die Autorin hieß Adair, glaube ich. Tut mir leid, ich hätte mir den Namen notieren sollen, aber ich bin davon ausgegangen, dass er hier sein würde.«

Clare lächelte. »Vermutlich war es Simone Adair«, sagte sie und versuchte so zu tun, als wüsste sie nicht genau, wovon die Frau sprach.

»Ja!«, rief die Kundin. »Ja, ganz genau. Kennen Sie sie?«

»Ja«, sagte Clare. »Ich glaube, wir haben noch ein paar andere Bücher von ihr vorrätig, falls Sie eines ausprobieren möchten. Oder …«

Sie brach ab. Die Frau blickte auf den Stand neben der Kasse.

»Ja«, sagte sie langsam, und es war nicht klar, ob sie mit Clare oder zu sich selbst sprach. »Wenn ich etwas für ihn ausprobiert habe, könnte er das doch auch für mich tun. Und ich glaube, sie sind sich nicht unähnlich, oder? Wenn man das eine mag, mag man auch das andere, auch ohne Raumschiffe«, sagte sie, als würde sie ein Gespräch fortsetzen, an dem Clare teilnahm.

»Ähm …« Clare war nicht sicher, was sie der Frau sagen sollte, die den Blick nun wieder auf sie richtete, sie aber nicht wirklich anzusehen schien.

»Ja«, sagte die Frau entschieden und sah Clare nun richtig an – offenbar hatte sie einen Entschluss gefasst. »Das werde ich tun.«

»Großartig«, meinte Clare. »Aber, bitte entschuldigen Sie, *was* werden Sie tun?«

»Oh!« Die Frau lachte. »Entschuldigen Sie. Ich finde, wir sollten Ihren Buchclub ausprobieren. Das heißt, sind da noch andere junge Leute dabei? Irgendwelche Teenager?«

»Das weiß ich noch nicht«, gestand Clare. »Das wird unser erstes Mal sein.«

Die Frau grinste, plötzlich wirkte sie beinah draufgängerisch.

»Dann wissen Sie also nicht, dass *keine* anderen Teenager da sein werden«, stellte sie fest. »Das reicht schon. Ich nehme zwei davon, bitte.«

Sie zog zwei Exemplare von *Das Geisterhaus* aus dem Stapel und reichte sie Clare, die sie strahlend abkassierte.

*

Clare hatte sich angewöhnt, ihre Mutter an ihren freien Tagen per Videocall anzurufen und von ihren Abenteuern zu berichten. An einem dieser Tage saß sie auf einer Riesenschaukel und hielt das Telefon hoch, damit ihre Mutter mit ihr über die Reisfelder schweben konnte.

Maggie versicherte, dass es sich genauso berauschend anfühlte, als ob sie dabei wäre.

»Hast du auch sicher nicht das Telefon weggelegt, bis ich wieder festen Boden unter den Füßen hatte?«, fragte Clare.

»Na ja, ich habe es auf den Tisch gelegt«, gab Maggie zu, »aber ich habe trotzdem hingesehen.«

Clare lachte. »Gut, ich glaube, das lasse ich gelten.«

»Wie läuft es bei dir?«

»Es ist herrlich«, schwärmte Clare. »Ich habe das Gefühl, dass ich in dem Laden etwas bewirken kann. Als wir hier angekommen sind, herrschte ein ziemliches Durcheinander, aber das ändern wir gerade.«

»Schön, dass du dich amüsierst«, freute sich Maggie.

»Es ist mehr als das. Ich glaube, ich habe gar nicht gemerkt, dass ich nur noch stumpf ein Programm abspule. Jetzt bin ich wieder voller neuer Energie.«

»Das ist genau das, was ich mir für dich gewünscht habe«, erwiderte Maggie.

»Ich hatte solche Angst, es könnte für mich darauf hinauslaufen, dass ich nie das tue, was ich gern mache. Weil Dad das nicht getan hat. Aber in den Jahren, in denen ich gereist bin, habe ich aus Angst, etwas zu verpassen, nur verzweifelt versucht, so viel wie möglich mitzunehmen. Ich hatte eigentlich kein Ziel, habe keine Entscheidungen getroffen. Ich bin einfach von Ort zu Ort gereist, ohne darüber nachzudenken, was ich eigentlich wollte.«

»Aber jetzt tust du das?«

»Ich fange damit an, ja. Also, danke, Mum. Dafür, dass du so geduldig mit mir warst. Und dafür, dass dir die Geduld irgendwann ausgegangen ist.«

Maggie lachte. »Na ja, das ist mein Job.« Sie zögerte einen Moment. »Weißt du, dein Vater ist zwar nie gereist, aber er hat viele andere Dinge getan, die er mochte. Das Reisen war nicht sein einziger Traum.«

»Nur der, über den er am meisten gesprochen hat.«

»Hast du mal überlegt, dass er dir vielleicht deshalb so viel vom Reisen erzählt hat, weil *du* dich dafür interessiert hast?«

Clare schwieg.

»Er hatte ein erfülltes Leben, das er geliebt hat. Aber man kann nicht alles haben. Das wusste er. Und er wusste, dass er das Wichtigste hatte. Dich.«

*

Toby und Clare hatten sich durch die Restaurants zwischen seinem Hotel und ihrer Wohnung gearbeitet und waren nun bei dem Lokal angelangt, auf das sie sich am meisten freute. Doch ausgerechnet jetzt war er mit den Jungs zu einem zweitägigen Ausflug auf die andere Seite der Insel aufgebrochen, und so überredete sie Jack, an seiner Stelle mit ihr hinzugehen.

Sie saßen gemütlich an einem Tisch im Freien, als sie ihm erzählte, dass seine Simone-Adair-Kundin wieder im Laden gewesen war. Jack nahm ein Stück Zitrone in die Hand und drückte es über seinem Fisch aus. Clare bemerkte, wie er zusammenzuckte, als der Saft auf seine Hand spritzte. Offenbar hatte er ein paar frische Kratzer.

»Was machst du nur?«, fragte sie.

Jack sah sie an und ließ die Zitronenscheibe auf den Tellerrand fallen.

»Was meinst du?«, fragte er zurück.

»Du hast immer Schnitte an den Händen«, stellte sie fest. »Wenn du nicht extrem ungeschickt beim Umblättern der Buchseiten bist, weiß ich nicht, woher sie kommen.«

»Ach das. Das ist nicht weiter schlimm.«

»Ich habe nicht gesagt, dass es schlimm ist«, meinte Clare schulterzuckend und presste Zitronensaft auf ihren eigenen

Fisch. »Ich würde nur gern wissen, was du treibst, dass du so regelmäßig voller Kratzer bist.«

Jack seufzte und beugte sich zu ihr vor. »Versprich mir, dass du mich nicht auslachst.«

»Versprochen. Aber wenn es wirklich lustig ist?«

Jack verdrehte die Augen und schüttelte leicht genervt den Kopf. »Du hast mich angeblafft, ich würde Bali gar nicht erkunden.«

»Ich habe nicht geblafft.«

»Wie auch immer, du hast gesagt, ich sei zu sehr auf den Laden fixiert und solle etwas erleben.«

»Ich glaube nicht, dass das meine Worte waren«, widersprach Clare, und Jack hob eine Augenbraue. »Gut, okay, aber vielleicht unterschwellig.«

»Du hattest jedenfalls recht«, sagte er. »Ich dachte, ich müsste mir nicht so viel ansehen, weil ich schon als Kind viele Touristenattraktionen gesehen habe – und auch vieles, was Touristen nie zu sehen bekommen. Aber, ich weiß nicht, durch dich habe ich darüber nachgedacht, was ich noch lernen könnte, solange ich hier bin, um das Beste aus der Zeit zu machen. Drei Monate sind schließlich nicht lange, was auch immer, bla, bla, bla. Und mein Urgroßvater – der Vater der Großmutter, die wir immer besucht haben – war Sattler. Sein Vater ebenfalls. Also dachte ich mir, warum nicht ein bisschen was über ihr Handwerk lernen?«

Clare stutzte, dann lächelte sie. »Du hast gelernt, wie man mit Leder arbeitet?«

»Bitte nicht la…«

»Ich lache nicht.« Sie beugte sich eifrig vor. »Kannst du mir das zeigen?«

»Du willst es sehen?«

»Ja, bitte.«

Für einen Moment wirkte Jack unsicher. Dann stand er unvermittelt auf und kam zu ihr auf die andere Seite des Tisches. Als er sein Hemd ein Stück hochzog, wich Clare unwillkürlich zurück.

»Den habe ich gemacht«, sagte er. »Den Gürtel.«

»Oh«, sagte Clare. »Oh.« Sie beugte sich vor, um den Gürtel genauer zu betrachten. Er war schmal und hellbraun, mit einer diagonalen Stickerei in der Mitte und einem geprägten Muster, das sich an den Rändern etwas ungleichmäßig wiederholte. »Wow. Der ist echt toll.«

»Ist er nicht«, widersprach Jack. »Ich bin ziemlich ungeschickt. Aber es ist das Erste, was ich selbst gemacht habe.«

»Der ist wirklich gut gemacht. Ich mag dieses gewellte Stück an der Schnalle …« Sie zeigte auf die Stelle, von der sie sprach, und erstarrte, als ihr plötzlich bewusst wurde, dass sie im Grunde auf Jacks Schritt starrte. Sie räusperte sich und lehnte sich zurück, wobei sie ihm fest in die Augen sah.

»Gut gemacht«, lobte sie ihn. »Das ist gut. Guter Gürtel.«

Jack wurde rot, doch sie wusste nicht, ob es ihm peinlich war, dass er ihr sein Werk gezeigt hatte, oder ob er gerade denselben Gedanken hatte wie sie.

Er kehrte zu seinem Platz zurück und nahm seine Gabel in die Hand. Ein oder zwei Minuten lang aßen sie schweigend weiter.

»Guter Fisch«, sagte er dann.

»Ja«, bestätigte Clare mit Nachdruck. »Sehr guter Fisch.«

*

Plötzlich kamen Clare die Tage, an denen sie allein im Laden war, langweilig vor.

Es gab noch viel zu tun – etwa ein Drittel des Gerümpels auf der Galerie war noch übrig, und ein paar Kartons aus dem Schrank mussten durchgesehen werden. Es machte jedoch nur halb so viel Spaß, wenn sie Jack nicht alle paar Minuten stören konnte, indem sie ihm erzählte, was ihr gerade eingefallen war.

Es war seltsam, dass sie produktiver wurde, wenn sie jemanden dabeihatte, der sie den ganzen Tag lang ablenkte. Aber irgendwie verlieh ihr das die nötige Energie, die sie brauchte, um die vor ihr liegende Mammutaufgabe in Angriff zu nehmen, und die sie allein einfach nicht aufbrachte.

Draußen nieselte es, sie war allein im Laden und schlecht gelaunt. Sie hatte sich gefragt, ob Jack angesichts des Wetters seinen freien Tag vielleicht verschieben würde, aber er war fröhlich von dannen gezogen.

Sie wühlte sich durch die untersten Regale des Schrankes, wobei sie die Kartons eigentlich kaum sortierte, sondern nur von einer Seite zur anderen schob, als sie auf einmal eine Dokumentenmappe entdeckte, die nach hinten gerutscht war. Die Mappe sah wesentlich neuer aus als das meiste Zeug dort unten – sauber und ordentlich statt ramponiert und verstaubt wie der Rest. Sie musste erst kürzlich hineingeschoben worden und durch die Ritzen gefallen sein.

Clare zog sie heraus und schlug sie auf. Sie enthielt ein paar offenbar in Unordnung geratene Seiten, darunter einen Grundriss des Ladens und eine Inventurliste. Sie blätterte sie durch, bis sie das Deckblatt eines Memos fand.

Dort stand:

Von: Bellwether Holdings
An: Adam Hearn, Eigentümer Seashore Books
Re: Bestätigung der Vermögenswerte

Sehr geehrter Mr Hearn,

in der Anlage finden Sie eine Liste der Vermögenswerte des unter dem Namen Seashore Books bekannten Unternehmens. Vor Abschluss eines Kaufvertrags benötigen wir Ihre Bestätigung, dass die Liste korrekt ist, sowie das vereinbarte Liegenschaftsgutachten. Sollte Letzteres nicht vorgelegt werden, sind sämtliche Vereinbarungen null und nichtig.

Clare hatte das Gefühl, als würde ihr der Boden unter den Füßen weggezogen. Deshalb war Adam so unkooperativ gewesen und hatte sie kaum dabei unterstützt, hier eine Veranstaltung zu organisieren. Deshalb schien er sich überhaupt nicht für die Buchhandlung zu interessieren. Celestina hatte sich geirrt: Er hegte keine Hoffnung mehr. Er hatte bereits beschlossen, den Laden zu verkaufen.

Clare sah sich in dem Raum um. Er erstrahlte in einem sanften orangefarbenen Licht, das sich von dem grauen Regentag draußen abhob, und wirkte einladend und gemütlich. Die Regale luden zum Stöbern ein. Auf der Galerie herrschte immer noch Chaos, aber sie hatte schon deutlich vor Augen, wie es dort einmal aussehen würde. Es war jetzt mehr als nur ein Projekt. Sie machte das alles nicht mehr nur, weil sie sich beweisen musste. Sie liebte diesen Laden. Sie hatte ihn gepflegt, und er gedieh. Der Gedanke, dass er geschlossen oder in eine langweilige, unpersönliche Kette eingegliedert werden sollte, war für sie unerträglich.

Sie schluchzte auf und war dankbar, dass gerade kein Kunde im Laden war, der sie sehen oder hören konnte. Aber sie wollte nicht allein sein. Also holte sie ihr Handy heraus und rief Jack an. Während sie darauf wartete, dass er ranging, lief sie unruhig auf und ab und kaute an einem Fingernagel herum. Der Anruf landete auf der Mailbox, und sie fluchte.

Weitere Tränen brannten in ihren Augen, und sie wählte Tobys Nummer. Er nahm nach dem zweiten Klingeln ab.

»Kannst du in den Laden kommen?«, fragte sie unter Tränen.

Er war innerhalb von zwanzig Minuten da.

»Warst du surfen?«, fragte sie verwirrt, als sie seine nassen, salzigen Haare sah. »Im Regen?«

»Natürlich. Die Wellen sind toll heute.«

»Oh, du hättest nicht meinetwegen aufhören müssen.«

Sie brach in Tränen aus, und Toby nahm sie in die Arme.

»Du klangst, als würdest du mich brauchen. Es wird noch viele gute Wellen geben.« Er setzte sie sanft auf einen Stuhl und ging in die kleine Küche des Ladens, um ihr einen Tee zu machen.

Als er zurückkam, legte Clare die Hände um den heißen

Becher und versuchte, ihren Atem zu beruhigen. Toby wartete, während sie ihren Tee trank, und fragte dann, was los sei.

»Er verkauft«, erzählte Clare, und ihre Stimme brach erneut. »Adam verkauft den Laden.«

»Oh«, sagte Toby. »Na ja, er ist wohl im richtigen Alter, um sich zur Ruhe zu setzen. Und er scheint mit dem Laden sowieso nicht mehr viel am Hut zu haben.«

»Aber wir waren dabei, ihn zu retten«, klagte Clare leise. »Wir haben Seashore Books für ihn wieder auf Vordermann gebracht.«

»Okay. Aber bist du sicher, dass er das auch wollte?«

»Natürlich! Oder vielmehr: Er wird es wollen! Wenn er sieht, dass wir es können, dass wir … Wir brauchen nur Zeit, um ihm zu zeigen, dass wir es schaffen können. Dass es so wie früher sein kann, sogar besser. Dass alles so sein kann, wie er es sich gewünscht hat.«

Toby schwieg.

»Glaubst du mir nicht?«, fragte Clare.

»Von solchen Sachen habe ich keine Ahnung, Babe«, erwiderte er. »Es tut mir aber leid. Ich weiß, dass du den Laden liebst.«

Clare antwortete nicht. Sie wollte kein Mitleid, sie wollte, dass er sie verstand. Dass jemand genauso verletzt war wie sie. Dass sich jemand genauso verraten fühlte.

*

Toby blieb etwa eine Stunde lang. Angeblich hatte er ohnehin nichts Besseres zu tun, da die anderen Jungs noch surften.

Clare war froh, dass er da war, und sei es nur, weil er sich um die wenigen Kunden kümmerte, die trotz des Regens hereinkamen. Ihr war gerade die Lust vergangen, Small Talk über Kate-Atkinson-Bücher zu führen.

Am Nachmittag kam Jack mit besorgter Miene durch die Tür.

»Du hast mich angerufen. Tut mir leid, dass ich es nicht mitbekommen habe. Ist alles in Ordnung?« Er musterte Clares Gesicht und Toby, der hinter der Kasse stand. »Gott, Clare, was ist passiert? Ist alles okay?«

Clare stockte der Atem, während sie angestrengt versuchte, nicht erneut in Tränen auszubrechen.

»Es ist vorbei, Jack. Adam hat den Laden verkauft.«

Jack wurde blass. »Wie bitte? Hat er dir das gesagt?«

Clare nahm die Dokumentenmappe neben der Kasse und reichte sie ihm. Wortlos blätterte er sie durch.

»Wir sollten hier nicht darüber reden. Nicht vor …« Er blickte Toby an.

»Ich habe es ihm schon erzählt. Darum ist er hier.«

»Clare, hast du …«, hob Jack an, aber Toby unterbrach ihn.

»Ja, darüber solltet ihr wohl besser unter vier Augen reden. Clare, ich rufe dich später an. Wir können ausgehen oder so, damit du auf andere Gedanken kommst.«

Clare ließ ihn gehen, ohne zu widersprechen, obwohl Ausgehen das Letzte war, worauf sie Lust hatte. Sie wollte nicht auf andere Gedanken kommen, sie wollte das hier verhindern.

»Clare«, sagte Jack, nachdem Toby gegangen war, »du

hättest es ihm nicht erzählen sollen. Das geht ihn nichts an. Das geht *uns* nichts an.«

»Wie kannst du sagen, dass uns das nichts angeht? Nach all der Arbeit, die wir geleistet haben?«

»Weil es so ist! Wir sind nur drei Monate hier. Wir sind für diesen Laden nur ein kleiner Punkt auf dem Radar. Der Wille allein genügt manchmal nicht. Du kannst doch nicht ernsthaft glauben, dass ein sonniges Gemüt reicht, um alle anderen von dem zu überzeugen, was du willst.«

»Aber ich tue das für ihn«, protestierte Clare. »Wir bringen den Laden doch für Adam auf Vordermann …«

»Tun wir das?« Jack musterte sie kühl. »Geht es hier wirklich um Adam? Du hast selbst gesagt, dass du dich beweisen willst. Du willst zeigen, dass du etwas bewegen kannst, indem du den Laden rettest. Und ich wollte dir dabei helfen, Clare, ehrlich. Aber wenn Adam das nicht will, dann steht es uns nicht zu, hier alles umzukrempeln.«

Clare starrte ihn an. »Wovon redest du? Ich dachte, das wollten wir beide – Seashore Books für Adam retten.«

»Ach, komm schon, Clare. Es ging doch immer nur um dich. Du warst nicht zufrieden, also musstest du alles ändern, bis es dir passte. Du überfährst die Leute, ohne sie zu fragen, was sie wollen. Du wolltest ein idyllisches Leben mit einem gut aussehenden Muskelprotz und einem kleinen Laden im Paradies. Einen Platz, an dem die Welt in Ordnung ist, in dem es keine Komplikationen gibt, wo es aber nie langweilig und gewöhnlich zugeht. Deshalb trampelst du über alles andere hinweg. Offensichtlich will Adam diesen Laden nicht mehr. Er will damit abschließen.«

Jetzt weinte Clare nicht mehr, dafür war sie viel zu geschockt. Es fühlte sich an wie ein Schlag in die Magengrube. Jack warf ihr vor, die schlimmstmögliche Version ihrer selbst zu sein.

»Nein«, widersprach sie. »Du willst nur wieder aufgeben. Du hast das hier immer für Energieverschwendung gehalten. Wenn wir aufgeben, brauchst du nicht mehr zu befürchten, wieder zu scheitern. Es ist dir zu riskant, stimmt's? Deshalb arbeitest du für ein großes Unternehmen, weil du dich dort sicher fühlst. Du hast zu viel Angst, allein den Versuch zu wagen, etwas gegen alle Widrigkeiten zum Laufen zu bringen.«

Wieder verwandelte sich ihre Verzweiflung in Wut, sie konnte es nicht verhindern. Sie wusste, dass sie unvernünftig war, aber sie spürte Angst in sich aufsteigen, und auf diese Weise konnte sie sich davon befreien.

»Soweit ich weiß, ist das deine Firma, Bellwether Holdings. Soweit ich weiß, ist das der Job, der am Ende auf dich wartet.« Sie kam einen Schritt näher an ihn heran. »Soweit ich weiß, hast du dieses Memo verfasst.«

Jack wirkte verblüfft. »Natürlich habe ich das Memo nicht verfasst. Wovon redest du?«

»Arbeitest du für Bellwether Holdings?«

»Clare, nein! Ich … Ich kenne sie zwar, aber …«

»Ha!«, rief Clare. »Ich wusste es. Ich wusste, dass du …«

»Dass ich *was*?«, fragte Jack. »Ich kenne das Unternehmen und auch Leute, die dort arbeiten, aber damit habe ich nichts zu tun.«

»Tja, und wenn schon. Es ist doch trotzdem das, was du

tust, oder? Das hast du studiert. Du hast bei solchen Firmen Praktika gemacht.«

»So etwas mache ich nicht!«

»Es wäre aber möglich. Für dich ist die Schließung des Buchladens sein natürliches Ende. Du siehst ein scheiterndes Unternehmen, das von einem Unternehmen mit Holding im Namen aufgekauft werden kann. Das ist für dich die logische Konsequenz – nichts, was sich zu retten lohnt. Dann kann man auch gleich aufgeben.«

»Ach ja?« Jack wandte sich von ihr ab und ging zum Fenster. »Deshalb schufte ich hier seit Wochen? Deshalb habe ich deine ganzen Ideen mit umgesetzt? Du hast beschlossen, dass dieser Laden deine neue Identität ist, und kannst nicht zugeben, dass er trotz all unserer Arbeit vielleicht nie rentabel sein wird.«

»Siehst du? Genau das meine ich. Du sprichst über diese Dinge mit Begriffen wie rentabel, aber das hier könnte so viel mehr sein. Celestina hat mir erzählt, dass es für Adam ein Ort sein sollte, an dem Menschen zusammenkommen und sich verbinden, und dazu können wir den Laden wieder machen.«

»Aber er muss trotzdem genug Gewinn erwirtschaften, um ihn erhalten zu können.« Jack drehte sich wieder zu ihr um. »Der Laden kann nicht nur überleben, weil du es willst. Dein Wille allein genügt nicht.«

»Und was nun?«, fragte Clare und ging ein paar Schritte auf ihn zu. »Gibst du einfach auf? Etwas, das so großartig sein könnte? Du gibst es einfach auf, weil es leichter ist?«

Jack rückte näher an sie heran. Plötzlich wirkte er ganz klein und traurig.

»Manchmal muss man sich eingestehen, dass man etwas nicht schaffen kann. Dass man es niemals hinkriegt, sosehr man es auch will.«

»Aber spürst du das denn nicht?«, fragte Clare und machte fast unwillkürlich einen weiteren Schritt auf ihn zu. »Es fühlt sich doch so an, als wären wir dazu bestimmt, oder? Als wären wir beide aus einem bestimmten Grund hier.«

Jack blickte zu ihr hinunter. Sie standen jetzt sehr nah voreinander.

»Das ist nur ein Gefühl«, entgegnete er. »Das bedeutet nicht, dass es real ist.«

»Aber …« Clare flüsterte nun fast. »Du spürst es auch.«

Clare blickte zu ihm hoch. Ihre Wangen waren heiß, und plötzlich fühlte sie sehr deutlich Jacks Blick auf sich ruhen.

»Jack«, sagte sie.

Er legte eine Hand an ihre Wange.

»Clare, ich …«, begann er, doch da stellte sie sich auf die Zehenspitzen, schlang die Arme um seinen Hals und presste ihre Lippen auf seine.

Atemlos und mit hochrotem Kopf wich sie zurück, aber er zog sie wieder an sich und legte die Arme um sie. Leidenschaftlich und voller Verlangen küssten sie sich. Clare spürte, wie Jacks Hand über ihren Rücken strich und er sie enger an sich drückte. Er schmeckte nach Salz und Sonne, und Clare wäre am liebsten in ihm versunken.

In diesem Moment ging die Tür auf, und eine Stimme sagte: »Oh, Entschuldigung.«

Clare und Jack sprangen mit großen Augen auseinander. Es war Joyo.

»Ich kann noch mal wiederkommen«, sagte er. »Ich wollte nur … Ich glaube, Sie haben ein Buch für mich.«

»Natürlich«, sagte Clare leicht hektisch. »Tut mir leid, ich hole es sofort.«

Sie ging zur Kasse und bückte sich, um Joyos Buch herauszuholen, und als sie sich wieder aufrichtete, war Jack verschwunden.

# 16. Kapitel

Jack kam nicht wieder in den Laden. Clare stellte das Schild *Bin in fünf Minuten zurück* an die Kasse und eilte zur Wohnung, um zu sehen, ob er dort war, aber das Apartment war leer.

Leicht benommen und sehr langsam ging sie zum Laden zurück. Es war ein Fehler gewesen. Ein offensichtlicher Fehler. In der Hitze des Gefechts.

Sie wollte ihm eine Nachricht schreiben und sich entschuldigen, also zückte sie ihr Handy. Als es in ihrer Hand vibrierte, hätte sie es beinahe fallen lassen. Toby rief an. Wie versprochen. Er hielt immer, was er versprach. Er war absolut zuverlässig. Es war gut, einen zuverlässigen Menschen an der Seite zu haben, dachte sie.

Sie meldete sich so überschwänglich, dass er sicher merkte, dass etwas nicht stimmte.

»Hallo«, sagte sie. »Hallo! Wie geht's dir? Wie war dein Nachmittag?«

»Ist alles okay?«, fragte er zurück.

»Ja!«, rief sie in Panik. »Natürlich! Warum auch nicht?«

»Na ja, also … wegen des Ladens«, erwiderte er. »Du warst ziemlich aufgelöst deshalb.«

»Stimmt, ja.« Ihr wurde schwer ums Herz. Für einen Moment hatte sie tatsächlich vergessen, wie es zu alldem gekommen war. »Ja, das bin ich, ich bin aufgelöst, aber ich kann momentan nichts dagegen tun. Also versuche ich, positiv zu denken. Es sieht nicht so aus, als wäre es schon endgültig entschieden. Ich werde morgen mit Adam sprechen und sehen, wie die Lage ist.«

»Klar«, sagte Toby.

Da spürte Clare, dass das Handy in ihrer Hand erneut summte. Jemand hatte ihr eine Nachricht geschickt. Sie schluckte, zog es aber nicht vom Ohr, um nachzusehen.

»Hör zu, ich dachte, ich komme vorbei, wenn du zumachst«, bot Toby an. »Geh mit den Jungs und mir aus – komm mit zum Essen, und lass uns anschließend tanzen gehen.«

Den Abend in einem Club zu verbringen, in dem es so laut war, dass sie ihre eigenen Gedanken nicht hören konnte, erschien ihr auf einmal sehr verlockend.

»Ja. Gott, ja. Danke, Toby.«

Sie beendete das Gespräch und öffnete ihre Nachrichten. Jack hatte ihr geschrieben: *Tut mir leid. Ich habe eine Grenze überschritten. Es wird nicht wieder vorkommen.*

Einen Moment lang fühlte sie sich schwer, dann schüttelte sie sich und hob den Kopf. Darüber brauchte sie jetzt nicht nachzudenken. Sie wollte tanzen.

*

Clare hatte geglaubt, dass ihre ersten Wochen auf Bali an Peinlichkeit nicht zu übertreffen wären, damals, als Jack und sie sich kaum gekannt hatten, aber in dieser Wohnung von der Größe eines Schuhkartons zusammenwohnen mussten.

Aber sie hatte sich geirrt. Jetzt bewegten sie sich wie

Satelliten durch die winzige Wohnung. Sie lauschten, ob der andere in der Nähe war, bevor sie sich aus ihrem Zimmer wagten, und wenn sie beide im Laden waren, hielten sie sich so weit wie möglich voneinander entfernt.

Clare arbeitete auf der Galerie, während Jack die restlichen Unterlagen im Schrank durchging. Sie bewegte sich wie auf Autopilot, öffnete Kartons und sortierte den Inhalt, ihr schwirrte der Kopf. Einerseits hätte sie gern mit Jack über den Kuss gesprochen, andererseits wünschte sie sich sehnlichst, ihn nie wieder zu erwähnen.

Plötzlich erschien ihr die Art, wie er sie manchmal ansah, in einem neuen Licht. Sie hatte angenommen, er würde schlecht über sie denken. Aber vielleicht war er auch die ganze Zeit über in sie verliebt gewesen?

Dann wiederum hatte er auch schreckliche Dinge zu ihr gesagt, die sie annehmen ließen, dass er genauso wenig von ihr hielt, wie sie anfangs vermutet hatte. Sie war total verwirrt. Warum konnte er ihr nicht einfach sagen, was er wirklich empfand?

Aber wozu sollte er das tun, wenn Clare sich selbst über ihre Gefühle nicht im Klaren war?

Natürlich war er attraktiv, das hatte sie vom ersten Tag an gewusst. Er war kein kräftiger, durchtrainierter Strand-Halbgott wie Toby, aber das wollte man ja auch nicht immer. Sie mochte es sich nicht eingestehen, aber wenn sie den Kopf an Tobys Brust schmiegte, fühlte es sich manchmal an, als läge er auf Beton.

Jack war schlanker, hatte eine geschmeidigere Gestalt. Und dann diese gut geformten Schultern und Unterarme.

Jedes Mal, wenn sie ihn beim Gemüseschneiden oder Büchereinräumen mit hochgekrempelten Ärmeln sah, musste sie sich zwingen, den Blick abzuwenden. Und seine Augen waren warm und braun. Manchmal fiel ihm sein Haar ins Gesicht, das jetzt länger und etwas struppiger war, sodass er es zurückstreichen musste. Mit diesen Händen. Und Unterarmen.

Clare merkte, dass sie ein paar einwandfreie Sarah-Waters-Bücher auf den für die Mülltonne bestimmten Stapel gelegt hatte, und fluchte leise vor sich hin. Sie musste sich zusammenreißen.

Jack rief ihr von unten zu, dass er Mittagspause mache und ob sie auf die Kasse aufpassen könne. Als er ging, spähte sie über die Brüstung. Er hatte auch einen wirklich guten Hintern.

*Mist.*

Sie wusste, dass sie sich besser schützen sollte. Jack – in ihren Gedanken waren das immer noch zwei verschiedene Menschen. Da war derjenige, der sich immer über ihre Ideen lustig gemacht hatte, aber auch derjenige, der ihr geholfen hatte, jede einzelne davon zu verwirklichen. Da war derjenige, der *Ich bin dann mal Prinzessin* gelesen und der sich in ihren Armen so gut angefühlt hatte. Derjenige, dessen Lippen sie immer noch auf ihren spüren konnte und dem so viel an der Rettung von Seashore Books zu liegen schien. Aber dann war da auch derjenige, der hier war, um zu lernen, wie kleine Unternehmen funktionierten, damit er sie besser zerschlagen konnte. Derjenige, bei dem es immer schwieriger wurde zu glauben, dass er real war.

Wenn sie ehrlich war, gab es auch noch einen anderen Aspekt. Jack war nicht wie Toby. Toby war der perfekte Bali-Freund. Er war lustig, er war nett zu ihr … und nur eine Affäre. Toby und sie hatten beide kein Problem damit, sich ein paar Wochen lang zusammen zu amüsieren und dann getrennter Wege zu gehen.

Doch irgendwie wusste sie, dass es ihr jetzt schon schwerfallen würde, sich von Jack zu verabschieden, wenn ihre Zeit hier vorbei war. Und wenn sich noch mehr zwischen ihnen entwickelte? Dann wäre es komplett unmöglich.

Und was würde dann passieren? Er würde einen Job in Chicago antreten. Sollte sie für ihn dorthin ziehen? Würde er das überhaupt wollen? Was wollte sie dort machen? Die gleichen miserablen Jobs wie zu Hause?

Nein. Sie musste ihren eigenen Platz in der Welt finden, nicht nur wegen eines Typen irgendwohin gehen.

Plötzlich lachte Clare über sich selbst. Sie lehnte eine Zukunft ab, die ihr überhaupt niemand angeboten hatte. Es war nur ein Kuss! Nur ein Kuss. Und sie war wild entschlossen, daraus nicht mehr werden zu lassen.

Sie musste auf sich aufpassen, und deshalb war eine befristete Affäre mit dem lustigen, lockeren Toby genau das Richtige.

Es war gut so. Es war völlig in Ordnung.

*

Als Jack zurückkehrte, ging Clare in die Mittagspause und spazierte mit ihren wirren Gedanken über den Markt. Sie schaute in Buanas Tischlerei vorbei, um zu sehen, wie es mit den Stühlen und Tischen für die Galerie voranging, und unterhielt sich mit ihm über seinen Sohn, der gerade ein Studium anfing – »Eine große Schande. Er kann besser schreinern als ich, will aber unbedingt Bioingenieurwesen studieren« –, und über seine Tochter, die gerade ihr eigenes Buchhaltungsunternehmen in Jakarta eröffnet hatte.

Clare hatte gehofft, damit ihre ganze Mittagspause füllen zu können, aber als sie Buana verließ, waren erst vierzig Minuten vergangen. Sie war wütend auf sich selbst. Sie achtete jetzt mehr denn je darauf, die ihr zustehende Mittagspause nicht zu überziehen, aber das bedeutete nicht, dass sie vorzeitig zurückkehren wollte. Das wäre noch peinlicher, als zu spät zurückzukommen, zumal Jack weder das eine noch das andere kommentieren und sein Schweigen für den Rest des Tages zwischen ihnen stehen würde.

Widerwillig kaufte sie sich ein Eis, setzte sich auf eine Bank am Strand und sah zu, wie die Minuten verstrichen, bis sie zurückgehen konnte. Schließlich war die Stunde um, und sie ging in Richtung Laden. Sie wollte Jack lässig zunicken und zu ihrem Platz auf der Galerie zurückkehren, doch als sie die Tür öffnete, tigerte er aufgeregt durch den Laden und strich sich mit den Händen durchs Haar.

»Ich wollte dich gerade anrufen«, krächzte er, als sie hereinkam. »Ich habe sie gefunden.«

»Was? Wen?«

»Simone. Ich habe Simone Adair gefunden.« Er deutete vage in Richtung Kasse.

Auf der Bank lag ein dickes braunes Notizbuch, auf dessen Vorderseite in Gold das Wort *Adressen* geprägt war.

# 17. Kapitel

Clare schrie auf. »Oh, mein Gott.«

»Oh, mein Gott«, echote Jack.

»Du hast sie gefunden.«

»Ich habe sie gefunden.«

Bevor Clare wusste, wie ihr geschah, tanzten sie Händchen haltend im Kreis und schrien sich gegenseitig ins Gesicht.

»Oh, mein Gott«, rief Clare erneut und blieb atemlos stehen. »Ich kann es nicht fassen. Ich kann nicht glauben, dass du es geschafft hast.«

»Ich weiß«, sagte Jack. »Ich weiß.«

Er sah sie mit leuchtenden Augen an, und plötzlich wurde es in dem Raum um sie herum ganz still.

Clare räusperte sich. »Okay, wir müssen sie anrufen. Wir müssen sie jetzt sofort anrufen.«

»Ja«, stimmte Jack ihr zu.

»Nein«, sagte Clare.

»Nein?«

»Wir müssen uns erst genau überlegen, was wir ihr sagen wollen. Wir müssen ihr das Gefühl geben, etwas Besonderes zu sein, ihr bewusst machen, wie viele Leute sie gern sehen würden.«

»Stimmt«, pflichtete Jack ihr bei. »Genau. Machen wir uns ein paar Notizen.«

»Ja!«, rief Clare und rannte los, um Stifte und Papier zu holen.

Dann kauerten sie auf der Bank und starrten schweigend auf das Papier.

»Das ist ganz einfach«, meinte Clare. »Wir müssen ihr nur all das sagen, was wir einander gesagt haben. Alles, was die Leute im Internet geschrieben haben.«

»Gut, ja, wir müssen nur sagen: ›Sie sind toll, und alle lieben Sie, und das ist der Grund, weshalb Sie kommen müssen.‹«

»Ja, genau«, erwiderte Clare. »Ja.«

Sie schwiegen erneut für einige Minuten.

»Es tut mir leid«, sagte Jack. »Ich kann nicht klar denken. Mein Kopf ist gleichzeitig voll und total leer.«

Clare legte ihren Stift weg. »Vielleicht sollten wir einen Schritt zurücktreten und uns beruhigen«, schlug sie vor. »Ich koche uns einen Tee.«

Sie ging in die Teeküche und stellte den Wasserkocher an, hängte Teebeutel in Becher, übergoss sie mit heißem Wasser und ließ sie vier Minuten lang ziehen. Dann nahm sie die Beutel heraus, gab Milch in ihren und Zucker in Jacks Tee und trug die Becher in den Laden hinaus. Sie nippten an ihrem Tee und starrten auf das Adressbuch, sahen sich und dann wieder das Adressbuch an.

Als ein Kunde hereinkam, sprang Jack auf und ging derart überschwänglich auf ihn zu, dass der Mann fast aus dem Laden geflüchtet wäre.

Anschließend tranken sie ihren Tee aus, Jack brachte die Becher wieder in die Küche, kam zurück zur Kasse und setzte sich. Wieder starrten sie auf das Adressbuch und auf ihre leeren Zettel.

»Vielleicht ...«, begann Clare.

»Ja?«

»Vielleicht geht das nicht am Telefon. Vielleicht müssen wir persönlich mit ihr reden.«

Jack nickte viel zu heftig. »Meinst du, wir sollten einfach hinfahren?«

»Also, wir sollten sie schon zuerst anrufen«, meinte Clare. »Aber nur, um zu sagen: ›Wir sind Buchhändler aus der Gegend. Dürften wir mit einem Vorschlag zu Ihnen kommen?‹«

»Hast du gerade wirklich gesagt: Dürften wir?«

»Halt die Klappe. Aber ja, so ungefähr.«

Sobald sie es ausgesprochen hatte, schien es der beste Plan zu sein. Kein unangenehmer Anruf, nur ein zwangloser Besuch, bei dem sie sich ganz natürlich unterhalten konnten, anstatt sich einen seltsamen und peinlichen Text auszudenken. Clare bestand darauf, dass Jack anrief – schließlich war Simone seine Lieblingsautorin –, aber als er wählen wollte, erstarrte er.

»Ich kann das nicht«, sagte er leise. »Bitte mach du das.«

Clare nickte und nahm das Telefon. Sie wählte die Nummer und überprüfte zwanghaft jede einzelne Ziffer.

Das Telefon klingelte. Clare sah Jack in die Augen. Es klingelte weiter.

Während Clare mit großen Augen lauschte, wie das Telefon immer weiterklingelte, bewegte sie ihren Kopf näher zu Jack.

Sie nahm das Telefon vom Ohr und stellte es auf Lautsprecher.

Es klingelte weiter.

Sie stützte das Kinn in die Hand.

»Kein Anrufbeantworter«, stellte Jack fest.

»Kein Anrufbeantworter«, bestätigte Clare.

»Wir sollten auflegen«, meinte Jack.

Clare nickte, rührte sich jedoch nicht.

Jack entfernte sich von der Bank, schüttelte die Hände aus, drehte sich dann um, streckte den Arm aus und tippte den Auflegen-Knopf.

Stille hallte durch den Laden.

»Der Anschluss existiert noch«, sagte Clare.

»Ja.«

»Wir können es später noch mal versuchen. Oder morgen.«

»Ja!«, sagte Jack. »Wir versuchen es noch mal.«

»Die Leute sind unterwegs«, sagte Clare.

»Die Leute sind ständig unterwegs«, bestätigte Jack.

»Wir versuchen es noch mal.«

Sie schwiegen einen Augenblick.

»Jack?«

»Ja?«

»Du hast sie gefunden.«

Er strahlte. »Ich habe sie gefunden.«

\*

Sie versuchten es erneut.

Sie versuchten es am nächsten und am übernächsten Tag und munterten sich gegenseitig mit Sätzen auf wie »Wir müssen nur den richtigen Moment erwischen« und »Ich habe ein gutes Gefühl, dass es morgen klappt.«

Wenigstens war nach der Aufregung des ersten Nachmittags die peinliche Atmosphäre zwischen ihnen wieder verschwunden. Clare gab es nur ungern zu, aber ihre Erleichterung darüber, dass ihre alte Freundschaft wieder da war, war fast so groß wie ihre Freude darüber, dass sie Simones Nummer gefunden hatten.

Und damit, dass sie sich gelegentlich einen Moment zu lange in die Augen sahen und dass sich die Atmosphäre im Raum manchmal unvermittelt veränderte, konnte sie umgehen. Sie brachten es einfach nicht zur Sprache und reagierten nicht darauf. Clare fand fast jeden Tag Zeit für Toby, und Jack tat … was immer er tat.

Clare behielt die Hoffnung für sich, die sich erneut in ihr regte. Wenn sie das tatsächlich durchziehen konnten, würde es Adam vielleicht davon überzeugen, von dem Vertrag zurückzutreten. Vielleicht würde er den Laden dann doch nicht verkaufen.

*

Schließlich fand der erste Buchclub statt, und alles in allem verlief der Abend gut. Um Kosten zu sparen, hatten Clare und Jack sich entschieden, dass jeder seinen eigenen Wein mitbringen sollte, und sie hatten sich ein paar nicht zueinanderpassende Stühle geliehen. Der einzige Vorteil daran, dass das Geschäft noch schleppend lief, war, dass nicht mehr Leute kamen, als sie unterbringen konnten.

Die Frau, die zwei Exemplare für sich und ihren Sohn

gekauft hatte, nahm teil. Sie stellte sich als Lauren vor und den schlaksigen Jungen hinter ihr als Max. Joyo war auch da, hielt aber die ganze Zeit über sein Handy in der Hand und warf immer wieder einen Blick aufs Display. Abgesehen von den dreien waren nur noch zwei weitere Personen gekommen, die beide ihre Exemplare des Buches woanders gekauft hatten. Alle schienen daran interessiert zu sein, den Buchclub zu einer regelmäßigen Einrichtung zu machen – mit Ausnahme von Lauren und Max, die nur für die nächsten Wochen auf Bali waren.

»Ich habe ihn gezwungen mitzukommen«, scherzte Lauren. »Er hat die ganzen Sommerferien mit seinem Vater verbracht, und ich wollte auch etwas Zeit mit ihm verbringen.«

Der Junge wurde rot und sagte kein Wort.

Und Toby war da, auch wenn er das Buch nicht gelesen hatte. Er übernahm die Rolle des Kellners und sorgte dafür, dass die Gläser immer voll waren.

In den ersten Minuten plauderte die Gruppe etwas unbeholfen miteinander. Abgesehen von Toby waren Lauren und Max die Einzigen, die nicht auf Bali lebten. Joyo und Siti waren auf der Insel aufgewachsen, während Valarie, eine Kanadierin, in ihren Zwanzigern dorthin gezogen war.

Als sie anfingen, über das Buch zu sprechen, kamen alle langsam aus sich heraus – sogar Max, der meinte, *Das Geisterhaus* habe ihm überraschend gut gefallen, er hätte sich aber trotzdem ein bisschen mehr Action gewünscht.

Clare bemerkte, wie Lauren ihn erfreut ansah. Der Satz »Hab ich's nicht gesagt?« schien ihr auf der Zunge zu liegen, aber sie hielt sich zurück.

»Er mag es nicht, wenn ich ihn zu sehr zu etwas dränge«, sagte sie zu Clare, als am Ende des Treffens alle ihre Sachen zusammensuchten, »aber ich bin so stolz darauf, dass er es gelesen hat. Und dass es ihm gefallen hat! Ehrlich gesagt bin ich richtig erleichtert.«

Seufzend blickte sie zu ihrem Sohn hinüber, der sich auf der anderen Seite des Ladens mit Jack unterhielt.

»Er hatte immer sehr viel mehr mit seinem Vater gemeinsam. Sie zelten zusammen, und sie sehen sich gemeinsam alle *Star Wars*-Filme an. Solange wir verheiratet waren, fand ich das wunderbar – mein Vater hat sich nie um mich oder meine Brüder gekümmert. Aber seit wir geschieden sind, kommt es mir so vor, als würde ich nichts mit Max teilen. Ich bin mit ihm nach Bali geflogen, weil ich dachte, dass es hier für uns beide genug gibt, was wir genießen können. Das stimmt auch – aber nicht gemeinsam. Er will surfen, ich will Tempel besichtigen. Er will wissen, warum die Reisfelder terrassenförmig angelegt sind, ich will in ein Spa gehen. Ich dachte schon, es sei ein Fehler gewesen herzukommen. Aber dann habe ich den Laden entdeckt, und darüber bin ich sehr froh.«

»Sind Sie beim nächsten Buchclub noch da?«, erkundigte sich Clare.

»Ich glaube schon«, antwortete Lauren. »Ich glaube, das könnten wir schaffen.«

Clare machte sich Gedanken, was sie beim zweiten Buchclub besprechen sollten. Sie wusste nicht, ob Jack mit der Bestellung weiterer Exemplare einverstanden sein würde. Aber sie irrte sich: Er war derjenige, der das nächste Buch vorschlug.

»*Melmoth* von Sarah Perry«, sagte er. »Es ist ein bisschen düster, ein richtiger Gruselroman, aber ich glaube, es wird den Leuten gefallen.«

Clare stimmte zu, und zu ihrer Überraschung wirkte Jack erleichtert und leicht beschämt.

»Ich habe sie schon bestellt«, gestand er. »Wenn die Exemplare angekommen wären und du nicht einverstanden gewesen wärst, hätte das ziemlich peinlich werden können.«

*

Die Geschäfte liefen langsam, aber sicher immer besser. Das war zum Teil Instagram zu verdanken, es kam aber auch mehr Laufkundschaft. Clare gestaltete jede Woche das Schaufenster neu, hob Neuerscheinungen mit einer Auswahl entsprechender Buchempfehlungen hervor und bemalte die Schaufensterscheibe passend zu den Buchcovern. Jack hatte einen alten Aufsteller für die Straße gefunden, den sie auffrischten und jeden Tag an der Ecke positionierten.

Auf der Galerie standen nun fast keine Kartons mehr, und Clare versuchte, Jack zu überreden, dort eine Instagram-Wand einzurichten – und sie war sich sicher, dass sie sich durchsetzen würde.

»Wir könnten ein paar Wechselregale aufstellen«, sagte sie in einem, wie sie fand, honigsüßen, überzeugenden Tonfall. »Die Leute können ihre eigenen Lieblingsbücher daraufstellen und sie für ihre Posts fotografieren. Als Empfehlung, verstehst du? Es geht also nicht nur um die Optik, sondern auch um den gegenseitigen Austausch.«

»Oder wir könnten einfach ein normales Regal aufstellen und es mit Büchern füllen«, erwiderte er.

»Es wäre wirklich toll für Veranstaltungen«, argumentierte sie. »Die Leute könnten ihre Lieblingsbücher empfehlen – was den Büchern hilft. Aber zugleich taucht unser Name in den Posts auf, denn den würden wir an die Wand malen.«

»Was würdet ihr an die Wand malen?«, fragte jemand an der Tür.

Clare drehte sich um und sah Celestina hereinkommen, gefolgt von ein paar Leuten, die Weinkisten trugen. Sie schickte sie die Treppe zur Galerie hinauf.

»Ich versuche Jack zu überreden, mich oben eine Instagram-Wand gestalten zu lassen«, erklärte Clare.

»Oh, großartig!«, fand Celestina. »Eine starke Präsenz in den sozialen Medien ist wichtig. Ich selbst habe großen Erfolg auf TikTok.«

»Du bist auf TikTok?«, fragte Jack fassungslos.

»Ja, mein Lieber. Film war für mich immer ein wunderbares Medium«, sagte sie. »Meine Lieben, ihr wisst, dass ihr in diesem Laden großartige Arbeit geleistet habt, aber habt ihr auch daran gedacht, ein paar Tische auf der Galerie aufzustellen? Ich nehme an, ihr wollt sie immer noch als Veranstaltungsraum nutzen?«

Clare sah Jack an. »Wir haben welche bestellt«, sagte sie. »Ein Schreiner fertigt sie für uns an. Buana. Aber sie sind noch nicht fertig.«

»Oh, Buana. Ja, perfekt. Er hat unser Sideboard gemacht – hast du es bemerkt? Im Haus?« Sie wandte sich an einen ihrer Lakaien. »Gehst du mal zu Buana und fragst, ob er uns zwei Tische leihen kann, bis die bestellten fertig sind? Große Tische, du weißt schon, zum Anrichten der Getränke.«

»Danke, Celestina«, sagte Jack, »aber wir brauchen keine …«

»Ach, kein Problem, mein Lieber. Und natürlich brauche ich etwas, wo ich heute Abend den Wein abstellen kann.«

»Richtig«, sagte Jack. »Heute Abend.«

Er warf Clare einen hilflosen Blick zu, aber sie war genauso verblüfft wie er.

»Für meine Lesung. Ich habe euch doch gesagt, dass ich hier eine Lesung machen werde.«

»Ja, natürlich«, bestätigte Clare. »Hattest du uns gesagt, wann …«

»Und ihr braucht euch um nichts zu kümmern. Es ist für alles gesorgt. Selbstverständlich seid ihr beide eingeladen. Jetzt lasst mich nur eben den Raum besichtigen.«

Celestina schritt die Wendeltreppe hinauf, und Clare trottete hinter ihr her.

»Es muss immer noch ein bisschen aufgeräumt werden«, sagte sie. »Die letzten Kartons haben wir noch nicht durchgesehen, und der Boden muss gefegt werden.«

»Das ist doch in Ordnung. Ich gehe davon aus, dass ihr das bis heute Abend schafft.« Celestina sah sich um und seufzte. »Um diese Wand einzurichten, ist es jetzt wohl zu spät?«

»Ja, vermutlich schon«, bestätigte Clare. »Wir haben hier oben noch gar nichts dekoriert.«

Celestina sah sie mit einem traurigen Blick an.

»Aber ich kann versuchen, etwas zu improvisieren, oder?«, bot Clare an. »Und dann beweisen wir Jack, dass das eine gute Idee ist!«

Celestinas Miene hellte sich umgehend auf, und sie sah atemberaubend aus.

»Siehst du? Ich wusste doch, dass Adam in dir die Richtige gefunden hat.« Sie drehte sich um und ging mit wehendem Seidengewand die Treppe wieder hinunter. »Ich muss mich verabschieden. Für den Rest des Tages muss ich meine Stimme schonen. Die Jungs werden die Tische aufstellen. Bis später!«

Und weg war sie.

Clare und Jack starrten ihr nach.

»Hast du irgendwelche E-Book-Ausgaben von ihren Büchern gefunden?«, fragte Jack.

»Nein«, erwiderte Clare. »Es gibt keine E-Books, und die einzigen gedruckten Exemplare, die noch erhältlich sind, sind gebraucht und kosten etwa sechzig Pfund pro Stück. Hast du jemanden gefunden, der die Bücher aus der Galerie neu binden kann?«

»Es hat sich herausgestellt, dass das deutlich mehr als sechzig Pfund kosten würde.«

»Das ist tragisch. Aber es bedeutet auch, dass unser Tag deutlich aufregender werden wird. Ich kann es kaum erwarten, sie lesen zu hören.«

*

Den Rest des Tages fegten und wischten Clare und Jack die

Galerie und wechselten defekte Glühbirnen aus. Die verbliebenen Kartons versteckten sie hinter der Kasse, um sie später durchzusehen. Da die Wände alle dringend einen Anstrich nötig gehabt hätten, nahmen sie die schwächsten Glühbirnen, die sie finden konnten – wobei Clare dafür sorgte, dass die Instagram-Wand heller und vorteilhafter beleuchtet war. Diese dekorierte sie, so gut sie konnte, mit einer übrig gebliebenen Stoffbahn vom Schaufenster, die elegant auf den Boden fiel. Davor stellte sie einen alten schmiedeeisernen Hocker, neben dem sie zu beiden Seiten Bücher stapelte. Ein paar Tage zuvor hatte sie eine kleine Tafel entdeckt, auf die sie *Seashore Books* schrieb und die sie knapp über Kopfhöhe anbrachte.

Jack war losgelaufen, um ein paar Lichterketten zu besorgen, die sie um das Geländer gewickelt hatten, und hatte Clare mit ein paar eingetopften Farnen überrascht.

Buana lieferte die Tische, die Celestina verlangt hatte, persönlich an.

»Ah, für Celestina macht man so etwas gern, meine Freunde«, sagte er, während er half, die Möbel über das Geländer zu hieven.

Jack und Clare gingen nacheinander in die Wohnung, um ihre Arbeitskleidung abzulegen und sich für eine Lesung der elegantesten Person zurechtzumachen, der sie jemals begegnet waren. Jack ging als Erster und kam in einer anthrazitfarbenen Anzughose und einem blauen Batikhemd zurück, das er anscheinend kürzlich in einer der örtlichen Boutiquen erstanden hatte.

Clare wählte ebenfalls etwas, das sie auf Bali gekauft

hatte, und trug ein leichtes Midikleid aus Seide in einem leuchtenden Grün, das ihre Augen betonte. Anschließend frisierte sie das Haar locker aus dem Gesicht und legte goldene Tropfenohrringe an.

Um sechs Uhr abends war alles fertig, und Jack und Clare lehnten sich zurück und warteten auf die Gäste. Um sieben trank jeder ein Glas Wein. Sie warteten noch immer. Um zwanzig nach sieben ging Jack schnell los, um ihnen etwas zu essen zu holen, und um acht schenkten sie sich ein neues Glas Wein ein.

Um Viertel nach acht tauchte Toby auf, weil er dachte, dass die Veranstaltung zu Ende sei und er mit Clare ausgehen könne. Clare sagte ihm, er solle sich ein Glas Wein nehmen und es sich bequem machen.

Gegen zehn vor neun stürmte schließlich eine Gruppe von sechs oder sieben aufgestylten Menschen durch die Tür, die alle durcheinanderredeten und begannen, in den Regalen zu stöbern. Von da an strömten immer mehr Leute herein, bis schließlich etwa dreißig Personen oben und unten herumliefen. Sie schienen sich alle zu kennen – und genau zu wissen, weshalb sie hier waren.

Clare fragte sich, ob Jack und sie ihnen ihre Hilfe anbieten sollten, aber da sie nicht wusste, wobei sie Hilfe brauchen könnten, schwieg sie. Die einzige Frage, die sie sich zu stellen traute, war, wann Celestina wohl kommen würde.

»Ganz gleich wie spät es ist, sie wird darauf achten, dass sie als Letzte erscheint«, sagte er. »Nur so bekommt man einen richtigen Auftritt, Schätzchen.«

Niemand schien ungeduldig auf ihre Ankunft zu warten.

Die Atmosphäre war heiter, als ob sich alle auf etwas Schönes freuten.

Irgendwann versiegte der Zustrom der Menschen, und ein erwartungsvolles Raunen lief durch den Raum.

Dann ging die Tür ein letztes Mal auf, und Celestina war da. Irgendwie sah sie aus, als sei sie in Licht getaucht, obwohl Clare keine Lichtquelle ausmachen konnte.

Sie bewegte sich durch den Laden, als wäre extra ein Weg für sie ausgelegt worden, und murmelte jedem, an dem sie vorbeikam, einen Gruß zu – sie schien alle zu kennen. An der Treppe angekommen, schwebte sie mit der Anmut einer Veronica Lake hinauf. Oben drehte sie sich um und brachte sich seitlich am Geländer gekonnt in Position. Sie hatte ein untrügliches Gespür für den perfekten Platz. Jeder, ob oben oder unten, konnte sie sehen.

In ihrem violettblauen Gewand, das über und über mit zarten Sternen besetzt war, sah sie spektakulär aus. Ihr langes silberfarbenes Haar fiel ihr über den Rücken und verlieh ihr die Aura eines unsterblichen Wesens, der Oberhexe eines weitverzweigten Hexenzirkels.

»Ihr Lieben«, begann sie, »ich habe mich viel zu lange zurückgezogen, aber es ist eine Freude, wieder unter euch zu sein. Danke, dass ihr mich noch einmal mit eurer Anwesenheit beehrt. Wie ihr alle wisst, habe ich vor einiger Zeit meine Karriere als Romanautorin beendet …« Es gab Buhrufe, theatralisches Schluchzen und sogar die eine oder andere vorgetäuschte Ohnmacht. »… aber ich war immer dafür, zu den Klassikern zurückzukehren.«

Jubel und Freudenschreie ertönten im Laden, als sie mit

großer Geste ein zerlesenes Taschenbuch herauszog, dessen Cover auf Clare ebenso elegant wie reißerisch wirkte.

Ehrfürchtig schlug Celestina das Buch auf und begann zu lesen. Die Passage, die sie ausgewählt hatte, war nicht lang, aber Celestina zelebrierte jedes Detail und trug es opulent vor. Die Szene spielte in einer Hütte am Strand bei besonders stürmischem Seegang. Clare, die mit Jack und Toby unten an der Wand saß, machte bei jedem Wort größere Augen. Sie warf einen Blick auf Jack, der völlig verzückt wirkte, und dann zu Toby, der kaum merklich mit dem Kopf wippte, als folgte er dem Takt einer Musik, die nur er hören konnte.

Er registrierte, dass Clare ihn ansah, und lächelte leicht entrückt.

»Ja, sie ist schon sehr besonders, oder?«, fragte er.

Als die Lesung zu Ende war, ging Toby glücklich los, um sich noch etwas zu trinken zu holen, während sich Clare und Jack nicht vom Fleck rührten.

»Ich kann nicht …«, sagte Clare.

»Ich weiß«, erwiderte Jack.

»Hättest du dir in deinen kühnsten Träumen …«

»Das übertrifft all meine Vorstellungen …«

Sie stießen gleichzeitig einen tiefen Seufzer aus.

»Ich war noch nie so glücklich«, sagte Clare.

*

Nachdem Celestina ihre Lesung beendet hatte, ging die Party erst richtig los. Jemand – Clare hatte keine Ahnung, wer – hatte die Musikanlage entdeckt und Fleetwood Mac aufgelegt. Die Leute tanzten zwar nicht richtig, wiegten einander jedoch in den Armen.

Toby mischte sich unter die Menge und unterhielt sich mit einer zierlichen Frau, die von Kopf bis Fuß in Schwarz gekleidet war und ein anatomisch korrektes Herz auf der Wange hatte, wo normalerweise ein Schönheitsfleck gewesen wäre. Er hörte ihr aufmerksam zu, während sie ihm von einer Performance berichtete, bei der sie einen ganzen Tag lang kopfüber von einem Baum gehangen hatte.

»Also, es sollte ein ganzer Tag werden«, sagte sie, »ich war aber aus medizinischen Gründen gezwungen, die Performance vorzeitig abzubrechen.«

Celestina unterhielt sich herzlich mit allen, und es war, als könnte die Nacht ewig dauern.

Und dann, so plötzlich wie er begonnen hatte, war der Abend auch schon wieder vorbei. Eine Gruppe schwebte aus der Tür und verlangte nach Cocktails, die Performerin zog Toby hinter sich her. Celestina küsste Clare und Jack auf die Wangen, bevor sie verschwand, und schließlich blieben die beiden allein zurück, während aus der Musikanlage immer noch »You Make Loving Fun« ertönte.

Sie gingen durch den Laden, sammelten zurückgelassene Gläser ein und trugen sie zu den Tischen – darum würden sie sich morgen kümmern. Clare summte das Lied mit, und als sie sich umdrehte, um nach unten zu gehen, bemerkte sie, dass Jack sang, während er sorgfältig die benutzten Weingläser aufreihte.

Als er aufsah und bemerkte, dass Clare ihn beobachtete, errötete er zunächst leicht, doch dann zog er eine Augenbraue hoch, schmunzelte und sang noch etwas lauter. Er streckte ihr eine Hand hin, um Clare zu sich heranzuziehen, während sie sich sanft zur Musik bewegten.

Clare stimmte bei der zweiten Strophe mit ein und unternahm einen mutigen Versuch, mehrstimmig zu singen. Schließlich verebbte der Gesang, doch sie und Jack bewegten sich weiter, bis auch der Instrumentalteil auslief.

Es wurde still, und Clare sah zu Jack hoch. Als er ihr in die Augen sah, wirkte er ernster. Clare zog die Hand auf seinem Rücken zusammen und krallte sich in sein Hemd, und zugleich verstärkte er den Griff um ihre Hand, die immer noch in seiner lag.

Und dann dröhnte das nächste Lied aus den Lautsprechern. Clare holte tief Luft und machte einen Schritt zurück. Jack ließ ihre Hand los und gähnte übertrieben.

»Die Instagram-Wand sieht gut aus«, sagte er etwas zu laut. »Vielleicht hast du recht: Wir sollten eine richtige einrichten.«

»Okay. Wir müssen uns morgen ansehen, was Celestinas Freunde damit angestellt haben.«

»Ja«, stimmte Jack ihr zu. »Ja, das machen wir. Also … ich finde, wir sollten jetzt abschließen.«

»Du hast recht, wir sollten abschließen. Und nach Hause gehen. In unsere Wohnung.«

»Ja, das sollten wir. Es ist spät, und wir sollten ins Bett gehen. In die Betten. Schlafen. Wir sollten jetzt schlafen gehen. In unsere Betten.«

Clare nickte stumm, und sie gingen ganz normal die Treppe hinunter, holten ihre Sachen und schlossen die Tür ab. Ganz normal, wie normale, respektvolle Erwachsene. Sie schlenderten gemeinsam, aber ganz normal, den Weg hinunter, der zu ihrer Wohnung führte.

Dort ging Clare direkt in ihr Schlafzimmer, schloss die Tür und ließ sich bäuchlings auf ihr Bett fallen.

# 18. Kapitel

In den Tagen nach Celestinas Lesung fühlte Clare sich wie beschwingt. Sie verstand zwar nicht, warum, wollte aber auch nicht weiter darüber nachdenken.

Beim Wandern mit Toby leuchtete das Grün des Dschungels intensiver. Beim Schwimmen kam ihr das Meerwasser salziger vor. Das Essen schmeckte würziger, die Getränke milder, und selbst die Luft schien mehr Sauerstoff zu enthalten. Außerdem trug sie rund um die Uhr ein leichtes Lächeln auf den Lippen.

Aber es geschah nichts Neues.

Adam und Celestina hatten Farbe mitgebracht, die von der letzten Renovierung ihres Hauses übrig geblieben war – ein paar Eimer von einem blassen Blau, etwas Grün und, weil es Celestina war, ein sattes Gold.

Einen Tag lang strichen Jack und Clare die Wände der Galerie. Dabei schwindelte ihnen vor Glück, doch das gestanden sie sich nicht ein. Die Instagram-Wand strichen sie grün, und Clare fügte mithilfe von Schablonen ein paar goldene Palmenblätter hinzu, darüber malte sie in einem geschwungenen Bogen den Namen des Ladens.

Sie hatten Buana gebeten, an der Wand drei bewegliche Regale aufzustellen, und planten, ihn an der Rückwand weitere Regale anbringen zu lassen.

Clare war mächtig stolz auf ihre Wand.

»Das sieht doch gut aus, oder?«, fragte sie Jack, als sie ihr Werk betrachteten, nachdem die Regale angebracht worden waren.

»In den Regalen fehlen die Bücher«, bemerkte er.

»Warte. Wir müssen uns abwechseln«, sagte Clare und eilte die Treppe hinunter.

Sie ordnete ihre Auswahl nach Themen: ein Regal mit Wohlfühlliteratur wie *Das Lied eines Sommers* von Eva Ibbotson, *Arabella* von Georgette Heyer, *I Kissed Shara Wheeler* von Casey McQuiston und *Matilda* von Roald Dahl. Ein Klassikerregal mit *Die Herrin von Wildfell Hall* von Anne Brontë, *Nicholas Nickleby* von Charles Dickens und *Der Graf von Monte Cristo* von Alexandre Dumas. Und ein Literaturregal mit *Zähne zeigen* von Zadie Smith, *Das karmesinrote Blütenblatt* von Michel Faber und *Jonathan Strange und Mr Norrell* von Susanna Clarke.

Dann reichte sie Jack ihr Smartphone, stellte sich in die Mitte und lächelte ihn frech an, während er ein paar Fotos machte.

»Okay«, sagte sie schließlich und nahm ihm das Handy wieder ab. »Du bist dran.«

»Oh nein«, lehnte er ab. »Instagram-Wände sind nicht mein Ding.«

»Du musst.« Clare stellte sich breitbeinig vor ihn und sah ihn herausfordernd an. »Ich habe mir so viel Arbeit gemacht.«

Jack verdrehte die Augen, ging die Treppe hinunter und kam ein paar Minuten später wieder hoch. Anders als Clare ordnete er seine Bücher nicht thematisch oder in Gruppen, sondern stellte sie wahllos in die drei Regale. Am Ende hatte er eines mit *Wind über Dofida*, *König Lear* und *Ich bin dann mal Prinzessin*, eines mit *Der Donnerstagsmordclub*, *Emma* und *Cloud Atlas* sowie eines mit *Die drei Sonnen*, *Brother of the More Famous Jack* und *Das Intimleben des Adrian Mole, 13¾ Jahre alt*.

Als Clare mit dem Handy ein Foto machen wollte, stand er in der Mitte und ließ unbeholfen die Arme an den Seiten herunterhängen.

»Na komm, Jack. Du musst mir schon ein bisschen was bieten. Irgendwas.«

Er warf ihr einen finsteren Blick zu, und sie hielt den Daumen nach unten.

»Zeig mir, dass du's draufhast«, rief sie und schaltete in den Serienbild-Modus. »Ja, du bist ein Tier.«

Jack lachte, bedeckte sein Gesicht mit den Händen und ließ sie wieder sinken.

»Können wir bitte aufhören?«, fragte er.

»Klar, Mädels, macht fünf Minuten Pause. Wir müssen die Models bei Laune halten«, sagte Clare und scrollte bereits durch die Fotos, die sie gemacht hatte, um etwas Passendes zu finden. »*Yesss*. Serienaufnahmen bringen es voll.«

Sie rief das Bild in einer Foto-App auf und optimierte es. Jack hatte sein Gewicht auf ein Bein verlagert und zappelte verlegen herum, aber in dieser halben Sekunde wirkte er entspannt, selbstsicher und sogar ein bisschen neckisch. Er stand etwas schräg, hatte den Kopf ein bisschen gesenkt, blickte leicht skeptisch in die Kamera und hatte den Mund zu einem schiefen Grinsen verzogen.

Während Clare die Helligkeit des Fotos veränderte, den

Kontrast erhöhte und die Schatten reduzierte, musste sie lächeln.

Plötzlich spürte sie etwas Warmes hinter sich und merkte, dass Jack ihr über die Schulter sah.

»Oh Gott«, sagte er und zuckte so zusammen, dass Clare sich einbildete, es am eigenen Körper zu spüren. »Sag mir, dass du das nicht posten wirst.«

Clare drehte sich zu ihm um.

»Ich poste es nicht«, sagte sie, ohne eine Miene zu verziehen.

Jack kniff die Augen zusammen.

»Lügnerin«, knurrte er, und Clare wurde ein wenig schwindelig.

Sie blinzelte und schüttelte den Kopf. »Es ist für den Laden, Jack. Es ist alles für den Laden.«

Jack stöhnte und ging wieder nach unten. »Okay, aber verlange nicht, dass ich es mir ansehe.«

Clare kicherte verschlagen, lehnte sich an das Geländer und rief Instagram auf. Sie postete die beiden Fotos zusammen mit der Unterschrift: *Test unserer tollen, neuen Instagramm-Wand mit ein paar unserer Lieblingsbücher. Wie gefällt sie euch, und wann kommt ihr vorbei, um sie auszuprobieren?*

Anschließend ging sie ein paar Beiträge und Geschichten durch, in denen der Laden markiert worden war, um zu sehen, ob sie etwas teilen wollte. Dann kehrte sie zu ihrem eigenen Post zurück, um die Kommentare zu checken, und entdeckte einen von @LinaJWeddings, bei dem sie hörbar nach Luft schnappte:

*Wie wäre es morgen?*

*

»Ist alles okay?«, rief Jack von unten herauf. »Du hast so gekeucht.«

Clare bedeutete ihm, ruhig zu sein, und drückte sich das Handy ans Ohr. Sie musste sofort mit ihrer Cousine sprechen, doch es klingelte und klingelte.

»Hast du meinen Kommentar gesehen?«, fragte Lina, als sie sich endlich meldete.

»Warum gehst du erst jetzt ran?«, fragte Clare. »Ich weiß doch, dass du dein Handy in der Hand hattest. Und was meinst du mit morgen?«

»Ich bin am Flughafen. Du bist jetzt schon seit Wochen allein da drüben, und ich dachte, du freust dich über etwas Gesellschaft.«

»Wovon redest du?«

»Eigentlich wollte ich dich überraschen«, erklärte Lina, »aber dann habe ich deinen Post gesehen und konnte nicht widerstehen zu spoilern. Außerdem sollte ich vielleicht fragen, ob ich bei dir wohnen kann. Das wäre mir lieber, als mir eine Herberge oder so etwas zu suchen.«

»Für mich wäre das in Ordnung, aber für *dich* vielleicht nicht«, sagte Clare. »Unsere Wohnung ist so groß wie eine Briefmarke.«

»*Unsere* Wohnung?«

»Ja, es ist meine und die von Jack. Er arbeitet auch hier.«

»Oho, der Henry-Golding-Typ auf dem zweiten Foto? Und du wohnst auch noch mit ihm zusammen? Ja, herrlich!«

Clare errötete, wandte sich vom Geländer ab und ging zur hinteren Wand.

»Sei nicht albern«, sagte sie.

»Komm schon, Cousinchen, er sieht aus wie der perfekte Urlaubsflirt.«

»Aber das ist er nicht«, stellte Clare klar. »Das ist Toby.«

»Es gibt noch einen Toby? Das ist die schärfste Reise, die du je gemacht hast.«

»Ja, du wirst ihn wohl kennenlernen. Lina, und du nimmst mich bestimmt nicht auf den Arm? Du kommst wirklich her?«

»Ich komme wirklich. Und ich kann es kaum erwarten. Ich war seit Jahren nicht mehr in einem schönen tropischen Paradies, ohne dass ich irgendeine Hochzeit fotografieren musste.«

Etwas überwältigt ging Clare nach unten. Sie freute sich, Lina zu sehen – sie hatten sich immer nahegestanden, auch wenn Lina vierzehn Jahre älter war als sie –, aber es kam ihr seltsam vor, dass jemand von zu Hause sie hier besuchen wollte. Hier, in dieser anderen Welt, in der sie sich wie ein anderer Mensch fühlte. Die Vorstellung, dass ihre beiden unterschiedlichen Ichs sich begegnen würden, war merkwürdig.

Sie ging zu Jack, um ihm von dem Anruf zu erzählen und ihn zu fragen, ob er damit einverstanden wäre, wenn Lina bei ihnen wohnte.

»Sie wird auf der Couch schlafen müssen«, sagte sie, »aber ich kann ihre Sachen in mein Zimmer stellen, damit es nicht so chaotisch aussieht.«

»Schon in Ordnung. Ich glaube, in meinem Kleiderschrank ist noch Ersatzbettzeug. Ich helfe dir heute Abend, die Couch zu beziehen.«

»Ach, das mach ich schon …«, setzte Clare an.

»Mach dir keine Gedanken. Das ist keine große Sache«, versicherte er.

Und es war tatsächlich keine große Sache. Es war keine große Sache, dass sie nicht zurückschlug, als Jack mit einem Kissen nach ihr ausholte, weil sie Angst hatte, wohin das führen könnte. Und es war keine große Sache, dass seine Finger ihre streiften, als sie ein Laken in die Rückenlehne der Couch steckten und die Berührung sie wie ein Strom- schlag durchfuhr. Und es war keine große Sache, dass er sie mit diesem schiefen Grinsen ansah, als er sich bückte, um die Decke glatt zu streichen, und sie das Gefühl hatte, sie könnte auf der Stelle umfallen.

Es war gut, dass Lina hier übernachtete, dachte Clare, als sie sich aufs Bett legte und vor Scham ihr Gesicht unter einem Kissen verbarg. Ein lautes und überaus gesprächiges fünftes Rad am Wagen war genau das, was diese Situation erforderte.

*

Lina traf am nächsten Morgen ein und sah wesentlich fri- scher aus als Clare an ihrem ersten Tag. Sie kündigte an, ein Nickerchen machen zu wollen, und verlangte, am Abend zum Essen ausgeführt zu werden.

»Du bringst natürlich Toby mit«, erklärte sie gebieterisch. »Ich will mehr über ihn erfahren. Und bring auch diesen scharfen Typen aus dem Laden mit.«

»Gott, Lina, reiß dich zusammen«, bat Clare. »Er ist nur ein ganz normaler Mann. Ein unschuldiger Mann.«

»Weg mit dir«, rief Lina und ließ sich lachend auf die Couch fallen. »Gönn einer Frau ihren Schönheitsschlaf.«

Clare ging mit Jack in den Laden. Sie war froh, dass Lina da war, aber auch verwirrt.

»Ich weiß nicht, wie sie sich das leisten kann«, sagte sie zu Jack, als sie den Laden öffneten. »Vor allem so kurzfristig. Normalerweise ist sie ziemlich vorsichtig mit Geld, weil sie nie weiß, wie das Jahr verlaufen wird. Und das ist der andere Punkt …« Sie wurde lauter, und Jack hob erstaunt eine Augenbraue. »Wie kann sie sich jetzt freinehmen? Es ist zwar noch keine Hochzeitssaison, aber normalerweise hat sie um diese Jahreszeit eine Million Termine mit Paaren, die sie eventuell engagieren wollen.«

Sie sah Jack eindringlich an, der verwirrt zurückblinzelte.

»Hmm«, sagte er, als ihm klar wurde, dass sie eine Antwort erwartete. »Na ja …«

Clare lachte. »Tut mir leid. Es ist nur einfach nicht ihre Art, so etwas Spontanes zu machen. Normalerweise plant sie alles Monate im Voraus, weil sie Angst hat, einen Job zu verpassen.«

»Das klingt logisch«, sagte Jack. »Aber ich finde, du solltest besser Lina fragen als mich.«

Clare warf ihm einen bösen Blick zu, und er lachte.

Im Laufe des Tages eilte sie ein paarmal in die Wohnung zurück, aber Lina schlief jedes Mal tief und fest, und ihr leises Schnarchen erfüllte die Luft.

*

Als Clare endlich hoffen durfte, ihrer Cousine irgendwelche

231

Antworten zu entlocken, war es schon sieben. Lina kam in den Laden geschwebt, als sie gerade schließen wollten. Doch noch bevor Clare dazu kam, sie etwas zu fragen, verlangte Lina bereits eine Führung. Sie wanderte an jedem Regal auf und ab, begutachtete die Schilder, kommentierte Clares und Jacks Auswahl auf dem Empfehlungstisch und fragte, welche Art von Büchern sich am besten verkauften.

Gerade als ihr die Buchhandlungsthemen ausgingen, kam Toby vorbei, den Clare auf Linas Wunsch hin eingeladen hatte. Daraufhin löcherte Lina ihn über eine halbe Stunde mit Fragen nach seinem Leben, seinen Freunden und seiner Zeit auf Bali. Dabei warf sie Clare bei jeder Gelegenheit einen heimlichen Blick zu und formte mit den Lippen »Oh, mein Gott«.

Es folgte eine lange Debatte darüber, wo sie das beste Essen am schönsten Ort bekamen.

Erst nachdem der Kellner ihre Bestellungen aufgenommen hatte, stützte Clare die Hände auf den Tisch, sah ihre Cousine durchdringend an und fragte: »Was ist los mit dir?«

Lina grinste und wirkte leicht verlegen, aber vor allem erfreut. Sie ließ ihren Blick von Toby zu Jack und dann wieder zu Clare schweifen.

»Ich bin für die nächsten zwei Jahre ausgebucht«, erklärte sie. »Jedes Wochenende von April bis Oktober und noch ein paar darüber hinaus.«

»Wie bitte?«, fragte Clare. »Was zum Teufel ist passiert?«

Sie wusste, wie sehr Lina sich anstrengen musste, um ausreichend Aufträge zu bekommen, damit sie von der

Fotografie leben konnte. Die Hochzeitsbranche war brutal, der Wettbewerb hart, und Lina verbrachte fast genauso viel Zeit mit der Akquise wie mit der Arbeit selbst.

Lina grinste sie immer noch an. »Ich habe vergessen, dir ein Exemplar mitzubringen. Daran hab ich überhaupt nicht gedacht.«

»Ein Exemplar von was?« Clare schrie fast, denn sie merkte, dass Lina sie absichtlich auf die Folter spannte.

»*Harper's Bazaar*«, erwiderte Lina. »Sie haben ein Porträt über mich gebracht.«

Clare blieb der Mund offen stehen. »Was …«, stammelte sie. »Wie …«

Jack lachte. »Ich glaube«, schaltete er sich ein, »Clare hätte gern etwas mehr Informationen.«

Clare starrte ihn an. »Du sei still«, sagte sie. »Aber ja, das stimmt.«

»Es war Zufall«, berichtete Lina. »Ich habe die Hochzeit eines sehr netten Paars fotografiert. Wohlhabend, aber ich dachte ganz normal wohlhabend, so mit Privatschule und Skiurlaub und so. Doch es stellte sich heraus, dass sie richtig stinkreich waren. Sie selbst haben keinen Titel, aber Verwandte und Freunde von ihnen sehr wohl.«

»Heilige Scheiße«, sagte Clare. »Und die haben dich engagiert?«

»Sie haben mich engagiert und dann die Fotos für einen Artikel über ihre Hochzeit an *Harper's* geschickt. Was soll ich sagen? *Harper's* gefielen sie so gut, dass sie ein komplettes Porträt machen wollten. Das ist kurz nach deiner Abreise erschienen, und seitdem kann ich mich vor Buchungen kaum noch retten. Alle wollen von mir fotografiert werden, und alle leisten verbindliche Anzahlungen. Ich habe meine Preise erhöht! Und eine Assistentin angestellt! Deshalb kann ich auch eine Woche Urlaub machen: weil sie Termine für mich vereinbaren wird und ich nicht fürchten muss, dass mir einer entgeht.«

Clare war sprachlos. Solange sie denken konnte, hatte Lina sich Sorgen um die Arbeit gemacht. Wenn sie sich mal freinahm, klebte sie trotzdem ständig am Handy – falls eine Anfrage hereinkam, wollte nicht zu lange mit der Antwort warten, damit das Paar keinen anderen Fotografen beauftragte, der sich vielleicht schneller zurückmeldete als sie. Sie hatte mehr als ein Jahrzehnt lang in ihrem Traumjob geschuftet, und es war herrlich zu sehen, dass sie sich endlich ein bisschen entspannen konnte.

»Lina«, sagte sie gerührt, »ich freu mich ja so für dich.«

»Und ich mich erst«, erwiderte Lina. »Es hat verdammt lange gedauert.«

»Es ist so schön zu sehen, dass du bekommst, was du verdienst.« Clare umarmte ihre Cousine, richtete sich auf und wischte sich eine Träne aus dem Augenwinkel.

Als sie aufblickte, bemerkte sie, dass Jack sie beobachtete. Er lächelte leicht, wandte dann den Blick ab und nahm einen Schluck von seinem Wasser.

Clare hörte, wie Lina leise ein seltsam kehliges »Hmmm« von sich gab. Als sie sich zu ihr umdrehte, hob Lina eine Augenbraue und deutete mit dem Kopf auf Jack, woraufhin Clare ihr unter dem Tisch einen Tritt versetzte – auch wenn sie wusste, dass das nichts nutzen würde.

Während des restlichen Essens überschüttete Clare Toby ganz bewusst mit Aufmerksamkeiten. Sie flirtete mit ihm, lehnte sich an ihn und erzählte Lina von all den schönen Orten, die er ihr gezeigt hatte.

»Er kommt jedes Jahr her«, berichtete sie und legte eine Hand auf seine Schulter, »darum war er auch mein Bali-Führer. Er hat meine Reise zu einer ganz besonderen gemacht.«

»Da bin ich mir sicher.« Lina hob eine Augenbraue.

Jack lehnte sich in seinem Stuhl zurück und sagte nichts.

»Ja«, bestätigte Clare etwas zu laut. »Ich habe wirklich Glück, ihn zu haben.«

»Aber wohl nicht mehr lange«, warf Jack ein. »Du musst doch bald zurück nach Australien, oder?«

Clare starrte ihn an, doch Toby ließ sich mit der Antwort einen Moment Zeit. Sein Blick zuckte zwischen Lina, Jack und Clare hin und her.

Schließlich schluckte er schuldbewusst.

»Ja«, räumte er ein. »Nächste Woche muss ich wohl in die Realität zurückkehren.«

»Nächste Woche?«, fragte Clare. Natürlich hatte sie gewusst, dass er irgendwann abreisen musste, aber nicht, dass es schon so bald passieren würde.

»Das ist aber schade«, sagte Lina, grinste aber dabei.

»Ja«, bestätigte Clare und warf ihr kurz einen bösen Blick zu, bevor sie sich wieder zu Toby umdrehte. »Das ist wirklich schade.«

# 19. Kapitel

»Ich habe einen Vorschlag«, sagte Jack, nachdem er und Clare zum tausendsten Mal erfolglos dem Klingeln von Simone Adairs Telefon gelauscht hatten.

Sie hatten mit der Planung einer Veranstaltung begonnen und warben im Internet damit, dass sie das »bahnbrechende Werk von Simone Adair« feiern wollten. Da sie noch hofften, sie zu erreichen, hatten sie bislang keine Details veröffentlicht.

Clare behielt den Reddit-Thread im Auge, und es schienen durchaus einige interessiert zu sein. Sie war zuversichtlich, dass Jack und sie auch allein eine gute Veranstaltung auf die Beine stellen konnten. Zum Beispiel könnten sie Celestina bitten, aus einem der Bücher vorzulesen und eine Diskussion darüber zu moderieren.

So oder so würde es ein schöner Abend werden. Allerdings hatten Jack und sie so lange gehofft, Simone tatsächlich zur Teilnahme überreden zu können, dass sich alles andere dennoch ein bisschen wie ein Misserfolg anfühlen würde.

»Schlag los«, sagte sie. »Ich meine, hau deinen Vorschlag raus oder …«

»Darf ich dir jetzt von meiner Idee erzählen, oder hast du noch mehr schlagkräftige Formulierungen auf Lager?«

Clare presste die Lippen zusammen und sah ihn aus großen, unschuldigen Augen an.

Jack seufzte. »Ich finde, wir sollten ihr einfach auf gut Glück einen Besuch abstatten.«

Darüber hatte Clare auch schon nachgedacht, aber irgendwie fühlte es sich wie eine Grenzüberschreitung an.

»Ist das nicht … ich weiß nicht, eine Eskalation?«, fragte sie. »Kommst du dir dabei nicht wie ein Stalker vor? Wenn sie nicht ans Telefon geht, will sie wahrscheinlich erst recht nicht, dass wir an ihrer Haustür aufkreuzen.«

»Wir könnten es zumindest versuchen«, erwiderte Jack. »Wir wissen ja nicht mal, ob die Adresse noch stimmt, die Adam von ihr hatte.«

»Wir könnten also irgendjemanden stalken, der in ihr altes Haus gezogen ist.«

»Pass auf, am Telefon meldet sich niemand, und das heißt, wir bekommen kein Nein«, sagte Jack. »Wir können aber nicht aufhören, bei ihr anzurufen, weil wir beide unbedingt ein Ja hören wollen.«

»Aber ist das nicht ein Nein? Wenn sie nicht ans Telefon geht, heißt das dann nicht, dass sie ihre Ruhe haben will?«

»Bei dir ist das vielleicht was anderes …«, meinte Jack.

»Mich ruft niemand an. Und wenn jemand anruft, ist es Werbung, weil mich eigentlich niemand anruft.«

»Vielleicht ist es bei Simone genauso.«

Clare war sich eigentlich sicher, dass sie sich besser nicht auf diesen Vorschlag einlassen sollte. Sie sollten einfach aufgeben. Doch es war, als hätte Jack ein wenig mehr Luft in den Ballon der Hoffnung geblasen, der immer noch in ihrer Brust schwebte, und sie konnte der Versuchung, ihn steigen zu lassen, einfach nicht widerstehen.

»Okay«, gab sie schließlich nach. »Aber du musst allein hinfahren. Wir können da nicht abends unangemeldet auftauchen, und tagsüber muss sich jemand um den Laden kümmern.«

»Ich kümmere mich um den Laden«, meldete sich eine Stimme von oben, und Linas Kopf tauchte über dem Geländer auf.

»Wie lange bist du schon da oben?«, fragte Clare.

»Ich bin mit euch reingekommen«, antwortete Lina. »Ich habe doch gesagt, ich würde den Vormittag über lesen. Nicht zu fassen, dass du mich hier oben vergessen hast. Na, egal«, fuhr sie fort, »es klingt so, als solltet ihr das unbedingt zusammen machen.« Sie zwinkerte Clare zu, die ihr einen scharfen Blick zuwarf. »Ich kann mich so lange um den Laden kümmern.«

»Komm schon!« Jack grinste Clare an. »Oder gibst du etwa auf?«

*

Simones Wohnort lag laut Adams Verzeichnis auf der anderen Seite der Insel, also mieteten sie für die Fahrt ein Auto. Clares Herz raste, als sie an den Reisfeldern vorbeifuhren, und unwillkürlich überlegte sie, wie das Haus von Simone Adair wohl aussah.

Wie wohnte eine zurückgezogen lebende Schriftstellerin? Clare stellte sich ein großes, einschüchterndes Tor mit Überwachungskamera und Gegensprechanlage vor, die nur dazu diente, die Leute wegzuschicken. Sie spielte die kurze Szene durch: ein rotes Auge, das wie HAL blinkte, eine

238

kratzige Stimme, die ihnen sagte, dass sie Hausfriedens-
bruch begingen. Und dann eine lange, traurige Heimfahrt,
auf der sie in ihrer Verzweiflung sogar die Schönheit der
Landschaft als störend empfinden würden.

*Verzweiflung passt nicht an einen Ort wie diesen*, dachte
sie. *Sondern zu Surrey im Januar.*

Von alledem verriet sie Jack jedoch nichts, der ein leicht
irres Funkeln in den Augen hatte und fröhlich die Melodien
aus dem Radio mitsummte. Er schien davon überzeugt zu
sein, dass sie das Richtige taten, vielleicht redete er es sich
aber auch nur so sehr ein, dass kein Raum für Zweifel blieb.
Je näher sie ihrem Ziel kamen, desto aufgeregter schien er
zu werden, während Clare immer mehr Angst verspürte.

Dies war eine schlechte Idee, da war sie sich sicher. Am
liebsten wäre sie umgekehrt und davongelaufen; sie wollte
niemals ankommen. Doch die Reise war sorgfältig geplant – sie wollten nicht vor zehn Uhr dreißig und nicht
später als elf ankommen. So spät, dass Simone sicherlich
schon gefrühstückt hatte, und früh genug, um nicht beim
Mittagessen zu stören.

Sie verfehlten ihr Ziel jedoch knapp. Als sie den richtigen
Ort fanden und aus dem Auto stiegen, war es zehn nach elf.
Und dort sah es ganz anders aus, als Clare es sich vorgestellt
hatte. Statt einer großen, hohen Mauer mit einem Furcht
einflößenden Tor gab es einen niedrigen, von Mandevilla
überwucherten Zaun ganz ohne Tor. Ein Steinweg führte
durch einen Garten zu einem kleinen unscheinbaren Bungalow mit einer Buntglastür.

Clare schlug das Herz bis zum Hals, und sie sah Jack an.

Seit ihrer Ankunft war er ruhiger und blasser geworden. Dennoch nickte er Clare kurz zu, stellte sich an die Tür und klopfte schnell und entschlossen an.

*

Clare rechnete damit, dass sie ewig warten würden und dann doch niemand öffnete, so wie es ihnen immer wieder am Telefon ergangen war. Oder dass jemand an die Tür kommen und sich über die Störung und ihre Aufdringlichkeit aufregen würde. Womit sie nicht gerechnet hatte, war, dass jemand den Kopf um die Hausecke steckte und fragte: »Ja? Kann ich Ihnen helfen?«

Jack öffnete den Mund, aber es kam kein Ton heraus. Er schluckte und versuchte es erneut, aber wieder kam nur Luft.

Clare trat auf den Kopf zu. »Hallo, ich bin Clare. Entschuldigen Sie die Störung, aber wir suchen Ms Adair. Simone.«

Der Kopf lächelte, und ein Körper trat um die Ecke.

»Ich bin Simone«, sagte die Frau und kam mit ausgestreckter Hand auf sie zu. »Was kann ich für Sie tun?«

Sie war klein, sogar noch kleiner als Clare, ihre Hose hatte Grasflecken, und sie hielt Gartenhandschuhe in der Hand. Ihr Haar war zu einem akkuraten Bob geschnitten und größtenteils ergraut, allerdings von einigen orangefarbenen Strähnen durchzogen.

»Oh, mein Gott. Es ist mir eine solche Ehre, Sie kennenzulernen«, sagte Clare. »Das ist übrigens Jack. Er wird seine Stimme wahrscheinlich bald wiederfinden. Wir sind beide große Fans Ihrer Arbeit. Vor allem er. Sie sind seine absolute Lieblingsautorin.«

»Sie haben meine Bücher gelesen?«, fragte Simone. »Wie nett. Vielen Dank.«

»Ich …«, keuchte Jack, »… liebe Ihre Bücher.«

Er versuchte, noch etwas zu sagen, begnügte sich dann aber damit, leidenschaftlich zu nicken.

»Es ist so, wir arbeiten in einer Buchhandlung«, begann Clare. »Bei Seashore Books.«

»Ach, den Laden habe ich geliebt«, sagte Simone. »Irgendwie dachte ich, er hätte geschlossen.«

»Noch nicht«, erwiderte Clare, »obwohl wir fürchten, dass es dazu kommen könnte. Wir hoffen, dass Sie uns helfen.«

Simone runzelte leicht verwirrt die Stirn. »Ich wüsste zwar nicht, wie, aber kommen Sie doch herein. Wir trinken einen Becher Tee, dann können Sie es mir erklären.«

Das kleine Haus war ziemlich vollgestellt, aber ordentlich. Überall gab es prall gefüllte Bücherregale und Kunst. Simone führte sie in die Küche und dann hinaus auf eine kleine Terrasse mit Blick auf einen herrlichen Garten, der zum fernen Meer hin abfiel.

»Also, was wollten Sie mich fragen?«, erkundigte sich Simone, als sie es sich mit ihren Bechern bequem gemacht hatten.

Clare warf einen Blick zu Jack, der immer noch überwältigt zu sein schien, und wandte sich dann wieder an Simone.

»Bitte entschuldigen Sie nochmals, dass wir hier einfach so hereinplatzen«, sagte sie. »Wir haben viele Male bei

Ihnen angerufen, konnten Sie aber nicht erreichen, darum ist unser Besuch hier so etwas wie ein letzter Versuch.«

»Oh, ja. Ich sollte mein Telefon wieder einstecken. Ich wusste doch, dass ich etwas vergessen habe.«

Clare starrte sie an.

»Es tut mir leid, ja, manchmal, wenn mein Telefon klingelt und ich nicht rangehen will, ziehe ich einfach den Stecker raus. Jedes Mal nehme ich mir vor, ihn wieder reinzustecken, aber …« Sie zuckte mit den Schultern. »Nun, es tut mir leid, wenn Sie solche Mühe hatten, mich zu erreichen. Das ist der einzige Nachteil.«

»Ach, schon in Ordnung«, versicherte Clare. »Es ist wirklich unverfroren von uns, aber wir wollten Sie fragen, ob Sie bereit wären, eine Veranstaltung mit uns auszurichten. Bei Seashore. Eine Lesung oder eine Signierstunde … Ich weiß, dass Sie vor einiger Zeit schon einmal gefragt wurden, ob Sie dort auftreten würden, und kein Interesse hatten, aber wir haben gehofft, dass Sie jetzt vielleicht anders denken.«

»Ja, daran erinnere ich mich. Mein Mann war zwei Jahre vorher gestorben, und ich hatte aufgehört, an Veranstaltungen teilzunehmen. Ich habe auch aufgehört zu schreiben und dachte nicht, dass ich jemals wieder damit anfangen würde. Als dieser nette Mann – Andrew hieß er, glaube ich – an mich herantrat, kam es mir … ich weiß nicht, wie eine völlig abwegige Bitte vor. Wie etwas, das zu meinem früheren Leben gehört hatte, in mein neues Leben aber nicht mehr hineinpasste.«

»Das verstehen wir«, sagte Clare. »Und wenn Sie nicht wieder damit anfangen wollen, verstehen wir das auch.«

»Es fühlt sich zwar immer noch seltsam an, aber nicht mehr so seltsam wie damals. Und ich habe auch wieder angefangen zu schreiben.«

Jack stieß einen erstickten Laut aus.

Simones Augen funkelten. »Mehr werde ich dazu nicht sagen. Ich will ihn schließlich nicht umbringen.«

Clare lachte. »Sie würden uns eine Riesenfreude machen, wenn Sie es in Erwägung zögen. Wir glauben, dass eine ganze Menge Leute kommen würde, und wir könnten Ihre Bücher verkaufen. Außerdem würde es uns im Internet Auftrieb geben und dabei helfen, den Laden bekannter zu machen.«

»Das scheint mir sehr optimistisch zu sein.« Simone blickte auf das üppige Grün in ihrem Garten. »Wissen Sie was?«, sagte sie schließlich. »Ich habe Gartenarbeit immer gehasst.«

Clare starrte sie an. »Aber das alles …«

»Der Garten hat meiner Schwiegermutter gehört«, erklärte Simone. »Als sie krank wurde, sind wir hergezogen, um sie zu pflegen. Ich kam mir so hilflos und klein vor. Und mich um ihren Garten zu kümmern, war etwas Praktisches, das ich tun konnte. Dann starb zuerst sie und dann mein Mann, und ich machte weiter, nur um mich zu beschäftigen. Erst wurde es zur Routine, dann spendete es mir Trost. Die Gartenarbeit geht einem nicht so an die Nieren wie das Schreiben.«

Sie lachte.

»Man sollte meinen, wenn man eine begeisterte Kritik in der *New York Times* erhält, würde einem ein boshafter Verriss in einer Kleinstadtgazette nichts ausmachen, nicht wahr?«, fuhr sie dann fort. »Aber das tut es, jedes Mal. Bis zum heutigen Tag erinnere ich mich an fast jedes Wort, aber die positiven Kritiken sind einfach«, sie wedelte mit der Hand in der Luft, »vergessen.«

»Aber so viele Menschen lieben Ihre Bücher«, sagte Jack plötzlich und voller Leidenschaft.

»Hmm. Vielleicht«, erwiderte sie. »Aber vielleicht genügt das nicht. Als ich wieder mit dem Schreiben angefangen habe, war es wie ein Zwang. Ich wollte es nicht, aber ich konnte nicht aufhören – allerdings nur, weil ich wusste, dass ich nie versuchen würde, es zu veröffentlichen.«

Jacks Hand schoss vor und packte Clares Arm.

»Aua«, sagte sie und starrte ihn vorwurfsvoll an.

Er ließ sie los und umklammerte stattdessen die Armlehne seines Stuhls.

»Ich muss Ihnen etwas gestehen …« Clare trank einen Schluck von ihrem Tee. »Bis vor zwei Monaten hatte ich noch nie von Ihnen gehört.«

Simone lachte. »Das überrascht mich nicht. Es ist Jahre her, dass sich jemand für meine Bücher interessiert hat.«

»Das ist es ja.« Clare beugte sich vor. »Ich habe zufällig gehört, wie Jack einer Kundin eines Ihrer Bücher empfahl, und ich hatte ihn noch nie so leidenschaftlich von etwas reden hören. Oder mit so viel Gefühl, um ehrlich zu sein. Also habe ich es gelesen und war begeistert. Und es kam mir so seltsam vor, dass es diese Bücher gibt und ich noch nie von ihnen gehört hatte. Sie sollten eigentlich überall stehen, überall sollten die Menschen sie lesen und genießen. Und dann habe ich festgestellt, dass sie das auch tun.« Sie zückte ihr Handy und öffnete Reddit. »Das hier ist ein Forum für Fans Ihrer Bücher«, sagte sie und reichte es Simone. »Es hat über zweihunderttausend Mitglieder.«

Simone antwortete nicht, sondern scrollte schweigend durch die Seite.

»Wussten Sie, dass seit fünfzehn Jahren jedes Jahr eine Gruppe von Fans nach Bali reist, um Ihr Werk zu feiern? Sie veranstalten Partys und lesen sich am Strand gegenseitig Passagen aus Ihren Büchern vor. In ein paar Wochen werden mehr als je zuvor kommen, um den dreißigsten Jahrestag von *Dofida* zu feiern. Deshalb möchten wir Sie dabeihaben. Es geht nicht um die Frage, ob sich die Leute noch für Ihre Bücher interessieren. Dies ist eine Möglichkeit, denen zu danken, die es tun. Dafür, dass sie Jahr für Jahr kommen. Ihretwegen.«

Simone schwieg eine Weile, dann holte sie tief Luft.

»Ich weiß nicht«, sagte sie. »Ich fürchte, ich … Ich weiß nicht …«

»Das ist in Ordnung«, sagte Clare schnell. »Ich weiß, es ist viel verlangt. Aber werden Sie darüber nachdenken? Lassen Sie sich Zeit. Es würde den Leuten viel bedeuten. Vielen Menschen.«

Sie sah Jack an, und er nickte. Dann standen sie auf, um zu gehen. Schweigend führte Simone sie durchs Haus zurück zur Eingangstür.

Als Clare den Weg zum Auto hinunterging, bemerkte sie auf einmal, dass Jack nicht bei ihr war. Sie drehte sich um und sah, wie er Simone die Hand hinstreckte.

»Falls Sie sich dagegen entscheiden und falls ich keine weitere Chance dazu bekomme: Ihr Buch hat mein Leben verändert.« Er blickte zu Boden, als würde er sich sammeln. »Ich hatte eine schwere Zeit. Mein Bruder war auf dem College, und mein Vater hat viel gearbeitet. Ich begann, mich von meinen Freunden zu entfremden. Damals wusste ich es noch nicht, aber ich war ziemlich einsam und hatte keine Ahnung, wie ich das ändern sollte. Teenager wissen das nicht. Ich mochte nicht nach Hause gehen, wenn niemand da war, also begann ich, meine Hausaufgaben in der Schulbibliothek zu machen. Und eines Tages hatte jemand ein Exemplar von *Wind über Dofida* auf einem der Tische liegen lassen.«

Clare hörte mit angehaltenem Atem zu. Sie hatten so oft über dieses Buch gesprochen, aber sie war nie auf die Idee gekommen, ihn zu fragen, warum er es so sehr liebte. Oder wie er es entdeckt hatte.

»Ich nahm es, begann zu lesen und hörte nicht mehr auf«, fuhr Jack fort. »Es hat mir so gut gefallen, dass ich ein Exemplar kaufte und es meinem Bruder schickte. Er hat es gelesen und mich noch am selben Wochenende angerufen, um darüber zu reden. Das haben wir dann noch oft gemacht. Ich war gar nicht auf die Idee gekommen, dass er dazu Lust haben könnte. Im nächsten Jahr ging ich aufs College und belegte einen Literaturkurs, um sicherzustellen, dass ich während des Studiums weiterlas, damit wir auch weiterhin telefonieren konnten.«

Er schluckte und holte unsicher Luft.

»Ich bin Ihnen so dankbar«, sagte er dann. »Es bedeutet

mir sehr viel, Ihnen das sagen zu können. Dass ich die Gelegenheit habe, Ihnen zu sagen, dass ich es zum Teil Ihnen zu verdanken habe, wer ich heute bin.«

»Ich …«, begann Simone mit Tränen in den Augen. »Danke«, sagte sie dann. »Danke.«

Sie winkte Clare zu und ging zurück ins Haus.

*

Auf dem Rückweg fuhr Clare und ließ Jack schweigend aus dem Fenster blicken. Als sie in den Laden zurückkamen, ging er wortlos zur Kasse und setzte sich daneben.

Lina starrte von ihm zu Clare. »Ist alles okay?«

Clare zuckte mit den Schultern.

Lina zerrte sie auf die andere Seite des Ladens und tat so, als bräuchte sie Hilfe beim Wiederauffüllen der Regale.

»Was zum Teufel ist passiert?«, flüsterte sie.

Clare gab ihr eine grobe Zusammenfassung ihres Besuchs.

»Oh«, sagte Lina. »Der Arme. Aber irgendwie ist es doch ganz reizend. Weißt du«, fuhr sie fort und sah Clare mit schief gelegtem Kopf an, »ich kann mir nicht vorstellen, dass Toby so überwältigt wäre, wenn er seinen Lieblingsautor treffen würde.«

»Hörst du wohl auf?«

»Ich kann mir eigentlich gar nicht vorstellen, dass Toby überhaupt einen Lieblingsautor hat«, fuhr Lina unbeeindruckt fort.

»Du bist ein Snob.«

»Bin ich nicht! Es ist nicht schlimm, keinen Lieblingsautor zu haben. Ich denke nur, dass zum Beispiel jemand wie du mit jemandem glücklicher sein könnte, der einen hat.«

»Lina!«, rief Clare.

Während sie durch den Laden zurückging, hörte sie ihre Cousine hinter sich kichern.

Jack saß immer noch an der Kasse und starrte auf das Handy in seiner Hand, als hätte er es noch nie gesehen.

»Alles in Ordnung?«, fragte Clare.

Er schüttelte den Kopf, als wollte er ihn frei bekommen.

»Ja«, sagte er dann. »Ich habe nur gerade eine Nachricht bekommen.«

Clare trat vor. »Von Simone?«, fragte sie eifrig.

»Nein, von meinem Bruder. Er kommt zu Besuch.«

# 20. Kapitel

Zum Glück hatte Ben nicht die Absicht, bei Jack in ihrer winzigen Wohnung unterzukommen. Er hatte ein Zimmer im Four Seasons gebucht.

»Im Four Seasons?«, fragte Clare, als Jack es ihr erzählte. »Ich hätte nicht gedacht, dass tatsächlich jemand an solchen Orten wohnt.«

»Clare.« Jacks Augen funkelten amüsiert. »Was dachtest du denn, wie die überleben, wenn dort niemand wohnt?«

»Ach, du weißt schon, wie ich das meine. Ich spreche von echten Menschen. Normale Leute. Andere Leute als ... ich weiß nicht, Paris Hilton.«

»Ich könnte mir vorstellen, dass Paris Hilton im Hilton wohnt.«

»Was du nicht sagst«, entgegnete sie. »Ist es ungewöhnlich, dass er herkommt? Du hast so überrascht gewirkt.«

»Nein«, sagte Jack langsam. »Das sieht ihm ähnlich. Er ist spontan. So wie Lina vielleicht. Vielleicht auch nicht, aber diesmal zumindest. Und er hatte angekündigt, dass er irgendwann vorbeikommt, wenn ich hier bin. Er hat gemeint, er wolle sehen, wie ich in einem Laden arbeite.«

»Was ist daran so ungewöhnlich?«, fragte Clare. »Hat er nie im Einzelhandel gearbeitet?«

»Nein«, antwortete Jack. »Und ich auch nicht.«

»Was, noch nie? Nicht einmal, als du studiert hast?«

»Nein, unsere Eltern haben immer gesagt, es sei wichtig, dass wir uns auf unser Studium konzentrieren.«

»Aber wie hast du das alles bezahlt?« Sie sah ihn prüfend an, dann machte es bei ihr klick. Er war reich. Seine Eltern waren reich.

»Ooooh«, sagte sie langsam. »Wow.«

»Was?«, fragte er. »Werd nicht albern.«

»Ich bin nicht albern«, erwiderte sie. »Ich bin normal.«

»Du hast genug Geld geerbt, um aus einer Laune heraus zwei Jahre lang um die Welt zu reisen.«

»Nur weil ich sehr unklug mit dem Geld umgegangen bin. Ich habe alles ausgegeben. Und ich bin mit sehr wenig Geld ausgekommen, hab in Hostels gewohnt und in Bars gearbeitet, damit es länger hielt. So wie ich während meines Studiums im Einzelhandel gearbeitet habe, um mir Kleidung, Essen und Bier kaufen zu können, weil man das eben so macht.« Sie legte ihm eine Hand auf die Schulter und schaute ihn gespielt mitleidig an. »Normale Menschen jedenfalls.«

»Ich arbeite jetzt im Einzelhandel.« Er lachte reumütig. »Zählt das?«

Sie schüttelte stumm den Kopf. »Ich wette, du musstest nicht einmal einen Studienkredit aufnehmen.«

»Wozu einen großen Kredit aufnehmen, wenn …«

»Wenn deine Eltern es einfach bezahlen können?«, beendete Clare den Satz für ihn. »Vermutlich haben sie dir auch Unterhalt gezahlt, solange du auf die Uni gegangen bist?«

Sie hob einen Stapel Bücher auf und trug ihn zu einem

Regal, wobei sie immer noch verwundert den Kopf schüttelte. Und dann fiel ihr etwas anderes ein.

»Moment«, sagte sie und streckte ihren Kopf hinter dem Regal hervor, »du hast einen Master gemacht. Haben deine Eltern …?«

Jacks Gesicht lief dunkelrot an.

Clare schob sich hinter das Regal zurück.

»Unglaublich«, sagte sie. »Und da meint man, jemanden zu kennen.«

*

Clare lernte Ben erst ein paar Tage nach seiner Ankunft kennen. Jack hatte ihr erzählt, dass er darauf brannte, zuerst etwas von der Insel zu sehen – es war sein erster Besuch, seit er und Jack als Kinder dort gewesen waren, und er wollte an die Orte seiner Kindheit zurückkehren.

Clare hielt für ein paar Tage im Laden die Stellung, damit Jack das Beste daraus machen konnte, so wie er es für sie während Linas ersten Tagen auf der Insel getan hatte.

Jacks *Melmoth*-Bestellung traf ein, und zu ihrer Überraschung stellte Clare fest, dass er noch ein paar zusätzliche Bücher geordert hatte. Allmählich fiel es ihm leichter, Geld in den Laden zu investieren – vermutlich nur zum Teil, weil die Umsätze leicht gestiegen waren.

*Er weiß, dass ich recht habe,* dachte sie. *Er gibt es zwar nicht gern zu, aber er hört auf mich.*

Clare teilte den Besuchern des letzten Buchclubs mit, welches Buch als Nächstes besprochen werden würde und dass Exemplare zur Abholung im Laden bereitlagen. Siti zog es vor, auf ihrem E-Reader zu lesen, aber Valarie kam am nächsten Tag, um eins zu erwerben, und ein paar Tage später schauten auch Lauren und Joyo vorbei – gemeinsam.

Clare war überrascht, bemühte sich jedoch, es sich nicht anmerken zu lassen. Die beiden redeten wesentlich vertrauter miteinander, als man es erwarten würde, nachdem sie sich nur eine Stunde über ein Buch unterhalten hatten. Als sie mit ihren Exemplaren zur Kasse kamen, bestand Joyo darauf, für alle drei zu bezahlen. Clare lächelte im Stillen, sagte jedoch nichts dazu.

Gegen Ende der Woche tauchte Jack wieder auf, diesmal mit seinem Bruder im Schlepptau. Die beiden kamen in den Laden und sahen windzerzaust und salzig aus.

Ben war anders, als Clare ihn sich vorgestellt hatte. Er war einige Zentimeter größer als Jack und irgendwie lockerer. Die Art von Mensch, die so wirkt, als würde sie viel Kaugummi kauen, auch wenn sie es nicht tut.

»Das ist also dein kleiner Laden«, sagte er zu Jack, während er durch die Regale ging.

»Was hast du erwartet? Macy's?«, fragte Jack.

»Ist aber nicht schlecht, oder? Gutes Licht, genügend Platz. Originelle kleine Schilder, sehr süß.«

»Die Schilder sind Clares Werk«, bemerkte Jack.

Ben drehte sich um und sah Clare an der Kasse sitzen.

»Ja«, sagte er. »Clare, richtig, Clare. Ja.«

Er warf Jack einen Blick zu und hob eine Augenbraue, bevor er zu ihr hinüberging, eine Hand ausstreckte und schief grinste, so wie Jack es immer tat.

Clare musste über die Familienähnlichkeit schmunzeln.

Als Clare nach Ladenschluss nach Hause kam, saß Jack in Pyjamahose und T-Shirt über ein großes Stück Leder gebeugt auf dem Boden und sah von dort zu ihr hoch.

»Ich habe etwas zum Üben mit nach Hause genommen«, erklärte er. »Ich bin immer noch nicht sehr gut im Nähen.«

»Oh, ist es in Ordnung, wenn ich ...« Sie deutete auf die Couch. »Ich wollte lesen.«

»Klar. Aber nicht hersehen. Das würde mich irritieren.«

»Natürlich«, versprach Clare, setzte sich auf die Couch und dachte: *Er sollte hoffen, dass es ein verdammt gutes Buch ist.*

Jack wandte sich wieder seinem Leder zu und beugte sich mit etwas darüber, das wie ein Schraubenzieher aussah.

»Was ist das?«, fragte Clare. »Ich verspreche, dass ich nicht zuschaue. Aber was ist das?«

Jack betrachtete das Werkzeug in seiner Hand. »Ich ... äh«, stammelte er, »ich habe mir eine eigene Ahle gekauft.«

»Verstehe. Sehr gut.«

Clare schlug das Buch auf und blätterte langsam durch die Seiten, wobei ihr Blick immer wieder zu Jack glitt.

Die Muskeln in seinen Unterarmen spannten sich an, wenn er die Ahle durch das Leder führte. Immer wieder strich er sich mit einer Hand das Haar zurück, das ihm locker in die Augen fiel. Clare konnte von ihrem Platz aus nicht sehen, ob er den Abstand zwischen den Löchern per Augenmaß abschätzte oder ob er sie markiert hatte, aber er war äußerst konzentriert bei der Sache und stach jedes Loch mit großer Sorgfalt.

Schließlich legte er die Ahle weg, lehnte sich an die Wand und sah zu Clare hoch. Rasch richtete sie den Blick wieder auf ihr Buch und blätterte beiläufig eine Seite um. Als sie wieder zu ihm hinübersah, hatte er eine große Nadel in der Hand, in die ein dünnes Lederbändchen gefädelt war. Er führte sie nach einem bestimmten Muster durch die Löcher – zwei diagonale Stiche in die eine Richtung, ein weiterer quer darüber.

Sie beobachtete ihn fasziniert. Offenbar nahm er die Sache sehr ernst. So wie alles. Er wollte in jeder Situation immer das Bestmögliche tun. Sorgfältig führte er die einzelnen Stiche aus und ließ das Leder langsam durch seine Finger gleiten, um sicherzugehen, dass der Faden flach auf der Oberfläche lag, wenn er ihn festzog.

Sie war wie gebannt: Seine klaren Augen waren ganz auf die Arbeit konzentriert. Seine starken, geschickten Hände drehten das Leder, führten mit großer Präzision die Nadel und zogen das Leder dann schwungvoll fest.

Unvermittelt sah Clare im Geiste vor sich, wie diese Hände ihre Haut berührten. Wie sie durch ihr Haar strichen, ihre Taille streiften, sich in …

Er blickte zu ihr hoch und erwischte sie dabei, wie sie ihn beobachtete.

»Was ist?«, fragte er. Dann: »Du hast gesagt, du würdest nicht zusehen.«

»Entschuldigung«, sagte Clare lächelnd und mit geröteten Wangen. Sie räusperte sich. »Du kannst das wirklich gut.«

»Nein«, widersprach er. »Kann ich nicht. Sieh weg.«

Sie hätte ihm am liebsten gesagt, dass sie nicht wegsehen konnte, weil es ihr einfach nicht gelang. Dass es sie irgendwie berührte, ihn so in die Arbeit vertieft zu sehen. Dass es sich wie Zeitverschwendung anfühlte, sich abzuwenden, wenn sie ihm doch genauso gut zusehen konnte.

Und sie hatten keine Zeit zu verlieren.

»Ich …«, hob sie an, doch in dem Moment wurde krachend die Tür geöffnet, und Lina kam herein, ein seliges Lächeln im Gesicht.

»Leute, ich hatte gerade den besten Wellnesstag meines Lebens. Ich war noch nie so entspannt.« Sie ließ sich neben Clare auf die Couch plumpsen. »Was liegt bei euch an? Jack, was ist das?«

»Nichts«, sagte er. »Nur ein Hobby.«

»Jack hat gelernt, mit Leder zu arbeiten«, erklärte Clare etwas zu begeistert. »Er kann das richtig gut.«

Lina schaute Clare an und zog eine Augenbraue hoch. »Ganz bestimmt.«

Clare sah sie eindringlich an und stand auf. »Ich gehe ins Bett.«

»Ja«, sagte Jack, »ich auch.«

»Leute, ich schlafe schon.« Lina streckte sich auf dem Platz aus, den Clare gerade verlassen hatte, und tat so, als würde sie schnarchen.

Auf der anderen Seite der Tür schüttelte sich Clare.

*Reiß dich zusammen,* ermahnte sie sich.

Allmählich wurde das Ganze lächerlich.

\*

255

Am Tag vor seiner Abreise ging Toby mit Clare segeln. Als er vor ein paar Tagen beim Abendessen angekündigt hatte, dass er abreisen würde, war sie zunächst überrascht gewesen. Doch genauer betrachtet war er schon viel länger da, als er ursprünglich angekündigt hatte.

»Wolltest du nicht schon vor einer Weile abreisen?«, fragte sie.

»Ja, aber ich dachte, es wäre nicht schlecht, die Reise zu verlängern.« Er sah ihr tief in die Augen. »Der Ort hatte ein paar Attraktionen mehr zu bieten als sonst.«

»Oh«, erwiderte Clare. »Okay.«

Sie hatte ein schlechtes Gewissen. Sie hatte Tobys Gesellschaft genossen, ohne sich weiter Gedanken über ihn zu machen, denn sie war davon ausgegangen, dass ihre Beziehung für beide nicht mehr als ein Urlaubsflirt war. Ihr war nicht klar gewesen, dass Toby seine Reise ihretwegen verlängert hatte; umgekehrt hätte sie nicht das Gleiche getan.

Sie blickte zur Insel zurück, der Wind wehte ihr das Haar ins Gesicht.

»Du wirst Simones Veranstaltung verpassen«, sagte sie betrübt. »Ich habe mir immer vorgestellt, dass du dabei bist.«

»Im Hintergrund, stimmt's?«, fragte er und lächelte ein bisschen traurig.

Sie verzog den Mund, denn er hatte recht. »Tut mir leid.«

»Muss es nicht«, erwiderte Toby. »Weißt du, ich sehe das so: Man hat im Leben immer wieder die Gelegenheit, ein bisschen Spaß zu haben. Manche dieser Gelegenheiten dauern ewig, manche nur für kurze Zeit. Man muss sie ergreifen und sie genießen, solange es geht. Auch wenn es dann schwerfällt, sie wieder loszulassen.«

Clare errötete. »Ich glaube nicht, dass es dir so schwerfallen wird, mich loszulassen«, entgegnete sie.

»Ja, okay. Ich habe auch nicht nur von mir gesprochen.« Clare sah ihn überrascht an. Er schenkte ihr ein zurückhaltendes Lächeln. »Ich glaube, deine Cousine wüsste, was ich meine.«

»Oh«, erwiderte Clare. »Mach dir keine Gedanken wegen Lina. Sie sagt, was ihr durch den Kopf geht, auch wenn es überhaupt nichts mit der Realität zu tun hat.«

»Hmm.« Toby schwieg eine Weile. »Wusstest du, dass dir deine Gefühle buchstäblich ins Gesicht geschrieben stehen?«, fragte er schließlich. »Das solltest du dir vielleicht bewusst machen.«

»Oh«, sagte Clare wieder. War die Verbindung zwischen Jack und ihr so offensichtlich gewesen? »Oh Gott. Es – es tut mir leid.«

Toby lachte. »Willst du ein Bier?«

»Nur wenn du nichts Stärkeres hast.«

»Tut mir leid«, sagte er und warf ihr eine Dose zu.

Sie saßen für eine Weile zusammen an Deck. Das Meer um sie herum glitzerte in der heißen Sonne, aber Clare war irgendwie kalt.

»Es war schön mit dir, Clare.«

»Das fand ich auch.«

Sie streckte ihre Dose aus, und sie prosteten sich sachte zu.

»Was hast du jetzt vor?«, fragte Toby.

»Ich weiß es nicht«, gestand Clare. »Ich bin noch einen Monat hier.«

»Hmm«, sagte Toby. »Sieht so aus, als könnte das ein ziemlich toller Monat werden.«

# 21. Kapitel

Clare war allein im Laden, als Simone Adair hereinkam. Jack und Ben waren zusammen wandern gegangen, und Lina war shoppen.

Es war ein geschäftiger Vormittag gewesen, viele Kunden hatten nach bestimmten Büchern gesucht, ohne sie genauer beschreiben zu können. Gerade war Clare mit einem Kunden fertig geworden, der dringend ein Buch »mit einem Haus auf dem Cover« gesucht hatte, und genoss einen kurzen Moment der Ruhe. Sie lächelte, diese Momente waren selten geworden. Als sie hörte, wie die Tür aufging, war sie fast etwas genervt, doch als sie sah, wer es war, sprang sie von ihrem Stuhl auf.

»Simone!«, rief sie. »Hallo! Wie schön, Sie zu sehen! Hallo!«

»Hallo«, erwiderte Simone lachend. »Das ist sehr hübsch geworden hier.«

»Danke«, erwiderte Clare. »Der Laden war am Anfang ein bisschen … ähm, verwahrlost, aber wir haben uns Mühe gegeben, ihn wieder auf Vordermann zu bringen.«

»Ich nehme an, Sie führen die Veranstaltungen dort oben durch?«

»Ja«, bestätigte Clare eifrig. »Also, da oben stehen auch noch Bücher, aber wir wollten etwas Platz lassen, damit die Leute sich hinsetzen und lesen können, und, ja, auch für

Dinge wie unseren Buchclub und«, sie räusperte sich, »alle anderen, ähm, Dinge, die wir vielleicht, ähm, machen wollen.«

Simone zwinkerte ihr zu. »Ja, darüber …«

»Nein!«, rief Clare. »Tut mir leid, aber Jack ist nicht da. Sie dürfen es mir nicht sagen, wenn Jack nicht da ist.« Etwas hoffnungslos sah sie sich um.

»Oh. Ist er bald zurück?«

»Neiiiiin«, jammerte Clare. »Er ist zum Wandern. Den ganzen Tag lang! Könnten Sie … das heißt, können wir … wäre es okay, wenn wir ihn anrufen?«

Simone lächelte. »Ja, ich glaube schon.«

»Okay, okay.« Clare nickte fahrig und nervös. »Danke. Ich danke Ihnen vielmals.«

Sie spürte, wie ein verzweifeltes Schluchzen in ihrer Kehle aufstieg, als sie ihr Smartphone herauszog. Als es klingelte, legte sie das Handy auf den Tresen und stellte auf laut.

»Clare«, ertönte schließlich Jacks Stimme. »Ist alles in Ordnung?«

»Jack!«, rief sie. »Ja. Simone ist hier.«

»Was hast du gesagt? Der Empfang hier ist schrecklich. Ich kann dich nicht hören.«

»Simone ist hier«, rief Clare noch mal. »Hier im Laden. Simone.«

Es kam keine Antwort, sie hörte nur ein Knistern in der Leitung. Dann: »Hast du gesagt … Simone ist da? Habe ich das richtig verstanden?«

»Hallo, Jack«, sagte Simone.

Unverständliches Geschrei drang aus dem Telefon.

»Jack! Jack, kannst du uns hören?«, fragte Clare.

»Ja. Tut mir leid, ich … musste es Ben sagen, mach weiter.«

»Jack«, sagte Simone, »ich bin in den Laden gekommen, um Ihnen und Clare zu sagen, dass ich bei Ihrer Veranstaltung mitmachen möchte.«

Wieder knackte es in der Leitung, dann meldete sich Jacks Stimme.

»Sind Sie sicher?«, fragte er. »Sind Sie ganz sicher, dass Sie das wollen?«

»Ich bin mir sicher«, bestätigte Simone. »Aber ich kann nicht versprechen, dass ich den ganzen Abend bleibe. Ich mag meinen Schlaf.«

»Nein«, sagte Jack. »Ja, natürlich. Ja. Nein. Oh, mein Gott. Ja. Danke. Vielen Dank!«

Clare hörte im Hintergrund ein Geräusch und war sich ziemlich sicher, dass es Ben war, der juchzte. Jack sprach noch weiter, doch durch das Rauschen war er nicht mehr zu verstehen.

»Jack, die Verbindung ist schlecht«, sagte Clare. Es folgten weitere abgehackte Knistergeräusche. »Ich rufe dich später an«, sagte sie und legte auf. Sie sah Simone an und grinste über das ganze Gesicht. »Ich verspreche, dass wir es Ihnen so einfach und so schön wie möglich machen werden. Wenn Sie irgendetwas brauchen, lassen Sie es uns einfach wissen.«

»Danke, aber ich komme bestimmt klar. Ich habe früher so viele Lesungen gegeben, ich glaube, das verlernt man nicht. Genau wie das Radfahren. Brauchen Sie etwas von mir, um die Veranstaltung zu bewerben?«

»Oh, nein. Wir kümmern uns um alles«, versicherte Clare. »Moment. Da wäre vielleicht doch eine Sache, wenn es Ihnen nichts ausmacht. Es geht auch ganz schnell.«

»Was – jetzt?«, fragte Simone.

»Ist das okay? Ich möchte nur ein Foto für Instagram machen.«

»Oh Gott. Ich habe es schon immer gehasst, fotografiert zu werden. Aber wenn es sein muss …«

»Danke, das machen wir oben. Zum Glück haben wir gerade einen ganzen Haufen Ihrer Bücher bekommen. Wenn Sie letzte Woche gekommen wären, hätten wir keine mehr gehabt – sie sind ständig ausverkauft.«

Sie stapelte Simones Bücher auf die Regale und schoss ein paar schnelle Fotos. Bevor sie ging, ließ sie Simone ihr Lieblingsfoto aussuchen, das sie anschließend noch ein wenig bearbeitete, bevor sie es auf Instagram hochlud. Dann drückte sie auf »Posten« und lehnte sich mit einem zufriedenen Lächeln an die Wand.

*

Jack und Ben kamen erst nach über zwei Stunden zurück. Clare war gerade dabei, einen Verkauf abzuschließen, als sie durch die Tür stürmten.

»Drinks!«, rief Ben. »Feiern!«

»Ist sie weg?«, fragte Jack. »Ist sie noch hier?«

Clare sah die beiden verwirrt an. Nachdem Simone gegangen war, hatte das Geschäft wieder angezogen: Sie war den ganzen Nachmittag ununterbrochen mit Kunden beschäftigt gewesen und hatte keine Zeit gehabt, weiter an Simone zu denken. Das selige Lächeln in ihrem Gesicht war jedoch geblieben.

»Ja, Jack, sie ist weg. Sie ist schon seit Ewigkeiten weg.«

»Wir sind direkt hergekommen«, sagte er.

»Na ja, wir waren auf einem Berggipfel«, fügte Ben erklärend hinzu. »Wir haben schon einen Moment gebraucht, oder?«

»Ja, stimmt.« Jack stieß einen Seufzer aus. »Ich dachte nur …«

Clare kicherte. »Aber sie kommt wieder. Sie kommt wieder. Weil sie Ja gesagt hat!«

»Sie hat Ja gesagt!«, wiederholte Jack, und sofort kam wieder Leben in ihn.

»Sie hat Ja gesagt!«, wiederholte Ben. »Darauf stoßen wir an! Wir müssen unbedingt anstoßen! Prost!«

Er schritt durch den Laden und stieß beide Fäuste in die Luft, als Lina durch die Tür kam.

»Großer Gott«, sagte sie. »Ich dachte, in Buchläden soll man leise sein.«

»Das gilt für Bibliotheken«, erklärte Ben. »Außerdem haben wir Grund zu feiern. Wir wollen anstoßen!«

»Lina, sie hat zugesagt«, berichtete Clare und lief auf ihre Cousine zu. »Wir haben Simone Adairs Zusage für unsere Veranstaltung.«

Jack stand neben ihr und nickte stumm mit dem Kopf.

»Na, sieh mal einer an«, sagte Lina. »Und seht euch mal an. Zwei totale Clowns.«

»Hey!«, rief Clare. »Wir freuen uns!«

»Und das solltet ihr auch«, erwiderte Lina. »Gut gemacht, Leute. Gut gemacht. Und dieser Idiot hat recht. Wir müssen ausgehen und feiern.«

Ben bestand darauf, sie in die schickste Bar zu führen, die er finden konnte, und als Lina und Clare über die Preise erschraken, erklärte er, er wolle für alle bezahlen. Clare, der es peinlich war, sich von ihm einladen zu lassen, wollte daraufhin nur einen Hauswein bestellen. Das ließ Ben jedoch nicht zu.

»Ruhe!«, sagte er und wandte sich an den Barkeeper. »Die Dame möchte bitte Ihren schicksten Cocktail haben. Danke.«

Dann sah er mit hochgezogener Augenbraue zu Lina hinüber.

»Oh«, sagte sie, »ich möchte auf jeden Fall auch den schicksten Cocktail haben.«

Ben wandte sich an Jack, der mit den Schultern zuckte. »Ich will kein Spielverderber sein.«

»Gut«, sagte Ben und wandte sich wieder an den Barkeeper, »das macht also dreimal Ihren schicksten Cocktail – und für mich einen sehr männlichen Whisky, pur …«

»Ach, komm schon!«, rief Clare unwillkürlich.

Ben warf ihr einen strengen Blick zu, lenkte dann jedoch ein.

»Na gut«, sagte er. »Viermal Ihren schicksten Cocktail, vielen Dank.«

Er wedelte gebieterisch mit dem Finger durch die Luft und führte sie zu einem Tisch mit Blick aufs Meer.

Es war ein glänzender Abend. Jeder Witz war lustig, jeder Drink köstlicher als der vorherige. Clare konnte nicht aufhören, zu lächeln, und musste immer wieder Jack ansehen, um sich zu vergewissern, dass es real war. Dass sie es tatsächlich geschafft hatten.

»Wir müssen über die Rahmenbedingungen sprechen«, meinte Clare. »Wir sollten Celestina fragen, bei wem man am besten das Essen bestellt …«

»Ja, und wir müssen eine offizielle Ankündigung machen und Datum und Uhrzeit festlegen. Ich frage mich, ob wir die Leute bitten sollten, sich anzumelden, damit wir wissen, wie viele …«

»Oh, ich habe nicht auf Instagram nachgesehen«, wurde er von Clare unterbrochen. »Ich habe ein Foto gepostet, aber im Laden war so viel los …«

Sie zückte ihr Handy und rief den Beitrag auf. Es gab Hunderte von Kommentaren, viele von ihnen bestanden nur aus einer Reihe von Ausrufezeichen oder Schrei-Emojis. In einem stand: *Das war's, ich buche Flüge, scheiß auf die Hochzeit meiner Schwester.* Ein anderer verkündete: *Ich werde die nächsten drei Wochen bei Seashore Books campen.*

Während sie weiterscrollte, wurde Clares Grinsen immer breiter. Sie sah zu Jack hoch, der sie anstrahlte.

»Handys weg!«, rief Lina plötzlich. »Der Laden hier ist viel zu schick, um unsere Zeit mit Handys zu verplempern.«

»Was treibt ihr zwei da eigentlich?«, fragte Ben und riss Clare das Handy aus der Hand. »Ich fasse es nicht! Der Beitrag hat dreiundzwanzigtausend Likes. Die Frau muss eine große Nummer sein.«

»Ja«, entgegnete Clare. »Deshalb feiern wir es auch.«

»Nein … ja«, stotterte Ben. »Aber ich dachte, wir feiern, weil ihr es euch so sehr gewünscht habt. Ich wusste nicht, dass sie tatsächlich … ich meine, dass sie richtig berühmt ist.«

»Ben, ich erzähle dir schon seit mindestens zehn Jahren von ihr«, sagte Jack.

»Ja, aber du hast mir auch zehn Jahre lang erzählt, warum Pflanzen-Pokémons die besten Starter sind.«

»Wow«, erwiderte Jack. »Das hast du gerade wirklich gesagt. Vor allen Leuten.«

»Ja, das habe ich.« Ben grinste Jack an. »Aber mal ehrlich, gut gemacht. Ich bin stolz auf dich, Mann.« Er stieß mit seinem Glas gegen das von Jack und nahm einen Schluck. »Auf dich auch, Clare. Aber wir haben noch nicht so lange eine emotionale Verbindung. Du verstehst schon.«

»Das ist okay«, versicherte Clare und schob lachend ihr Handy wieder in die Tasche. »Damit kann ich leben.«

»Aber es ist alles Clares Verdienst«, erklärte Jack. »Als wir Simone gefragt haben, hat nur Clare gesprochen. Ich habe vor lauter Nervosität kaum ein Wort herausgebracht, und sie war so …«, er wedelte mit der Hand durch die Luft, »… wortgewandt. Und all das.«

Ben stand auf und streckte seinen dritten oder vierten Cocktail in die Höhe.

»Auf Clare!«, rief er. »So wortgewandt und all das!«

Alle jubelten und hoben ihre Gläser etwas lässiger als noch ein paar Stunden zuvor.

»Aber ohne Jack hätten wir gar nicht erst mit ihr sprechen können«, wandte Clare ein. »Ich wäre nie einfach so«, sie schwenkte ihr Glas und ließ die Flüssigkeit darin kreisen, »zu ihr nach Hause gefahren.«

»Auf Jack!«, rief Lina und streckte ihr Glas in die Luft. »Der einfach so zu ihr nach Hause gefahren ist!«

Alle jubelten und hoben erneut ihre Gläser, und Clare ließ sich schwindlig und zufrieden auf ihren Platz zurückfallen.

Sie sah zu Jack hinüber, der sie mit leuchtenden Augen anstrahlte. Plötzlich war sie sehr dankbar, dass sie mit Lina und Ben unterwegs waren. Sie wusste nicht, was passiert wäre, wenn sie diesen Moment mit Jack allein gefeiert hätte.

Obwohl … eigentlich wusste sie es doch. Sie war sich nur nicht sicher, ob sie damit umgehen könnte.

Nervös stellte sie ihr leeres Glas ab und stand auf. Sie griff nach Bens Schulter und sah ihm tief in die Augen.

»Tanzen«, sagte sie.

Er drehte sich zu ihr um, fasste sie ebenfalls an der Schulter und schob entschlossen den Unterkiefer vor.

»Tanzen«, erwiderte er.

*

Die vier gingen gemeinsam auf die Tanzfläche, und Clare spürte, wie es in ihrer Brust kribbelte.

Ben tanzte so ausgelassen, dass die anderen – und ein paar weitere Clubbesucher – unwillkürlich mittanzten. Eine Zeit lang herrschte nur Lärm und Chaos, der Bass pulsierte durch Clares Adern, und die Leute tanzten um sie herum.

Dann – und ohne dass sie richtig verstand, wie es dazu

gekommen war – fand sie sich verschwitzt und beschwingt in Jacks Armen wieder und wurde von allen Seiten von anderen Tänzern angerempelt.

Clares Herzschlag verlangsamte sich, als sie zu ihm aufsah. Mit einem zärtlichen Lächeln wirbelte er sie unvermittelt von sich fort und wieder zu sich heran. Lachend drehte sie sich unter seinem Arm ein und wieder zurück, stolperte über seine Füße.

Er sagte etwas, aber wegen des Lärms konnte sie ihn nicht verstehen.

»Was hast du gesagt?«, fragte sie mit lauter Stimme.

Er schüttelte den Kopf und sah sich um, dann deutete er auf die Tür. Sie nickte, aber als sie gerade gehen wollten, stießen sie mit Lina zusammen.

Lina lachte, dann war auch Ben da und packte seinen Bruder an der Schulter, und schon tanzten sie wieder zu viert. Der Moment war vorbei.

*

Als sie schließlich fröhlich nach Hause stolperten, wollte keiner von ihnen auf die Uhr schauen.

Lina stürzte in einen Laden, der rund um die Uhr geöffnet hatte, und kaufte jedem von ihnen eine Literflasche Wasser. Anschließend baute sie sich wie ein Feldwebel vor ihnen auf und zwang sie, es zu trinken.

»Na los, runter damit, keine Müdigkeit vorschützen!«, rief sie.

Auch wenn Clare bereits den Kater herannahen spürte, war sie immer noch von einem seligen Glühen erfüllt.

Langsam ging sie weiter und genoss das angenehme Gefühl, dass Jack ein paar Meter hinter ihr ging, zwischen ihnen Lina und Ben.

»Unfassbar, dass wir dich das alles haben bezahlen lassen«, sagte Lina zu Ben.

»Kein Ding. Ich muss mich daran gewöhnen, für ihn zu bezahlen, wenn ich weiter so mit ihm feiern gehen will, wie ich es gewohnt bin.« Er drehte sich um und rief über seine Schulter: »Stimmt's, Bruderherz?«

»Was ist?«, rief Jack.

»Wenn du zurückkommst, verdienst du ein Non-Profit-Gehalt«, brüllte Ben zurück. »Dann kannst du dir nur noch den zwölftschicksten Cocktail leisten.«

Lina lachte und wechselte das Thema, aber Clares Gedanken begannen zu rasen. Ein Non-Profit-Gehalt? Jack hatte ihr etwas anderes erzählt.

Sie hätte ihn gern danach gefragt, aber Lina und Ben hatten angefangen, sich über den Text von »Alien Superstar« zu streiten, und sie wusste nicht, wie sie das Gespräch wieder auf das Thema zurücklenken sollte. Und als Ben zu seinem Hotel abgebogen war und die anderen in die winzige Wohnung zurückkamen, war sie zu müde und zu betrunken, um noch klar denken zu können.

Nachdem Lina ins Bad gegangen war, sah Clare Jack an. Mit fast geschlossenen Augen bewegte er sich leicht zu einer Musik, die nur er hören konnte. Sie musste lachen, und er winkte sie zu sich heran.

Als sie den Kopf schüttelte, kam er auf sie zu und schlurfte dabei rhythmisch mit den Füßen über den Boden.

Er nahm ihre Hand, zog sie an seine Brust und legte die andere Hand auf ihren Rücken.

Während Clare sich mit ihm bewegte, spürte sie, wie sich seine Wärme auf sie übertrug und sich in ihrem Bauch sammelte. Jack strich mit der Nase über ihren Hals und gab glückliche, schläfrige Geräusche von sich. Zuerst dachte Clare, es wären nur Laute, aber dann verstand sie ein paar Worte.

»Mmm ... weg ... vielleicht willst du mich ...«

»Wie bitte?«, fragte sie.

»... froh, dass er weg ist, obwohl ...«, sagte er. »Ich bin ... ich ... ich bin dran ...«

»Jack. Was redest du da?«

Er wich von ihr zurück und stieß gegen die Couch.

»Ups!«, sagte er und setzte sich abrupt. »Ja. Muss sein.«

Er kippte auf die Seite, drehte sich auf den Rücken und streckte sich auf der Couch aus.

Clare beugte sich über ihn. »Jack, wovon redest du da?«

Jack hatte die Augen geschlossen und murmelte etwas, das sie nicht verstand.

»Clare!«, sagte er dann und hob leicht den Kopf an.

»Was ist? Ich bin hier.«

»Oh, gut.« Er öffnete die Augen, doch sein Blick irrlichterte. »Ja, du solltest hier sein.« Er ließ den Kopf wieder zurücksinken, und sein Atem wurde tief und gleichmäßig.

»Hey«, protestierte Lina, als sie aus dem Bad kam, »das ist mein Bett.«

Sie marschierte in Clares Zimmer und ließ sich stattdessen auf ihr Bett fallen.

»Wehe, du lässt mir nicht auch noch etwas Platz«, sagte Clare und folgte ihr. Sie schnappte sich ein Kissen und quetschte sich neben ihre Cousine, doch in Gedanken war sie noch bei Jack auf der Couch.

# 22. Kapitel

Am nächsten Morgen schleppten sich Jack und Clare zum Laden und entdeckten vor der Tür ein Päckchen, auf dem drei Pappbecher mit Kaffee standen. Als sie das Päckchen öffneten, fanden sie drei Flaschen eines Sportgetränks, eine Packung Ibuprofen und drei fettige, lecker aussehende Frühstückssandwiches.

»Ben hat uns ein Carepaket geschickt?«, fragte Clare. »Das ist ja süß.«

»Das bedeutet, dass er den ganzen Tag sein Hotelzimmer nicht verlassen wird«, erklärte Jack. »Der Glückspilz.« Stöhnend fuhr er sich mit der Hand über die Augen.

Clare konnte sich nicht überwinden, Lina das Essen in die Wohnung zu bringen, also schrieb sie ihr einfach eine Nachricht: *Frühstück.*

Ein paar Minuten später kam Lina hereingestolpert, griff nach dem in Wachspapier eingewickelten Sandwich, presste das Päckchen an ihr Gesicht und atmete den Geruch ein.

»Mmm-mmm. Ja.«

Anschließend hockten sie zu dritt in der Buchhandlung, bewegten sich in Zeitlupe und spielten sanfte, beruhigende Musik. Doch trotz des Katers verbrachten sie einen angenehmen Vormittag zusammen.

Erst in der Mittagspause dachte Clare wieder an Bens Bemerkung vom vergangenen Abend. Gegen ein Uhr hatte er ihnen ein weiteres Carepaket geschickt – diesmal mit drei Schachteln *Mie Goreng*, drei Brownies, weiterem Kaffee und Isodrinks.

Im Laden herrschte gerade Flaute, und so setzten sie sich nach draußen, lehnten sich mit dem Rücken ans Fenster und aßen.

Sie hatten eine Weile in geselligem Schweigen gegessen, als Lina fragte: »Was ist das für ein Job, den du bald anfängst? Ben sagte etwas von Non-Profit.«

Clare erstarrte und machte große Augen. Sie interessierte sich brennend für Jacks Antwort, nur sollte er das nicht merken. Als sie registrierte, dass sie die Luft anhielt, versuchte sie, wieder so normal wie möglich zu atmen.

»Ja«, bestätigte Jack. »Eine Firma, bei der ich letztes Jahr ein Praktikum gemacht habe, hat mir eine Stelle als Unternehmensberater angeboten. Ich werde angeschlagene Unternehmen beraten, also Unternehmen, denen eine Zwangsübernahme oder Insolvenz droht. Das Ziel ist, dass sie möglichst unabhängig bleiben, und wenn das nicht geht, suche ich eine gute Franchiselösung, bei der sie sich nicht völlig verbiegen müssen. Oft geht es dabei mehr darum, dass die Marken zueinanderpassen, als um das Finanzielle.«

Clare hörte Lina antworten, aber ihre Stimme schien von sehr weit her zu kommen. Ihr Herz klopfte, und ein Lächeln schlich sich auf ihr Gesicht. Er war kein Strohmann eines Unternehmens, sondern er arbeitete für eine Wohltätigkeitsorganisation! Er wollte Menschen wie Adam nicht ihr Geschäft wegnehmen, sondern ihnen helfen.

Plötzlich kam es ihr unfair vor, dass sie jemals etwas

anderes gedacht hatte. Natürlich wollte Jack für eine Non-Profit-Organisation tätig werden. Natürlich wollte er Menschen helfen. Auch wenn er bei Unternehmen wie Bell-wether Holdings ein Praktikum gemacht hatte, würde er nie für eine solche Firma arbeiten. Nicht Jack, doch nicht *ihr* Jack.

Ihr Jack.

Während er sich weiter mit Lina unterhielt, drehte sie sich zu ihm um und nahm jedes Detail in sich auf. Das Haar, das jetzt so viel länger und weicher war – und sexy zerzaust. Sie beobachtete, wie er mit der Hand herumfuchtelte, wenn er nach dem richtigen Wort suchte. Wie er seine Worte mit Bedacht wählte, als ob er fürchtete, sich nicht klar genug auszudrücken. Wie er den Mund zu einem schiefen Grinsen verzog, was Clare anfangs furchtbar gefunden hatte, weil sie dachte, er würde auf sie herabschauen. Doch jetzt wusste sie, dass es … etwas anderes bedeutete.

Sie dachte an jenen Moment gestern Abend in der Woh-nung. Er hatte davon gesprochen, dass er jemanden wollte. War sie damit gemeint gewesen? Hoffte er, dass zwischen ihnen etwas passierte, nachdem Toby jetzt weg war? Es hatte so viele Momente zwischen ihnen gegeben, so viele Fast-Momente. Und dieser Kuss, dieser eine Kuss, der ihr nicht aus dem Kopf ging, obwohl sie sich so sehr darum bemühte.

Das alles hatte sie lange nicht an sich herangelassen. Es war erleichternd, dort in der Sonne zu sitzen und auf sich wirken zu lassen, was wie Balsam in ihr Bewusstsein floss.

Ihr Jack.

Jack bemerkte, dass sie ihn beobachtete, und drehte sich mit fragendem Blick zu ihr um. Sie lächelte verhalten, prostete ihm mit ihrem Isodrink zu, stand auf und nahm die Reste ihres Mittagessens mit hinein, um sie wegzuwerfen.

*

Clare sprach Jack nicht auf seinen Job an. Sie wollte ihn nicht daran erinnern, wie dumm sie gewesen war, als sie das Memo von Bellwether Holdings gefunden hatten. Schon damals war ihr klar gewesen, dass ihre Reaktion unangemessen war, aber im Nachhinein fand sie es noch viel peinlicher. Sie hatte solche Angst gehabt, dass er sie für eine oberflächliche, nutzlose Idiotin halten könnte, dass sie, ohne nachzudenken, zum Gegenangriff übergegangen war. Und jetzt wusste sie nicht, wie sie es ihm erklären sollte.

Na schön, es gab noch anderes zu bedenken. Es war nur noch eine Woche bis zu Simones Veranstaltung, und sie waren beide vollauf mit der Planung beschäftigt. Sie hatten im Internet eine Seite eingerichtet, auf der man sich anmelden konnte, und das hatten schon über hundert Fans getan.

Es kamen bereits Leute in den Laden, die sich erkundigen wollten, ob Simone Adair tatsächlich persönlich anwesend sein würde. Manche wollten unbedingt Selfies mit Clare und Jack machen, die sie dann auf Reddit posteten und dazu so etwas schrieben wie: *Ich habe mit den Mitarbeitern gesprochen, es stimmt.*

Ein paar Tage vor der Veranstaltung war ein spezieller Simone-Adair-Buchclub mit einem ihrer weniger bekannten Bücher, *Und der Rest war Staub,* geplant. Sie hatten zwar nicht um vorherige Anmeldung gebeten, dennoch rechneten sie damit, dass mehr als die üblichen sechs oder sieben Teilnehmer kommen würden, also mussten sie auch dafür einiges organisieren.

Clare und Jack waren so aufgeregt, dass sie allmählich etwas überdreht wirken mussten. Als ihr ein Kunde ein Kompliment zum Laden machte, brach Clare in Tränen aus, und Jack fing an zu weinen, als Clare ihm einen Becher Tee zubereitete. Sie lachten beide manisch über alles, was auch nur im Entferntesten einem Witz ähnelte.

Ihre Gespräche arteten oft in Diskussionen darüber aus, welche Speisen angeboten werden sollten und wie viel sie für Getränke ausgeben konnten. Ob es bei der Veranstaltung einen Interviewteil geben und wer ihn gegebenenfalls moderieren sollte. Wie viele Bücher sie bestellen mussten und ob sie davon ausgehen konnten, dass die Teilnehmer ihre eigenen Exemplare mitbrachten.

Clare und Jack waren so beschäftigt, dass sie es kaum registrierten, als Ben und Lina abreisten. Einerseits war Clare traurig, dass die beiden an dem großen Abend nicht dabei sein würden, doch andererseits war es ihr so lieber. Das hier war etwas Besonderes. Etwas Persönliches. Der Abend gehörte ihr und Jack. So unterhaltsam es auch gewesen wäre, Lina und Ben dabeizuhaben, keiner von beiden hätte es wirklich verstanden.

Es war Clare ganz recht, dass sie bei all der Arbeit und den vielen kleinen Entscheidungen überhaupt nicht dazu kam, über die eine wirklich wichtige Entscheidung nachzudenken.

Sie hatte sich eingestanden, dass sie sich in Jack verliebt hatte, aber sie wusste nicht, ob sie bereit war, auf dieses Gefühl zu reagieren. Ob sie ihm davon erzählen wollte.

Natürlich war es immer beängstigend, Gefühle für jemanden zu haben und nicht zu wissen, ob diese Gefühle erwidert wurden. Sicher, sie wusste, dass Jack *etwas* für sie empfand: Sie war nicht die Einzige, die plötzlich errötete, wenn sie sich zu lange ansahen, und sie war nicht die Einzige, die bei jeder zufälligen Berührung für einen Moment verstummte. Und da war dieser Kuss …

Doch das alles könnte auch rein körperlicher Natur sein. Pures Verlangen. Oder einfach nur Neugier, weil man so lange und so eng mit jemandem zusammengewohnt und -gearbeitet hatte und wusste, dass etwas … passieren könnte. Und, Gott, sie wollte, dass etwas passierte. Es überraschte sie selbst, wie oft sie daran dachte.

Aber inzwischen wusste sie auch, dass es für sie nichts rein Körperliches war. Es war nicht nur Verlangen oder Neugierde. Durch Jack fühlte sie sich leichter und glücklicher, als sie es seit Langem gewesen war. Mit ihm war das Leben aufregend, und sie fühlte sich wohl.

Sosehr sie sich auch wünschte, ihm die Kleider vom Leib zu reißen – sollte sie herausfinden, dass es von seiner Seite nicht mehr als eine rein körperliche Geschichte war, wäre sie am Boden zerstört.

Und sollte sie am Boden zerstört werden, durfte das erst nach dem Simone-Adair-Abend geschehen.

\*

Clare war optimistisch gewesen, was ihren nächsten Buchclub anging, aber zunächst sah es so aus, als ob sie noch weniger als beim ersten Mal wären. Um fünf nach waren nur Joyo, Siti und Valarie da.

»Lauren und Max kommen bestimmt auch bald«, sagte Joyo. »Max und ich haben erst gestern über das Buch gesprochen, und er hat fest zugesagt, dass sie kommen.«

Alle sahen ihn fragend an.

»Ah ja, er und Lauren waren gestern so freundlich, bei mir babyzusitten«, erzählte er. »Ich bin seit Kurzem der Vormund meiner Enkelin, und ich fürchte, ich muss mich noch besser auf die Situation einstellen.«

Clare ging das Herz über. Das war also Bethany. Es interessierte sie, wie Joyo dazu gekommen war, die Vormundschaft für sie zu übernehmen, hatte aber das Gefühl, das nicht fragen zu können.

Er hatte recht, was Lauren und Max anbetraf: Sie kamen zwei Minuten später, und kurz darauf folgten drei weitere Personen, die Clare nicht kannte.

Die Diskussion war lebhafter als beim letzten Mal. Clare stellte nicht ohne Stolz fest, dass die Leute sich wohlfühlten. Gegen Ende der Stunde brachte sie einen Toast aus.

»Auf Lauren und Max, die während ihres Urlaubs Zeit für uns gefunden haben. Wir werden sie vermissen.«

»Also«, sagte Lauren und richtete mit leicht geröteten Wangen den Blick auf den Boden, »vielleicht kommen wir bald wieder. Max und mir gefällt es hier«, erklärte sie, sah dabei jedoch Joyo an. »Vielleicht werden wir hier regelmäßig Urlaub machen.«

»Widerlich«, sagte Max und rollte mit den Augen, aber es lag Wärme in seiner Stimme, und seine Mutter lachte nur.

Offenbar hatte sie Vertrauen zu Claire gefasst und war in Plauderlaune, als sie am Ende der Sitzung zusammen die Stühle wegräumten.

»Ehrlich gesagt habe ich überhaupt nicht erwartet, jemanden wie ihn zu treffen«, gestand sie. »Ich glaube, er hat noch viel zu verarbeiten. Seine Tochter ist gestorben, und er hatte sie seit Jahren nicht mehr gesehen. Sie ist mit achtzehn abgehauen, hat in den USA studiert und ist nie wieder nach Hause gekommen. Sie hat jung geheiratet, dann hatten sie und ihr Mann einen Autounfall. Beide starben. Joyo wusste nicht einmal, dass sie eine Tochter hatte.«

»Wow«, sagte Clare, die sich nicht sicher war, ob sie all diese vertraulichen Dinge aus zweiter Hand erfahren sollte. »Das ist heftig.«

»Ich glaube, er fühlt sich schuldig«, fuhr Lauren fort. »Als seine Tochter klein war, hat er immer gearbeitet. Er ist überzeugt, dass er ein schlechter Vater war. Aber sie hat ihn in ihrem Testament als Bethanys Vormund bestimmt. Na ja, und jetzt holt er nach, was er damals versäumt hat. Er stellt Manager ein, damit er nicht mehr so viel arbeiten muss, und ich könnte mir vorstellen, dass er sogar vorzeitig in Rente geht.«

Clare hatte müde Augen, als Jack und sie den Laden abschlossen.

»Siehst du, das ist es, was ich wollte«, sagte sie.

»Ein Buchclub, der gleichzeitig eine Partnervermittlung ist«, stellte er fest.

»Nein – also gut – doch! Ein Ort, an dem sich Menschen begegnen und kennenlernen können. Ein Ort, der etwas Schönes im Leben der Menschen sein kann.« Plötzlich war es ihr peinlich, wie ernst sie war. »Oder was auch immer«, schob sie deshalb schnell hinterher.

Jack lachte. »Ja, du solltest stolz sein. Du hast diesen Ort wirklich zu etwas Besonderem gemacht.«

Ein warmes Gefühl breitete sich in Clares Brust aus. Strahlend sah sie zu Jack hoch, und als er lächelte, verstärkte sich das warme Gefühl.

# 23. Kapitel

Und dann, ganz plötzlich, kam der Tag der Veranstaltung mit Simone. Mit zitterigen Fingern schloss Clare morgens den Laden auf, während Jack hinter ihr unruhig von einem Fuß auf den anderen trat.

Schweigend erledigten sie ihre übliche Morgenroutine und standen dann mit hängenden Armen in dem noch leeren Laden. Etwas ratlos sahen sie sich an.

»Was machen wir jetzt?«, fragte Clare.

»Wir arbeiten ganz normal, oder? Wir können ja schlecht bis sechs Uhr warten.«

Sie hatten bereits dafür gesorgt, dass der Laden sich von seiner besten Seite zeigte. Im Schaufenster gab es keine Bücher, sondern nur ein großes Schild, das auf die Veranstaltung hinwies. Auf den beiden Tischen im vorderen Bereich lagen Bücher von Simone Adair, und die Galerie sah unglaublich aus. Clare zählte es zu ihren größten Triumphen, dass sie Jack überredet hatte, Buana große Spaliere an die Decke montieren zu lassen, die sie mit Farnen und Lichterketten geschmückt hatte.

Die Bücherregale, die sie im Obergeschoss aufgestellt hatten, waren voll mit Simones Büchern und anderen, von denen sie glaubten, dass ihre Fans sie mögen könnten – darunter Werke von Octavia Butler, N. K. Jemisin und Terry Pratchett.

Auf einem großen Tisch an der Seite standen bereits Gläser bereit, und ein zweiter war für die Häppchen reserviert, die kurz vor sechs geliefert werden sollten. Auf jedem der neuen Cafétische waren Kerzen aufgestellt, die später entzündet werden konnten, und auf dem perfekten Platz, den Celestina bei ihrer eigenen Lesung so selbstverständlich eingenommen hatte, stand ein kleines Podest mit zwei Mikrofonen für den Abend.

Sie hatten Celestina gebeten, Simone zu interviewen und bei Bedarf Publikumsfragen zu moderieren.

»Ja, meine Engel, aber ich glaube, es wäre klug, wenn wir die Fragen des Publikums auf maximal fünf beschränken, oder?«, schlug sie vor und bestätigte damit wie von selbst, dass sie die perfekte Person für diese Aufgabe war.

Gegen halb drei wandte sich Jack an Clare.

»Findest du auch, dass verdächtig viele Leute im Laden herumstöbern?«, fragte er.

Clare spähte in den Verkaufsraum. Er hatte recht. In den letzten Wochen waren immer mehr Leser gekommen, und das anfängliche Rinnsal an Kunden war zu einem steten Strom angewachsen, doch so voll wie jetzt war es noch nie gewesen.

»Einige von ihnen stöbern nicht«, erwiderte Clare leise. »Sie laufen nur herum.«

Sie beobachteten die Leute eine Weile. Einige gaben sich übertrieben so, als würden sie sich die Bücher in den Regalen ansehen, andere standen nur herum und unterhielten sich, und ein Paar saß sogar auf dem Boden und lehnte sich dabei an das Regal mit den *Krimis (spannend)*.

»Sollen wir sie einfach hier abhängen lassen?«, fragte Jack. »Den ganzen Nachmittag?«

Clare wollte gerade antworten, als die Tür aufging und drei weitere Personen hereinkamen, von denen eine ein T-Shirt *von Persephones Bogen* trug. Sie entdeckten die Leute auf dem Boden, winkten ihnen zu und gingen zu ihnen hinüber.

»Ich glaube nicht, dass wir das Blatt noch wenden können«, sagte Clare. »Ist es zu spät, eine Arrestzelle zu bauen?«

Jack lachte leise. »Das ist alles deine Schuld, weißt du? Du bist diejenige, die uns das eingebrockt hat.«

»Oh nein«, widersprach Clare. »Wäre ich ganz allein gewesen, hätte ich den Laden bereits im ersten Monat ruiniert. Ich hätte das Budget maßlos überschritten und mit Geld um mich geworfen, das es gar nicht gab.«

»Das ist nicht dasselbe. Dir gelingt etwas Besonderes. Mir würde nicht die Hälfte davon einfallen. Ein Budget einhalten – das kann jeder.«

»Jeder außer mir«, erwiderte Clare mit einem schiefen Lächeln.

»Hör auf damit«, forderte Jack. »Halt einfach einen Moment inne, und sei stolz auf dich. Du bist eine Wucht, Clare, und das solltest du erkennen. Jeder um dich herum weiß das.«

Clare schwieg eine Weile.

»Danke«, sagte sie dann schließlich. »Ich habe mir nie zugetraut, etwas zu bewegen. Ich dachte, ich sei flatterhaft und unzuverlässig – und dass sich meine Mutter deshalb solche Sorgen um mich macht. Aber vielleicht hat sie mich besser erkannt als ich selbst. Vielleicht wusste sie einfach, dass ich etwas zustande bringen kann, wenn ich es wirklich will.«

Jack blickte mit einem schiefen Lächeln zu ihr hinunter. Seine Augen waren warm und braun und so tief, dass Clare sich vorstellen konnte, in ihnen zu versinken.

»Clare«, sagte er mit sanfter Stimme und sah sie nachdenklich an. Clare spürte, wie sie sich zu ihm neigte und ihre Haut heiß wurde. »Ich wollte …«

»Meine Lieben«, wurde er von Celestinas Stimme unterbrochen. »Wir sind auf dem Weg zu einem frühen Abendessen oder vielleicht einem späten Mittagessen. Mit Simone. Man braucht ja eine Grundlage, und warum solche Veranstaltungen immer gerade dann stattfinden müssen, wenn man eigentlich essen möchte, habe ich nie verstanden. Ihr habt sicher bemerkt, dass meine eigene Lesung zu einer viel vernünftigeren Zeit begonnen hat.«

Jack und Clare sahen sich an und grinsten, als sie sich daran erinnerten, wie lange sie auf Celestinas Erscheinen gewartet hatten.

»Ich dachte, wir kommen mal vorbei, um zu sehen, ob wir euch heute Abend bei irgendetwas unterstützen können«, fuhr sie fort. »Und wenn ich ein paar Anrufe tätigen soll, damit mehr Leute kommen, braucht ihr es nur zu sagen.«

»Danke, Celestina, aber ich glaube, wir kommen schon zurecht«, meinte Clare. »Viele der Leute hier warten schon.«

Celestina sah sich um und wirkte überrascht, so als ob sie jetzt erst bemerkte, wie viele Menschen im Laden waren.

»Sie warten jetzt schon? Aber es geht doch erst in drei

Stunden los.« Sie sah Clare und Jack mit hochgezogener Augenbraue an. »Meine Güte, ein echter Coup.«

Während ihres Gesprächs war Adam langsam durch den Laden gegangen. Clare beobachtete ihn, und ihr klopfte das Herz bis zum Hals. Jack und sie hatten das Memo weder ihm noch Celestina gegenüber erwähnt. Auch wenn sie es nur zufällig entdeckt hatten, sollten die beiden nicht denken, sie würden herumschnüffeln.

Außerdem konnte Clare nicht versprechen, dass ihre Bemühungen fruchteten – dass sie ausreichten, um den Laden wieder auf die Beine zu bringen –, und sie wollte sie nicht enttäuschen. Vielleicht hatte sie auch Angst, aus Adams Mund zu hören, dass er verkaufen wollte.

»Ihr beide habt wirklich wunderbare Arbeit geleistet«, sagte er. »Aber es beunruhigt mich, wie viel Aufwand das gewesen sein muss. Ihr könnt nicht viel Zeit gehabt haben, euch zu erholen.«

»Es war uns ein Vergnügen«, versicherte Jack. »Ehrlich, es hat uns Spaß gemacht.«

»Das stimmt«, bestätigte Clare. Plötzlich kam ihr ein Gedanke. »Kann ich ein Foto von dir machen? Vor unserer Instagram-Wand? Wir sollten ein Foto von dir posten. Schließlich bist du der Besitzer.«

»Ach, ich weiß nicht«, sagte Adam zögernd. »Mich will doch keiner sehen.«

»Unsinn«, widersprach Celestina. »Wir machen eins zusammen, Liebling. Ich habe gehört, dass wir uns unsere Lieblingsbücher aussuchen sollen?«

Sie trieb Adam die Treppe hinauf, und Clare machte ein

Foto von den beiden, Celestina mit erhobenem Arm und zurückgeworfenem Kopf, wie eine Filmikone, Adam mit den Händen in den Hosentaschen und funkelnden Augen.

Clare postete das Foto mit der Bildunterschrift: *Unsere wunderbaren Gründer, unsere grandiosen Gastgeber, unser Adam, unsere Celestina.*

*

Es kamen immer mehr frühe Fans durch die Tür, und Clare machte sich langsam Sorgen, dass nicht alle Platz finden würden.

Als das Essen geliefert wurde, war der Laden so voll, dass sie die Tabletts hoch über ihre Köpfe heben mussten, während sie sich einen Weg durch die Menge bahnten und sie auf den Tisch im ersten Stock brachten. Der Anblick sorgte für einige Unruhe in der Menge, und die Leute blickten immer häufiger zur Tür.

»Mein Gott, ich hoffe, sie ist darauf vorbereitet«, sagte Clare zu Jack.

Mit einem Mal wurde es still im Laden, Celestina war in der Tür erschienen. Sie schenkte der versammelten Menge ein anmutiges Lächeln und trat dann schwungvoll zur Seite, um Simone eintreten zu lassen. Die Autorin trug ein einfaches schwarzes Etuikleid, das mit Silber durchwirkt war, und der rot-silberne Bob war kunstvoll zerzaust.

Alle hielten den Atem an, irgendwo im Hintergrund ertönte ein Schluchzen, dann brach die Menge in Beifall aus.

Simone wirkte völlig perplex, und ihr Blick irrlichterte durch den Raum.

Clare ging auf sie zu.

»Geht es Ihnen gut?«, fragte sie.

Simone blickte blinzelnd auf die Menge. »Die können doch nicht alle meinetwegen hier sein.«

»Doch, die sind alle Ihretwegen hier«, erklärte Clare.

»Wow«, sagte Simone leise.

»Kommen Sie.« Clare führte Simone die Treppe hinauf, Celestina und Adam folgten ihnen. Sie erreichte das Podium und nahm überraschend nervös eines der Mikrofone in die Hand.

Die Galerie war voller Menschen, ebenso die geschwungene Treppe und der Laden. Alle reckten die Hälse, um Simone besser sehen zu können, und warteten in angespannter Stille. Clare nahm sich einen Moment Zeit und ließ den Blick über die versammelte Menge schweifen. Wenn ihr Vater sie doch nur hier oben sehen könnte. Was würde er wohl von dem halten, was sie getan hatte?

Sie spürte, wie sie von ihren Gefühlen übermannt wurde, schluckte hart und wandte sich dann an das Publikum.

»Hallo, alle zusammen. Vielen Dank, dass Sie heute Abend gekommen sind. Ich bin Clare, ich arbeite hier bei Seashore Books. Zusammen mit Jack, der unten an der Kasse steht, falls jemand ein Buch kaufen möchte. Ich habe diese Veranstaltung mit Simone Adair organisiert.«

Jemand johlte, und Clare holte unsicher Luft.

»Wir wissen, dass dieses Treffen für viele von Ihnen eine lange Tradition hat, und wir hoffen, es kommt Ihnen nicht so vor, als würden wir uns in etwas einmischen, was Ihnen allen seit Langem am Herzen liegt«, fuhr sie dann fort.

»Aber wir lieben Simone, und wir wollten sie zusammen mit Ihnen feiern. Ich möchte mich jetzt schon bei Adam bedanken, dem Besitzer des Ladens, und bei seiner Frau Celestina, die die Veranstaltung heute Abend moderieren wird. Doch jetzt Schluss mit meinem Geschwätz. Es ist mir eine große Freude, Ihnen die geniale Simone Adair vorzustellen.«

Sie machte eine einladende Geste, und Simone trat unter tosendem Beifall auf das Podium. Clare sah mindestens drei Leute, denen Tränen über das Gesicht liefen, und spürte, wie ihr daraufhin ebenfalls die Tränen kamen.

»Oh, mein Gott«, sagte Simone, nachdem sie das Mikrofon genommen hatte. »Das ist überwältigend. Ich frage mich, Clare, ob ich Sie um ein Glas Wein bitten dürfte?«

»Kommt sofort«, meldete sich eine Stimme aus dem hinteren Bereich bei den Tischen.

Ein randvolles Glas schwebte durch die Menge und wurde von einem zum anderen weitergegeben, bis es bei Clare ankam, die es Simone reichte. Sie nahm einen großen Schluck.

»Ich habe so etwas schon lange nicht mehr gemacht«, fuhr sie dann fort. »Ich hoffe, ich weiß noch, wie es geht.«

Ein lautes Lachen ertönte.

»Ich dachte, ich lese Ihnen etwas vor, das Sie vielleicht kennen«, erklärte sie. »Und dann wird meine wunderbare Freundin Celestina mir ein paar Fragen stellen. Wenn Sie sich gut benehmen, lässt sie Sie vielleicht auch ein paar stellen. Und wenn es Ihnen recht ist, möchte ich Ihnen danach etwas vorlesen, was Sie noch nicht kennen.«

Clare blickte über das Geländer zu Jack, der an der Kasse stand. Ihre Blicke trafen sich, und er griff sich dramatisch an die Brust. Sie lachte und drehte sich wieder zu Simone um, die ein extrem zerlesenes Exemplar von *Wind über Dofida* herausgeholt hatte. Sie las das Ende des ersten Teils vor, eine wunderschöne Szene, in der ein junges Paar auf ein Schiff geht, das die beiden für immer von all ihren Lieben fortbringt. Es war eine Szene voller Traurigkeit, aber auch voller Hoffnung und Vorfreude. Sie erzählte von den Chancen, die daraus erwuchsen, wenn man sich für einen Weg entschied, aber auch von dem Kummer darüber, dass man damit alle anderen Möglichkeiten ausschloss.

Als Simone das Ende der Passage erreichte, war kein Auge mehr trocken. Celestina wartete einen Moment, bevor sie zu ihr auf das Podium trat und das zweite Mikrofon nahm.

»Also, meine erste Frage lautet:« – sie wischte sich kurz über die Augen – »Wie kannst du es wagen?«

Während Celestina und Simone in die Mikrofone sprachen, spürte Clare, wie jemand ihre Hand nahm. Sie drehte sich um und sah Jack, dessen Augen leuchteten. Sie lächelte ihn an und drückte seine Hand noch etwas fester.

Celestina und Simone fesselten das Publikum. Sie führten eigentlich kein Interview, sondern erzählten vielmehr eine Reihe von unglaublichen Anekdoten aus der literarischen Welt der 90er-Jahre. Simone schien alle gekannt zu haben und scheute sich nicht, Geschichten zum Besten zu geben, die alle in einem möglichst peinlichen Licht zeigten, sie selbst eingeschlossen.

Clare hätte den beiden noch stundenlang zuhören können, aber schließlich trat Celestina vom Podest herunter, und Simone wandte sich wieder der Menge zu.

»Ich habe heute Neuigkeiten erfahren«, sagte sie. »Neuigkeiten, mit denen ich nicht mehr gerechnet habe und von denen ich auch nicht gedacht hätte, dass ich sie noch einmal hören möchte. Aber nun gut, ich hatte noch nie einen sonderlich guten Draht zu mir. Jetzt weiß ich, dass mindestens eine Person in diesem Raum«, sie blickte zu Jack, der nach Luft schnappte und Clares Hand in seine beiden nahm, »sich freuen wird, wenn sie erfährt, dass im Herbst nächsten Jahres mein neues Buch *Was wir waren, als wir lebten* weltweit veröffentlicht wird.«

Erst wurde es ganz still, dann ertönte tosender Beifall, doch in dem Applaus der Leute schwang Unglauben mit. Hunderte Sätze wurden angefangen und nicht zu Ende geführt. Es herrschte eine unaussprechliche Freude. Clare drehte sich zu Jack um, dessen Mund sich öffnete und wieder schloss und der ihren Arm festhielt, als würde er sie nie wieder loslassen wollen.

Simone räusperte sich leise, und im Raum wurde es wieder still. Sie sah grinsend zu Clare.

»Hat er es gut verkraftet?«, fragte sie.

Clare zuckte mit den Schultern, und ein Lachen ging durch die Menge.

»Wenn es Ihnen recht ist«, sagte Simone, »möchte ich Ihnen gern das erste Kapitel dieses Buches vorlesen.«

*

Clare hatte noch nie eine solche Stille erlebt wie in dem Moment, als alle Simone zum zweiten Mal zuhörten. Sie beugten sich gespannt zu ihr vor, als ob sie versuchten, die Worte aus der Luft zu saugen. Clare hätte schwören können, dass sich bei einigen Leuten ganz von allein die Ohren bewegten und Simone zuneigten.

Als die Autorin fertig war, stellte Clare fest, dass sie selbst überhaupt nicht zugehört hatte: Sie war zu sehr damit beschäftigt gewesen, anderen Leuten beim Zuhören zuzusehen. Wieder blickte sie zu Jack. Sein Kopf war gesenkt, und er wischte sich mit dem Handrücken über die Augen.

»Okay«, sagte Simone, »ich glaube, hier oben ist ein Tisch für mich. Wenn Sie versprechen, mir keine Fragen mehr zu stellen, signiere ich gern ein paar Bücher.«

# 24. Kapitel

Nachdem Simone sicher an einem Tisch platziert war, wand sich die Schlange aus Fans erst durch den Laden und löste sich dann in einem Durcheinander auf.

Clare entdeckte Adam, der lächelnd mit einem Glas Wein in einer Ecke an der Wand lehnte.

»Ah«, sagte er, als sie auf ihn zukam, »du kannst stolz sein. Es ist alles sehr gut gelaufen. Solche Veranstaltungen können manchmal langweilig sein. Autoren sind nicht immer die unterhaltsamsten Menschen.«

»Oh, das lag nur an Simone«, sagte Clare, »und an Celestina. Sie ist eine tolle Moderatorin.«

»O ja, sie kann Leute wunderbar aus der Reserve locken.« Er schenkte ihr ein trauriges Lächeln. »Früher war es oft so. Es ist schön, das noch einmal zu erleben. Ein letztes Mal.«

Clare spürte, wie sich ihre Kehle zuschnürte. »Aber warum muss es das letzte Mal sein? Du musst das nicht durchziehen.«

Adam starrte sie an.

»Jack und ich haben das Memo gefunden«, gab sie zu.

»Über den Verkauf des Ladens.«

»Ah. Ich wusste nicht, dass ich eine Kopie im Laden gelassen habe. Das war nachlässig von mir.«

»Darum haben wir so hart gearbeitet. Na schön, das ist nicht der einzige Grund. Wir hatten bereits vorher versucht, das Ruder herumzureißen, aber das Memo hat uns noch mehr angespornt. Wir wollten, dass der Laden wieder Geld einbringt. So viel, dass du ihn behalten kannst.«

»Ah.« Adam lachte schwach. »In deinem Alter wäre ich vielleicht genauso optimistisch gewesen.«

Clare runzelte die Stirn. Glaubte er nicht, dass sie es schaffen konnten? Meinte er, dass all die Arbeit, die sie geleistet hatten, nicht ausreichte?

Einen Moment betrachtete Adam sie schweigend.

»Es braucht mehr als nur ein paar Monate gute Geschäfte, um den Laden zu retten«, sagte er dann sanft.

»Aber wir könnten mehr Zeit investieren. Dieser Laden ist etwas Besonderes. Wir dürfen ihn nicht einfach sterben lassen.« Mit einem Mal hatte sie einen Kloß im Hals.

»Nun, nichts ist für die Ewigkeit. Die Menschen kommen an Orte wie diesen und verleihen ihm für eine Weile etwas Magisches, aber sie bleiben nicht. Das können sie nicht. Ihr Leben findet woanders statt.«

»Aber der Laden ist trotzdem wichtig für sie«, argumentierte Clare. »Und immer noch magisch.«

»Ich weiß nicht. Früher habe ich das für möglich gehalten.«

»Aber das ist es doch auch«, erklärte Clare mit Nachdruck. »Weißt du nicht, wie viel der Laden den Menschen bedeutet?«

Sie holte ihr Handy heraus, rief Instagram auf und tippte auf das Foto von Adam und Celestina vom Nachmittag.

»Sieh dir diese Kommentare an«, forderte sie ihn auf.

*Dies war einer meiner Lieblingsorte, als ich auf Bali gelebt habe*, hieß es in einem Kommentar. *Ich muss bald zurück-kehren und ihn wieder besuchen. Ich bin so froh, dass es ihn noch gibt.*

Ein anderer sagte: *OMG, ich habe vor ungefähr zehn Jah-ren eine kurze Zeit dort gearbeitet. Es war wundervoll und der Eigentümer der Allerbeste – es hat sich wie ein richtiges Zuhause angefühlt.*

Ein anderer: *Mit 23 bin ich nach einer schwierigen Tren-nung nach Bali gereist, und dieser Laden war ein echter Trost für mich. Ein unvergesslicher Ort.*

Clare sah zu Adam auf, er hatte eine Träne im Auge.

»Solche Kommentare gibt es haufenweise«, sagte sie. »Menschen, die seit Jahren nicht mehr hier waren, erinnern sich noch an den Laden – daran, wie er war und was er ihnen bedeutet hat. Sie erinnern sich an *dich*. Er ist nicht vergänglich. Er ist ein Teil von ihnen geworden. Von ihnen allen.«

Sie hielt einen Moment inne und versuchte, ihre Gefühle in Worte zu fassen.

»Es ist ein solches Geschenk. Es ist so großzügig, den Menschen einen Ort wie diesen anzubieten, der ihnen im Gedächtnis bleibt, auch wenn sie weiterziehen. Auch wenn man weiß, dass sie nicht so daran festhalten können wie man selbst. Und hin und wieder«, fuhr sie fort, »gibt es jemanden, der genauso daran festhält. So wie ich.«

»Ach, Clare.«

»Die Arbeit hier hat mich gerettet, glaube ich«, fuhr Clare fort. »Ich war verloren. Nach dem Tod meines Vaters habe ich den Bezug zur Welt verloren. Ich hatte vergessen, was ich vom Leben will – und was ich ihm geben kann. Dieser Laden hat mich daran erinnert, wer ich bin. Er hat mich wieder aufgebaut. Ich kann dir gar nicht sagen, wie dankbar ich dir bin. Was du mir und so vielen Menschen gegeben hast, ist so unglaublich wertvoll.«

Adam ließ sich einen Moment Zeit.

»Also, meine Liebe«, sagte er, »wie reizend von dir. Aber ich fürchte, ich habe nicht mehr so viel Energie wie früher. Ich fürchte, ich …«

Er brach ab und richtete den Blick in den Laden. Nach einem Moment sah er wieder zu Clare.

»Danke, dass du mir das gezeigt hast, Clare. Und dass du gesagt hast, na ja … danke. Ich glaube, ich muss für heute Schluss machen, meine Frau suchen und mich für den Abend zurückziehen. Gut gemacht. Bitte richte Jack meine Glückwünsche aus. Ihr beide habt großartige Arbeit geleistet.«

Clare hätte ihn am liebsten mit allen Mitteln aufgehalten, ihn gepackt und ihn erst wieder losgelassen, wenn er versprochen hatte, den Laden nicht zu verkaufen. Aber dann sah sie ihm nur hinterher, wie er zu Celestina ging, die im Kreise neuer, aber begeisterter Verehrer Hof hielt und wild gestikulierend eine dramatische Geschichte erzählte.

Als Adam auf sie zukam, drehte sie sich um, als hätte sie ihn wie durch einen sechsten Sinn gespürt. Sie warf einen Blick in sein Gesicht, verstummte und legte sanft den Kopf zur Seite. Mit einem kleinen Lächeln streichelte sie seine Wange, dann winkte sie ihren neuen Gefolgsleuten zum

Abschied zu, nahm zärtlich seinen Arm und ging mit ihm gelassen die Treppe hinunter und aus dem Laden.

Clares Brust schnürte sich zusammen. Sie unterdrückte ein Schluchzen, drehte sich um und suchte nach Jack. Er stand neben Simone, die mit ihren Fans plauderte und Bücher signierte. Er hörte zu und strahlte über das ganze Gesicht, und Clare spürte, wie der Kloß in ihrem Hals kleiner wurde.

Sie schüttelte den Kopf, als wollte sie die dunklen Gefühle vertreiben, und ging die Treppe hinunter, wo einige Gäste, die keine eigenen Bücher dabeihatten, neue zum Signieren kaufen wollten.

*

Als die letzten Gäste aufbrachen, war Clare etwas erschöpft. Sie hätte nie gedacht, dass es so gut laufen würde.

Der Laden sah wunderschön aus, und Simone hatte anscheinend einen wunderbaren Abend gehabt. Mehrere Fans hatten Clare mit Tränen in den Augen für die Organisation der Veranstaltung gedankt, bei der sie tatsächlich ihre Heldin hatten treffen können.

Lächelnd betrachtete sie das Chaos – überall standen schmutzige Gläser, und auf dem Boden waren Krümel verstreut. Jack kam ebenfalls lächelnd auf sie zu und reichte ihr stumm einen Besen.

Eine Weile arbeiteten sie zufrieden in aller Stille, tranken hin und wieder einen Schluck aus einer halb leeren Weinflasche, sammelten Gläser ein, um sie zum Spülen zu bringen, wischten Oberflächen ab und stellten Bücher in die

Regale. Von Zeit zu Zeit warfen sie sich einen Blick zu, und ihr Lächeln wurde breiter.

Schließlich war alles aufgeräumt, und sie standen am Geländer und betrachteten ihren Laden.

»Das haben wir ziemlich gut gemacht, oder?«, fragte Jack.

»Ich glaube schon. Ich glaube, das haben wir richtig gut gemacht.« Sie seufzte glücklich. »Ich bin so froh, dass ich mich in dir getäuscht habe.«

»Oh.« Jack brach in schallendes Gelächter aus. »Ach, hast du das?«

»Ja. Und es tut mir leid.« Sie blickte zu ihm hoch, lachte reumütig und lehnte sich an das Geländer, um in den Laden zu sehen. »Ich dachte, du wärst eine seelenlose Heuschrecke«, gestand sie. »Dass du diesen Ort nur benutzt, um zu lernen, wie man die Geschäfte anderer Leute zerlegt. Wie man den Unternehmensgewinn maximiert. Ich war so erleichtert, als ich gehört habe, für welches Unternehmen du arbeiten wirst. Ich war so froh, dass ich mich geirrt habe.«

Jack antwortete nicht, und Clare sah nicht zu ihm hoch.

»Aber ich hatte nicht mit allem unrecht«, fuhr sie fort. »Ich habe gemerkt, dass dir dieser Ort am Herzen liegt und dass du dein Bestes gibst, um ihm zu helfen. Um mir zu helfen. Und das war für eine ganze Weile ziemlich verwirrend. Ich wusste nicht, wie beide Versionen von dir zusammenpassen. Aber das tun sie auch nicht. Nur die gute Version ist real.«

Plötzlich bemerkte sie, dass Jack ganz still geworden war. Sie richtete sich auf und sah ihn an. Sein Gesicht hatte einen harten Ausdruck angenommen.

»Wow«, sagte er. »Da hast du mir ja so einiges unterstellt.«

»N…nein«, erwiderte Clare. »Nicht d…«

»Doch, doch. Weißt du, warum ich den Job bei der Non-Profit-Organisation angenommen habe? Weil sie ihn mir angeboten haben. Es war nicht die einzige Stelle, auf die ich mich beworben habe, Clare. Und wenn ich sie nicht bekommen hätte, hätte ich eine andere Stelle angenommen. Ja, bei einem Unternehmen. Genau wie mein Bruder. Hältst du ihn für eine Heuschrecke?«

»Aber du bist kein …«

»Weißt du, was Ben macht? Weißt du, was sein Job ist?«

»Ich …«

»Das weißt du nicht, weil du ihn nicht gefragt hast. Du hast geglaubt, es bereits zu wissen.«

Clare sagte kein Wort. In ihren Augen brannten Tränen, und ihr Magen schien sich vor Scham zusammenzuziehen.

»Er prüft Verträge, die zwischen Unternehmen abgeschlossen werden, um sicherzustellen, dass niemand ausgebeutet wird. Er sucht nach versteckten Klauseln, prüft, ob die Ablösesummen angemessen sind, stellt sicher, dass die Verkäufer tatsächlich verkaufen wollen, und sorgt dafür, dass sie das bestmögliche Angebot erhalten.«

»Jack, ich …«

»Und wusstest du, dass er diesen Job einer Position bei einer Non-Profit-Organisation vorgezogen hat? Diese Organisation hat nämlich behauptet, sich für die Schaffung von Wohnraum in benachteiligten Gemeinden einzusetzen, hinter den Kulissen aber Lobbyarbeit für weniger Bauvorschriften betrieben.«

»Ich … Das wusste ich nicht.«

»Nein, das wusstest du nicht«, bestätigte Jack. »Du hast nur alles Mögliche angenommen.«

Kopfschüttelnd ging er die Treppe hinunter.

Clare schnürte es die Kehle zu, aber da war noch etwas anderes. Verzweiflung, nein – Empörung.

»Warte«, stieß sie hervor und folgte Jack. »Ich habe mir das nicht alles nur ausgedacht. Du hast es gesagt. Du hast gesagt, dass du das studiert hast, dass du in Unternehmen gearbeitet hast, die Geschäfte wie dieses übernommen haben. Das hast du mir doch erzählt.«

»Und das hat mich zum Bösewicht gemacht?«, entgegnete Jack und ging zur Tür. »Weil für dich alles so klar ist, so einfach. Für dich ist es wichtiger, dass etwas besonders ist, als dass es praktisch ist. Profit zu machen ist etwas für Trottel. Wie kann es jemand wagen, einen Job anzunehmen, nur weil er dafür anständig bezahlt wird? Unternehmen schlecht, ergo Jack schlecht. Es ist so viel komplizierter als das, Clare. Du bist so naiv.«

In diesem Moment beschleunigte Clare ihre Schritte, erreichte die Tür vor Jack und schlug ihre Hand dagegen, um ihm den Weg zu versperren.

»Nein, *du* bist naiv«, erwiderte sie. »Vielleicht leistest du gute Arbeit, vielleicht leistet dein Bruder gute Arbeit. Vielleicht wählst du ein Unternehmen, dem die Menschen wichtig sind und das Gutes tun will. Trotzdem geht es immer nur ums Geldverdienen. Und zwar immer mehr davon. Jahr für Jahr muss der Gewinn höher ausfallen als im Vorjahr. Das gehört zum System. Wenn es hart auf hart kommt, ist die Sorge um die Menschen optional, die ums Geld aber nie. Ben mag dafür bezahlt werden, dass er dem kleinen Mann hilft, aber er ist erster Klasse geflogen. Er hat in einer Luxussuite gewohnt. Was glaubst du, was ihm wichtiger ist? Und seiner Firma?«

Clare stieß die Tür auf und stürmte den Weg zur Wohnung hinunter. Sie hörte, wie Jack mit den Schlüsseln herumfummelte und fluchte, als sie ihm herunterfielen, und trotz ihrer Wut empfand sie Zuneigung für ihn. Selbst mitten im Streit achtete er sorgsam darauf, den Laden ordentlich abzuschließen.

Sie betrat die Wohnung und stellte sich in die Mitte des Wohnzimmers. Plötzlich fühlte sie sich ausgelaugt und unendlich traurig.

Sie hörte, wie hinter ihr die Tür aufging.

»Ich weiß, dass er eine Menge Geld verdient«, sagte Jack. »Und er gibt viel davon für sich selbst aus. Das tue ich, ehrlich gesagt, auch – dieses Hemd hat etwa dreihundert Dollar gekostet. Wir könnten mehr spenden, Economy fliegen …«

Clare drehte sich um. »Die Economyclass wünsche ich niemandem. Alle in die Businessclass upgraden. Das sollten wir tun.«

Jack lächelte sparsam. »Ich verstehe, dass das System nicht perfekt ist. Du kannst es von mir aus schlechtmachen, so viel du willst. Aber siehst du nicht, dass alle nur versuchen, irgendwie zu überleben? Dass sie ihr Bestes tun? Auch wenn dieses Beste manchmal ziemlich beschissen ist?«

Clare schüttelte resigniert den Kopf. »Warum ist dir das

so wichtig? Wir sind nur zwei Menschen, die das Schicksal für ein paar Monate zusammengeworfen hat. Und es ist fast vorbei. In zwei Wochen sind wir wieder zu Hause. Vielleicht sehen wir uns nie wieder. Warum ist dir so wichtig, was ich über dich denke?«

Jack starrte sie an. »Clare, weißt du das denn nicht?«

# 25. Kapitel

Einen Moment lang standen sie nur da und sahen sich an. Für Clare fühlte es sich an, als hätte sich die Erde unter ihren Füßen aufgelöst. Es war, als schwebten sie ganz frei im Weltraum. Sie war wie erstarrt und atemlos.

Ohne sich dessen bewusst zu sein, machte sie einen Schritt nach vorn, und die Stille um sie herum zerbrach. Jack überwand den Abstand zwischen ihnen, dann waren seine Lippen auf ihren und seine Hand in ihrem Haar. Clare drängte sich an ihn und zerknitterte sein teures Hemd, um ihm noch näher zu sein, um ihn noch mehr zu fühlen.

Jack öffnete die Knöpfe vorn an ihrem Kleid, und sie streifte es sich von den Schultern. Dann zog sie ihm das Hemd über den Kopf, drückte ihre Haut an seine und ließ ihre Hände über die Muskeln auf seinem Rücken gleiten.

»Jack«, sagte sie zwischen zwei Küssen. »Es tut mir leid, Jack. Ich finde nicht, dass du ein Bösewicht bist.«

»Schon okay«, erwiderte er. »Mir egal.«

Clare rückte ein wenig von ihm ab. »Aber es sollte dir nicht egal sein! Mir ist es nicht egal! Mir ist nicht egal, dass du dachtest, ich halte dich für einen Bösewicht.«

»Okay«, sagte er und legte seine Hände auf ihre Wangen, »es war mir nicht egal. Es ist mir nicht egal, und es wird mir nie egal sein.« Dann küsste er sie erneut und zupfte sanft mit den Zähnen an ihrer Unterlippe. »Aber ist es okay, wenn es mich in diesem Moment nicht sonderlich interessiert?«

Mit der einen Hand packte er ihr Haar, die andere legte er ihr um die Taille. Dann zog er sie an sich, bis sie sich ganz von ihm umschlossen fühlte.

Sie nickte.

»Gut«, knurrte er an ihrem Hals.

Clare stöhnte. Wie hatte sie es nur so lange aushalten können, nicht von ihm berührt zu werden? Es war, als hätte sie all die Wochen darauf gewartet, und irgendwie ging es ihr immer noch nicht schnell genug.

Jack ließ sich rücklings auf die Couch fallen und zog Clare mit sich. Sie legte sich auf ihn und ließ ein Bein auf den Boden sinken. Einen Moment lang lagen sie still und sahen sich in die Augen. Dann hob Jack eine Hand und strich ihr mit einem Finger über die Wange.

Langsam senkte Clare den Kopf, berührte seine Lippen mit ihren und drängte sich behutsam gegen ihn. Sie versuchte, sich nicht mehr nur von ihm küssen zu lassen, denn sie wollte ihn auch selbst küssen. Jack ließ eine Hand zu ihrem Nacken gleiten, zog sie näher zu sich und führte die Hand dann auf ihren Rücken. Clare stöhnte erneut, als er ihr den BH öffnete und von den Schultern streifte.

Sie richtete sich auf, um das unnötig gewordene Kleidungsstück fallen zu lassen, dann öffnete sie Jacks Gürtel und verlagerte das Gewicht auf ihr Bein. Als sie aufstand, stöhnte er auf und griff nach ihrer Hand, um sie zu sich herunterzuziehen.

»Ich bin gleich wieder da«, flüsterte sie und küsste seine Handfläche, dann verschwand sie in ihrem Zimmer, um ein Kondom zu holen.

Als sie ins Wohnzimmer zurückkam, hatte Jack die Hände hinter dem Kopf verschränkt und hob ihn an, um nach ihr zu sehen.

»Was ist?«, fragte sie.

»Nichts«, sagte Jack. »Ich bewundere nur die Aussicht.«

»Oh.« Clare trat vor die Couch. »Tja, ich auch«, erwiderte sie und blickte zu ihm hinunter.

Jack grinste, nahm ihre Hand, setzte sich auf und zog sie auf seinen Schoß. Sie schlang ein Bein um seine Taille, griff ihm ins Haar und küsste ihn gierig.

Als Jack mit einer Hand über ihre Seite strich, jagten ihr Schauer über den Körper; und als er schließlich ihre Mitte berührte, ertrug sie die Spannung nicht länger: Sie drückte ihn nach unten und kniete sich hin, um ihn in sich aufzunehmen. So mit ihm verbunden fragte sie sich verwundert, warum sie so lange gebraucht hatten, um an diesen Punkt zu gelangen.

Sie hatte immer noch Angst, denn was zwischen ihnen war, hatte die Macht, sie zu zerstören, aber sie wusste auch, dass sie es nicht länger unterdrücken konnte. Sie zog Jack so nah an sich, wie sie konnte, und als er sich aufrichtete und sie in einen gemeinsamen Rhythmus fanden, wusste sie, dass es das wert war – was auch immer geschehen würde.

*

Eng umschlungen schliefen sie schließlich auf dem Sofa ein. Aber Sofas sind nicht dafür gemacht, dass zwei Menschen darauf schlafen, und irgendwann mitten in der Nacht wurde Clare davon wach, dass Jack mit einem Rumms auf dem Boden landete.

Sie lehnte sich über den Rand und blinzelte zu ihm hinunter.

»Alles okay?«

»Au«, sagte er schmollend.

»Oh nein.« Clare beugte sich hinunter und küsste ihn auf die Nasenspitze.

Als sie sich zurückzog, folgte er ihr und presste seine Lippen auf ihre. Er zog sie von der Couch zu sich herunter, und sie rollte sich lachend auf den Rücken.

»Diese Schlafsituation«, sagte er und küsste ihren Mund, ihren Hals und ihr Ohr, »ist unzureichend.«

»Ganz deiner Meinung«, antwortete sie, während sie ihm mit einer Hand den Arm hinaufstrich und sie an seinen Hinterkopf legte. »Da besteht dringender Optimierungsbedarf.«

»Was?« Jack zog seinen Kopf zurück und sah sie an. »Jetzt gleich?«

Sie grinste ihn verrucht an und fuhr ihm mit einem Fuß an der Wade entlang.

»Nicht jetzt, nein«, sagte sie und zog seinen Mund wieder auf ihren.

Er küsste sie voller Leidenschaft und strich mit einer Hand an der Seite ihres Oberschenkels nach oben, über ihre Hüfte, ihre Taille und weiter über ihre Rippen, bis er ihre Brust streifte.

Clare erschauerte, als Jack ihr mit einer Hand den Arm entlangfuhr und ihn über ihren Kopf hob. Er rückte etwas von ihr ab und sah sie an, dann beugte er sich hinunter und küsste sie auf den Mund, die Wange und den Hals. Als er an ihrem Ohrläppchen knabberte, stöhnte sie unwillkürlich auf.

Jack strich mit der Nase über ihren Hals, atmete ihren Duft ein und verteilte Küsse auf ihrem Schlüsselbein, bevor er mit der Zunge ihren Nippel umkreiste. Clare bog sich ihm keuchend entgegen, und Jack ließ eine Hand an ihre Seite wandern, während sein Kopf weiter nach unten glitt.

Dann streiften seine Zähne die Innenseite ihres Schenkels, und sie hatte das Gefühl, auf der Stelle zu explodieren. Und als Jack sie diesmal zum Höhepunkt brachte, war ihr Kopf vollkommen leer.

\*

Einige Zeit später legte Jack sie leise auf der Couch ab, bevor er erst in sein und dann in ihr Zimmer ging und die Matratzen aus ihren Einzelbetten herauszog. Er legte Decken und Kissen darauf, ergriff schläfrig Clares Hand und zog sie zu sich herunter. Dann kuschelte er sich von hinten an sie, legte fest einen Arm um ihre Taille und drückte sie an sich.

»So ist es besser«, murmelte er und strich mit der Nase über ihren Hals. »Das ist viel besser.«

\*

Als Clare am nächsten Morgen aufwachte, schlief Jack noch. Er hatte sich auf den Rücken gerollt und einen Arm über den Kopf gestreckt.

Einen Moment blieb sie neben ihm sitzen und betrachtete ihn. Zwar lächelte sie glücklich, aber sie spürte auch einen Hauch von Melancholie. Mit einem Seufzen biss sie sich auf die Lippe.

Schließlich blinzelte Jack, öffnete langsam die Augen und sah zu ihr hoch.

»Hallo«, sagte er, dann schloss er die Augen wieder, und auf seinem Gesicht erschien ein Lächeln.

»Hallo.« Clare kuschelte sich wieder an ihn, den Kopf auf seiner Brust.

Jack legte den Arm um sie und streichelte sie mit dem Daumen.

»Wir sollten aufstehen«, sagte sie nach ein paar Augenblicken und spürte, wie er unter ihr nickte.

»Wir müssen den Laden aufmachen«, sagte er, und sie nickte ebenfalls.

Einen Moment noch lagen sie still, dann setzten sich beide auf. Kurz sahen sie sich an, dann streckte Clare eine Hand aus und fuhr ihm mit den Fingern über die Brust.

Jack erschauerte und schloss die Augen, dann nahm er ihre Hand und führte sie an seine Lippen. Er küsste ihre Finger, legte die andere Hand an ihre Wange, zog Clare zu sich heran und küsste ihre Lippen.

Als er wieder von ihr abrückte, lächelte er sie zufrieden an, zog sie auf die Beine hoch und schob sie in Richtung Dusche.

*

Im Laden herrschte den ganzen Tag über der inzwischen zur

Normalität gewordene Betrieb, einige Stammkunden, dazu ein paar Touristen, die den Laden auf irgendeiner Buzz-Feed-Liste entdeckt hatten.

Kurz nach dem Mittagessen kam Joyo herein, an der Hand ein kleines Mädchen mit riesigen Augen.

Clare trat nach vorn, um sie zu begrüßen, und ging vor ihr in die Hocke.

»Na, hallo«, sagte sie. »Du musst die legendäre Bethany sein.«

Bethany kicherte schüchtern.

»Sie braucht eine Weile, um sich an neue Leute zu gewöhnen«, bemerkte Joyo. »Das heißt, normalerweise – Max hat sie sofort ins Herz geschlossen.« Er wandte sich an seine Enkelin. »Wie gesagt, du darfst dir zwei Bücher aussuchen.«

»Komm mit«, sagte Clare zu Bethany. »Ich zeige dir, wo die guten stehen.«

Es war sehr offensichtlich, dass Bethany und Joyo einander über alles liebten. Eine halbe Stunde studierten sie die Auswahl an Bilderbüchern und wählten schließlich drei aus.

»Ich bin so inkonsequent«, warf Joyo sich vor. »Ich kann mich einfach nicht an meine eigenen Regeln halten.«

»Also, Bücher kann man nie genug haben«, erwiderte Clare. »Wollen Sie auch eins für sich?«

»Ja, ich habe mich gefragt, ob das Buch für den nächsten Buchclub schon feststeht.«

»Ja, und die Bestellung ist heute Morgen eingetroffen.« Clare holte ein Exemplar für ihn heraus.

»Kann ich bitte drei haben?«

»Klar«, antwortete Clare verwirrt.

»Ich schicke sie an Lauren und Max«, erklärte er. »Die beiden können natürlich nicht am Club teilnehmen, aber ich dachte, wir drei könnten unseren eigenen zusätzlichen Club haben.«

»Das ist schön«, sagte Clare. »Aber ist es nicht teuer, sie mit der Post zu verschicken? Sie könnten die Bücher wahrscheinlich auch zu Hause kaufen.«

Kurz wirkte Joyo etwas niedergeschlagen.

»Nein, ich möchte ihnen gern ein Exemplar zuschicken«, sagte er dann. »Es ist schön, etwas mit der Post zu bekommen, weil es einem jemand geschickt hat, und nicht, weil man es im Internet bestellt hat.«

Clare lächelte. »Da haben Sie recht. Das ist etwas Schönes.«

Clare war davon überzeugt, dass jeder sehen konnte, was zwischen ihr und Jack vor sich ging. Als sie jemandem half und zwischendurch hochsah, starrte Jack sie gerade an und errötete bis zu den Haarwurzeln. Jedes Mal, wenn die Tür zuging, liefen sie aufeinander zu, und jedes Mal kam genau in dem Moment ein neuer Kunde herein. Es wurde zu einem stummen Running Gag. Jedes Mal, wenn der Laden leer war, sahen sie sich in die Augen und begannen zu zählen. Die höchste Zahl, bis zu der Clare zählte, bevor die Tür wieder aufging, war siebenunddreißig.

»Es ist richtig gut«, sagte sie gegen halb vier. Es war eine der ersten Gelegenheiten, miteinander zu reden. »Gut für den Laden.«

»Es ist unsere Schuld«, sagte Jack mit leiser Stimme. »Erinnere dich an all die Tage, an denen wir in einem leeren Laden herumgesessen haben.«

»Und gerechnet haben«, ergänzte Clare.

Jack lachte und wollte ihr gerade übers Haar streichen, als die Tür erneut aufgestoßen wurde. Resigniert ließ er den Kopf auf die Brust sinken, und sie entfernte sich kichernd, um den Kunden zu bedienen – im Gesicht ein Lächeln und im Bauch einen Schmetterlingsschwarm.

*

Doch in dieser Nacht blieb sie noch eine Weile wach, nachdem Jack eingeschlafen war. Sie lag auf der Seite und sah zu, wie er leise und tief atmete.

Es kam ihr alles so perfekt vor, als sollte es so sein. Die Zukunft, die zu Hause auf sie wartete, ihre alte Normalität ... all das kam ihr nicht mehr real vor. Sie hatte immer gewusst, dass es schwer sein würde, zurückzugehen. Das hier war immerhin das Paradies und ihr Aufenthalt eine Schonfrist. Wenn sie nach Hause zurückkehrte, musste sie entscheiden, wie es weitergehen sollte. Sie konnte nicht wieder zu der Zeitarbeitsfirma zurückgehen. Sie musste etwas finden, was ihr etwas bedeutete. Etwas, was ihr das Gefühl gab, etwas beizutragen. Sie wollte etwas aufbauen.

Aber jetzt würde sie das alles mit gebrochenem Herzen tun.

*Nächste Woche*, dachte sie. *Darüber werde ich mir nächste Woche Gedanken machen.*

Jack drehte sich auf die Seite und wandte sich von ihr ab.

Sie kuschelte sich von hinten an ihn und legte eine Hand auf seinen Körper. Leise stöhnend ergriff er ihren Arm und zog ihn um sich. Sie drückte ihr Gesicht an seinen Rücken und atmete seinen Geruch ein.

Dann schlief sie ein.

# 26. Kapitel

Eine Woche nach der Veranstaltung mit Simone luden Adam und Celestina Jack und Clare erneut zum Abendessen in ihr Haus ein.

Clare fand, dass Adam neuerdings wirkte, als fühle er sich etwas leichter und hätte mehr Energie, aber sie wusste nicht, ob das vielleicht nur an ihr lag. Ob durch ihr Glück jeder um sie herum ebenfalls glücklich zu sein schien.

Jack und sie hatten noch immer nicht darüber gesprochen, was sie nach Ablauf der drei Monate tun wollten, oder auch nur darüber, dass es schon sehr bald so weit sein würde. Sie hatten nicht einmal besprochen, ob sie jemandem erzählen wollten, was zwischen ihnen war. Vielleicht fühlte es sich gerade deshalb so kostbar an, weil sie es von ihrem restlichen Leben trennten. Es war geradezu etwas Heiliges.

Ihr Liebesnest auf dem Boden ihrer mikroskopisch kleinen Wohnung kam ihr romantisch vor. Ihr Leben hatte etwas Bohemehaftes. Clare liebte es, sich in den Decken auf dem Boden auszustrecken und Jack dabei zuzusehen, wie er halb nackt in der Küche herumfuhrwerkte und Toast und Kaffee machte. Er brachte ihr den Kaffee und setzte sich neben sie, den Rücken an die Wand gelehnt, während sie aßen, lasen oder zusammen Kreuzworträtsel lösten.

Clare hatte nie gern im Bett gefrühstückt – sie hasste

Krümel auf dem Laken –, aber das hier war irgendwie anders. In ihrem Liebesnest galten die normalen Regeln nicht.

Clare hing mit ihrer ganzen Seele daran. Dort war sie sicher. Außerhalb des Nestes gab es nur Ungewissheit.

Die Buchhandlung schien gut zu laufen, der Laden brummte – aber genügte das? Sie mochten ihn zu etwas Besonderem gemacht haben, aber hatten sie ihn auch gerettet? Auf Simones Veranstaltung hatte Adam zufrieden gewirkt, aber nicht so, als ob er deshalb seine Meinung über den Verkauf ändern würde. Der Gedanke, dass der Laden verschwinden könnte, brach Clare das Herz, also versuchte sie, nicht daran zu denken.

Stattdessen dachte sie darüber nach, was sie als Nächstes tun wollte. Sie war so motiviert wie seit Jahren nicht mehr, denn sie hatte das Gefühl, etwas geben zu können. Sie musste nur das Richtige finden. Unablässig ging sie in ihrem Kopf verschiedene Optionen durch.

Sie liebte es, Bücher zu verkaufen, und könnte versuchen, zu Hause einen Job in einer Buchhandlung zu finden. Aber es war mehr als das: Es hatte ihr gefallen, den Laden zu einem Wohlfühlort zu machen, zu einem Ort, der sich wie ein Zuhause anfühlte. Sie wusste nicht, ob man ihr in einer großen Buchhandelskette so viel Freiraum lassen würde. Aber sie konnte auch nicht einfach ihr eigenes Geschäft eröffnen – dazu fehlte ihr das Geld. Gab es Unternehmen, die Unternehmen dabei halfen, sich zu erneuern?

Ihre Mutter hatte ihr eine Frist gesetzt. Sie musste sich überlegen, wie es weitergehen sollte – das war ihr selbst ein Bedürfnis. Sie wollte nicht wieder für eine Zeitarbeitsfirma arbeiten, und sie wollte nicht noch einen Job machen, der einfach nicht zu ihr passte.

Im Taxi hielt sie Jacks Hand und blickte aus dem Fenster. Es waren vollkommene drei Monate gewesen. Magisch.

Doch die Magie würde bald vergehen, das wusste Clare. Es gab kein Entrinnen. Dieses Abendessen war der Beginn ihres Abschieds. Nächste Woche reisten sie ab, und sie würden schon bald ein schwieriges Gespräch führen müssen. Clare zitterte und drückte Jacks Hand ein wenig fester.

Sie stiegen aus dem Auto aus und gingen durch den Vorgarten. Clare wollte gerade klingeln, als Jack ihren Arm festhielt. Er ging auf sie zu, legte eine Hand an ihren Kopf, atmete ihren Duft ein und küsste sie. Mit geschlossenen Augen lehnte er seine Stirn für einen Moment an ihre.

Schließlich trat er einen Schritt zurück, grinste schief und nickte. Clare trat vor und drückte den Knopf. Als sie die Klingel durch das Haus schallen hörten, ließ sie Jacks Hand los.

*

Celestina öffnete die Tür, ließ sie eintreten und küsste jeden von ihnen auf die Wange.

»Meine Engel«, rief sie, »wie kann es sein, dass die drei Monate schon vorbei sind? Das ist doch kriminell.«

Sie führte sie in das prächtige Speisezimmer, wo Adam sie schon erwartete.

Es war genau wie beim ersten Abendessen, und zugleich war nichts wie damals. Ein Abendessen mit Celestina oder

Adam konnte gar nicht langweilig sein, und die Unterhaltung war so lebhaft wie immer. Clare hatte das Gefühl, nicht drei Monate, sondern ein ganzes Leben dort verbracht zu haben. Diese Menschen und dieser Ort lagen ihr mehr am Herzen, als sie verarbeiten konnte, und während sie mit ihnen lachte und scherzte, litt sie zugleich bei dem Gedanken daran, dass sie das alles zurücklassen musste.

Nach dem Abendessen führte Celestina sie zu einem letzten Getränk auf den Balkon und schlich dann leise zurück ins Haus. Clare fragte sich, warum sie sich nicht zu ihnen gesellte, und sah instinktiv zu Jack, aber der hielt den Kopf gesenkt und blickte in seinen Drink.

Adam räusperte sich. »Also«, hob er an, »ich weiß, ich habe es schon einmal gesagt, aber ich muss es unbedingt wiederholen. Ihr beide habt im Laden großartige Arbeit geleistet. Ich habe ihn seit Jahren nicht mehr so lebendig gesehen, und ich kann euch gar nicht sagen, wie viel mir das bedeutet hat. So viel sogar …«

Er brach ab.

»Ich muss euch etwas gestehen. Ihr hab euch vielleicht schon gedacht … Euch ist vielleicht aufgefallen, dass ich ein bisschen …« Er holte tief Luft. »Der Laden hat mich seit einiger Zeit belastet. Er war so … so heruntergewirtschaftet. Ich wollte ihn nicht aufgeben, aber ich konnte mich irgendwie auch nicht dazu durchringen, ihn wieder auf Vordermann zu bringen. Und der Unterhalt kostete mehr, als der Laden einbrachte. Anfang dieses Jahres erhielt ich dann ein Angebot von Grantham Books für die Immobilie und den kompletten Warenbestand. Das Unternehmen ge-

hört zu einem großen Mischkonzern, der Buchhandels-
ketten in der ganzen Welt besitzt. Es war kein tolles Angebot – eigentlich nicht angemessen, nachdem ich dem
Laden so viele Jahre meines Lebens gewidmet habe –, aber
es war genug, um mich zur Ruhe zu setzen. Und es hat sich
richtig angefühlt, den Laden aufzugeben und mich zur
Ruhe zu setzen. Also beschloss ich, das Angebot anzunehmen. Das war kurz vor eurer Ankunft. Ihr solltet meine
letzten Buchhändler sein.«

Clare sah zu Jack hinüber, aber er starrte noch immer auf
sein Getränk und rührte sich nicht.

»Vor ein paar Wochen habe ich ein anderes Angebot erhalten«, fuhr Adam fort. »Für eine Partnerschaft. Ich sollte
mit einigen anderen Geschäftsführern zusammen ein Fran-
chise aus Buchhandlungen auf der ganzen Welt leiten, die
Arbeitsferien anbieten.«

Clare hob abrupt den Kopf und blickte Adam an, dann
wieder Jack. Sie verstand einfach nicht, warum Jack nicht
reagierte. Er hielt sein Glas in beiden Händen und starrte
hinein, als ob er die Zukunft daraus ablesen könnte.

»Der Plan war, nach und nach andere Standorte zu finden,
die infrage kämen«, erklärte Adam weiter. »In einigen Fällen
müssten wir ein ganz neues Geschäft eröffnen, es einrichten
und vor Ort einen Filialleiter einstellen, der die ›reisenden
Buchhändler‹ beaufsichtigt. Mir ist natürlich klar, dass man
die Leute nur in Ausnahmefällen mit den Läden allein lassen
kann.« Seine Augen funkelten. »In anderen Fällen müssten
wir bestehende Läden finden, die sich gut für das Konzept
eignen, und etwas investieren, um sie wiederzubeleben.

Dafür, dass sie sich an dem Programm beteiligen, würden sie im Gegenzug eine kleine Umsatzbeteiligung erhalten.«

Er sah Clare und Jack an.

»Tja, dieses Angebot kam für mich nicht infrage. Ich wollte mich zur Ruhe setzen. Aber dann habt ihr zwei …« Er verstummte.

Clare sah ihn erwartungsvoll an, und er legte eine Hand aufs Herz.

»Mir war nicht klar, wie viel dieser Ort den Menschen bedeutet. Du hast da etwas gesagt, Clare. Dass es ein Geschenk sei, das ich den Leuten machen könnte. Und das möchte ich. Ich möchte …«

Er brauchte einen Moment, und Clare lief eine Träne über die Wange.

»Also«, sagte er schließlich in geschäftsmäßigerem Ton, »ich habe nicht mehr so viel Energie wie früher, und ich will auch nicht mehr über längere Zeit von Celestina getrennt sein. Deshalb könnte ich diese Partnerschaft nur akzeptieren, wenn ich das Geschäft von hier aus leiten kann. Und dazu brauche ich Stellvertreter, die in die Läden fahren, vor Ort bei den ersten Schritten helfen und sie anschließend von Zeit zu Zeit besuchen, um sie zu überwachen. Es müssten Menschen sein, denen ich ganz und gar vertraue.«

Clare starrte ihn an. Passierte das gerade wirklich?

»Ich glaube, ich kann diese Partnerschaft nur eingehen«, sagte Adam, »wenn ihr beide mitmacht.«

Clare schluckte, sie war gerührt und wusste nicht, was sie sagen sollte.

»Und?«, fragte Adam. »Wollt ihr den Job?«

Als Jack und sie wieder zu Hause waren, lag Clare noch stundenlang wach. Sie hatte Schwierigkeiten, das alles zu verarbeiten. Eine so perfekte Gelegenheit hätte sie sich niemals vorstellen können, das konnte unmöglich real sein.

Sie war beinah davon überzeugt, dass sich am nächsten Tag niemand mehr an das Gespräch erinnern würde. Dass Adam den Laden immer noch verkaufen würde, dass Jack immer noch nach Chicago und zu seinem neuen Job zurückkehren würde. Dass ihr immer noch die Rückkehr zur Zeitarbeit drohte, weil sie keine Ahnung hatte, wie sie etwas finden sollte, das ihr genauso wichtig war wie Seashore Books.

Adam hatte sie und Jack nicht auf seine Frage antworten lassen. Nachdem die Bombe geplatzt war, hatte er sofort die Hand gehoben.

»Antwortet nicht auf meine Frage. Noch nicht. Ich weiß, ich verlange sehr viel von euch. Für diesen Job müsste man wochen-, ja monatelang vor Ort sein, jedes Geschäft aufbauen und dann regelmäßig besuchen. Ich verlange von euch ein Nomadenleben, das ich selbst nicht führen möchte. Und natürlich könnte trotzdem alles zugrunde gehen, nachdem ihr viele Strapazen auf euch genommen und viel Zeit fern von euren Freunden und eurer Familie verbracht habt. Alles könnte katastrophal scheitern. Obwohl ich das nicht für sehr wahrscheinlich halte, wenn ihr zwei mit an Bord seid.«

Er strahlte sie freundlich an, ganz so wie die gute Fee, die Clare allmählich in ihm sah.

»Lasst euch ein paar Tage Zeit, und denkt darüber nach. Natürlich wird ein Vertrag aufgesetzt, und es gibt ein offizielles Stellenangebot. Entscheidet nichts, bevor ihr es gesehen habt. Aber überlegt euch, ob euch diese Art der Arbeit – ein solches Leben – gefallen könnte. Und natürlich solltet ihr auch überlegen, ob ihr es ertragen könntet, weiterhin Zeit miteinander zu verbringen!«

Er lachte.

»Na, wo steckt denn eigentlich Lissie?«, fragte er dann, und wie von Zauberhand erschien sie in der Tür, ein Tablett mit Getränken in Händen.

»Ich dachte, den Champagner heben wir uns auf, bis alles entschieden ist«, murmelte Celestina, als sie Clare ein Glas Rotwein reichte.

Das war die einzige Anspielung, die sie auf Adams Angebot machte. Rasch lenkte sie das Gespräch auf weit weniger lebensverändernde Themen, und der Rest des Abends verlief fast normal.

Auf dem Heimweg hatte sich Clare jedoch an nichts mehr erinnern können, was besprochen worden war. Sie hatte unbedingt mit Jack über das Jobangebot reden wollen, aber irgendwie die Worte nicht herausbekommen. Immer wieder hatte sie den Mund geöffnet, um ihn dann wieder zu schließen. Jack hatte das Thema auch nicht angesprochen, sie aber jedes Mal, wenn sie zu ihm hinübersah, voller Wärme und mit einem kleinen Lächeln angesehen.

Als sie im Bett lag, gingen ihre Nerven mit ihr durch, und ihre Gedanken rasten. Sie war unglaublich glücklich und aufgeregt, fühlte sich seltsamerweise aber auch irgend-

wie krank. Es war alles ein bisschen viel, ging alles ein bisschen zu schnell.

Nein, es war viel zu viel und ging viel zu schnell.

Gegen drei oder vier Uhr morgens konnte sie sich
schließlich beruhigen. Sie lag eingerollt mit Jacks Arm an
ihrer Hüfte auf der Seite. Als sie spürte, wie sie in den Schlaf
glitt, murmelte er etwas an ihrem Nacken.

»Ich freu mich so für dich«, sagte er.

Dann schlief sie mit einem Lächeln im Gesicht ein.

# 27. Kapitel

Am nächsten Morgen wachte Clare erst spät auf. Ein paar Minuten lang konnte sie sich nicht erinnern, warum sie sich leicht überfordert fühlte. Jack lag nicht neben ihr, und die Wohnung schien leer zu sein.

Sie stand auf und ging in die Küchenecke. Dort lag ein Zettel.

*Guten Morgen*, stand darauf. *Ich finde, du solltest den Tag für dich haben. Ich kümmere mich um den Laden. Komm nicht herein. Geh spazieren, geh schwimmen, denk über alles nach. Entscheide in Ruhe, was du tun willst.*

Für einen Moment regte sich Clares Widerstandsgeist. Wie konnte er es wagen, ihr vorzuschreiben, wie sie diese Entscheidung treffen sollte? Wie kam er darauf, dass es allein ihre Entscheidung war? Wie sollte sie sich dem stellen, wie sollte sie damit umgehen, ohne es mit ihm zu besprechen?

Doch als sie sich angezogen hatte, wusste sie, dass es eine gute Idee war.

Sie liebte ihn. Sie liebte ihn so sehr. Das wusste sie jetzt. Nichts war aufregender als die Aussicht, mit Jack zusammen zu sein, mit ihm durch die ganze Welt zu reisen, mit ihm zu arbeiten, alles mit ihm an ihrer Seite zu erleben.

Aber sie wusste, dass das nicht genügte. Natürlich betraf diese Entscheidung auch Jack, aber sie musste sie unabhängig von ihm treffen.

Und sie gab sich alle Mühe.

Sie schlenderte einen schwarzen Sandstrand entlang und stellte sich ein Treffen mit einem Buchhändler in Island vor – Jack an ihrer Seite. Sie schwamm an den Surfern vorbei und stellte sich vor, wie sie eine Schaufensterdekoration für einen Laden an der Riviera plante, und er war dabei, prüfte die Buchhaltung des Ladens und hob gelegentlich den Kopf, um zu sehen, was sie tat. Sie stellte sich vor, wie sie eine Buchvorstellung auf Sansibar ausrichtete und ein Regalsystem in Kuba renovierte – und Jack war an ihrer Seite. Er lachte über ihre Witze und verdrehte die Augen über ihre Pläne.

Es war unmöglich, sich das alles ohne ihn vorzustellen.

Und als sie an diesem Abend am Strand den Sonnenuntergang beobachtete, kam sie zu dem Schluss, dass es sinnlos war. Wenn man das perfekte Leben angeboten bekam – den perfekten Job mit der perfekten Person –, verbrachte man nicht Stunden damit, es sich anders vorzustellen. Man nahm es einfach an.

Also hielt sie sich nicht länger zurück. Sie verdrängte all die Bilder nicht mehr, die ihr durch den Kopf schossen, sondern sah die Zukunft klar vor sich. Langstreckenflüge, sie eingenickt und den Kopf an Jacks Schulter gelehnt. Sie in Hotels, wie sie sich nachts Eisbecher aufs Zimmer bringen ließen. Museumsbesuche, Besichtigungen von Kathedralen und Ruinen, sie stets voneweg, während Jack aufmerksam dem Audioguide lauschte. Ein Weihnachtsfest verbrächten sie mit ihrer Familie in Surrey, das nächste bei seiner in Chicago, das übernächste ganz allein an einem exotischen Ort.

Und es würde viele Stunden geben, in denen sie Ideen entwickelten, lokale Autoren kennenlernten und herausfanden, was das Besondere an einem Ort war, um Begegnungsstätten zu schaffen, die Menschen anzogen – und das über Jahre hinweg.

Erst als sie im Mondschein nach Hause ging, vorbei an Clubs mit wummernder Musik und an Restaurants, in denen die Leute über den Resten ihres Abendessens verweilten, erinnerte sie sich an das, was er ihr beim Einschlafen zugeflüstert hatte.

*Ich freu mich so für dich,* hatte er gesagt.

Bedeutete das, dass er Nein sagte? Hatte er sich bereits entschieden? Wie konnte er diese Entscheidung so schnell treffen?

Bestimmt machte sie sich zu viele Gedanken. Er konnte Adam doch nicht abweisen.

Nein. Das war real. Es geschah wirklich. Sie würde ein Leben führen, wie sie es sich nicht einmal in ihren kühnsten Träumen ausgemalt hätte. Sie und Jack. Es sollte so sein.

Sie ging an der Buchhandlung vorbei, die bereits geschlossen war, und anschließend den Weg zur Wohnung hinunter. Beim Hereinkommen dachte sie zuerst, Jack wäre nicht da, aber dann sah sie ihn an seiner offenen Zimmertür vorbeigehen.

Das war seltsam. Seit sie ihre Matratzen ins Wohnzimmer gebracht hatten, verbrachte keiner von ihnen mehr viel Zeit in seinem eigenen Zimmer. Die Räume waren zu besseren Schränken geworden.

Doch nun ging Jack mit gesenktem Kopf langsam in seinem Zimmer auf und ab. Clare trat in die Tür, und er sah zu ihr auf. Ein Blick in sein Gesicht genügte, und Clare wusste Bescheid. Tränen stiegen ihr in die Augen, und ihr Mund wurde trocken.

»Du sagst Nein«, stellte sie fest. Es war keine Frage.

»Ich sage Nein«, bestätigte Jack.

*

Benommen drehte sich Clare um und kehrte ins Wohnzimmer zurück. Sie ging bis zur Wand, wandte sich um und lief wieder zurück.

Jack stand in seiner Tür und beobachtete sie.

»Warum?«, wollte sie wissen.

Er seufzte und fuhr sich mit der Hand durchs Gesicht.

»Aus verschiedenen Gründen«, antwortete er. »Zu viele, als dass ich sie in der kurzen Zeit filtern und sortieren könnte, um eine Entscheidung zu treffen.«

»Ich verstehe das nicht.«

»Es ist eine große Verpflichtung«, erklärte Jack. »Und ich glaube nicht, dass ich dazu bereit bin. Ich glaube nicht, dass ich dazu bereit sein kann. Zu Hause wartet ein Job auf mich …«

»Die könnten jemand anderen finden«, widersprach Clare.

»Ich weiß.« Jack lächelte. »Ich bin durchaus ersetzbar. Aber deshalb weiß ich auch, dass du das gut ohne mich schaffen kannst. Jeder kann einen Haushalt sanieren.«

Der Kloß in ihrem Hals hinderte Clare daran, etwas zu erwidern. Bei seinem Job in Chicago war er vielleicht ersetzbar, für sie war er es nicht.

»Hör zu, ich bin nicht wie du. Ich bin nicht sehr …« Jack suchte nach den richtigen Worten. »Ich bin geistig nicht sehr beweglich. Ich habe eine Woche gebraucht, um mich überhaupt bei Seashore Books zu bewerben, ganz zu schweigen von der Zusage, als ich den Job bekam. So ist das bei mir. Ich wäge das Für und Wider ab, ich tariere aus. Ich stelle sicher, dass ich die bestmögliche Entscheidung für mich treffe. Ich vertraue nicht auf meinen Instinkt so wie du. Ich weiß nicht, ob mein Instinkt vertrauenswürdig ist.«

*Dann vertrau meinem,* schrie Clare im Geiste.

»Ich wusste es nicht«, fuhr Jack fort. »Ich war mir nicht sicher, welchen Einfluss ich auf deine Entscheidung haben würde. Wir haben über das hier – dich und mich – nicht gesprochen. Aber wir wussten beide, dass wir bald nach Hause fahren werden, also wollte ich nicht … Ich wollte nicht, dass du den Job nicht annimmst, weil du denkst, ich bin auch dabei. Immerhin hätte es sein können, dass es für dich nur eine Affäre ist und es dir unangenehm wäre, weiter mit mir zusammenzuarbeiten.« Er lachte leise. »Das Beziehungsäquivalent zu der Situation, in der man sich von jemandem verabschiedet und dann feststellt, dass die Person denselben Zug nimmt wie man selbst.«

Tränen schwammen in Clares Augen.

»Und dann dachte ich, wenn es für dich mehr wäre, wenn ich für dich mehr als das wäre … Dann wäre es irgendwie noch schlimmer«, fuhr Jack fort. »Ich hatte Sorge, du würdest das Angebot nur annehmen, damit wir uns nicht trennen müssen. Und das ist kein Grund, einen

Job anzunehmen. Schon gar nicht einen so lebensverändernden wie diesen.«

Er nahm ihre Hand.

»Ich wusste sofort, dass ich nicht Ja sagen kann«, gestand er. »Und ich wusste sofort, dass ich dir nicht sagen kann, wie ich mich entschieden habe, bevor du deine eigene Entscheidung getroffen hast. Ich wollte nicht, dass dieser Moment kommt. Ich wollte, dass es so bleibt … Ich wollte, dass es zwischen uns so lange wie möglich so bleibt, wie es war. Aber gestern Abend wusste ich, dass meine Zeit um war. Und ich habe gehofft, dass du Ja sagst, weil du es verdienst, Clare, und weil du das so gut machen wirst. Aber ich hatte auch Angst davor, weil ich wusste, dass ich nicht dabei sein würde.«

»Warte«, sagte Clare, als sie allmählich begriff. »Du hattest dich bereits entschieden. Aber wie hast du …?« Es dämmerte ihr. »Ben. Er ist der Partner.«

Jack blickte zu Boden. »Nein, nicht ganz. Er hatte einen Kunden, der weltweit in kleine Unternehmen investieren wollte. In etwas, was sowohl mit den Gemeinden vor Ort als auch mit Tourismus zu tun hat.«

»War er deshalb hier?«, fragte Clare.

»Nein«, erwiderte Jack. »Er war hier, um mich zu besuchen. Aber als er den Laden sah und darüber nachdachte, wie Adam ihn genutzt hat, um Leute herzuholen, dachte er, das könnte gut passen, also hat er ein Treffen vereinbart.«

»Oh«, sagte Clare.

»Der ursprüngliche Deal, der mit Grantham – eigentlich Bellwether –, war schrecklich für Adam. Das Angebot wurde dem Wert des Ladens überhaupt nicht gerecht, auch nicht, wenn man den schlechten Zustand einkalkulierte, in dem er sich befand. Durch diese Partnerschaft behält er den Laden, gibt aber einen Teil der Verantwortung ab. Und obwohl er einen Großteil seines eigenen Geldes investiert, handelt es sich um eine formale Investition zur Gründung eines Unternehmens mit einer soliden Renditeprognose. Er muss nicht in die eigene Tasche greifen, um die Portokasse zu füllen.«

»Wir haben den Laden also nicht gerettet«, stellte Clare niedergeschlagen fest. »Es war Ben.«

»Das warst du, Clare. Ben hätte es nie vorgeschlagen, wenn er den Laden so gesehen hätte, wie er bei unserer Ankunft aussah. Und Adam hat selbst gesagt, dass er ihn aufgeben wollte. Du warst das. Du hast ihm gezeigt, wie wertvoll der Laden für die Menschen ist. Das ist der Grund, warum das hier überhaupt passiert. Du bist der Grund für all das.«

Clare schwieg eine Weile.

»Wieso konntest du mir das nicht erzählen?«, fragte sie schließlich. »Ich komme mir so dumm vor.«

Clare schluckte schwer. Sie wollte diese Wut nicht – sie hatte keine Zeit dafür. Ihr blieben nur noch wenige Tage mit Jack, und sie wollte nicht, dass sie von Bitterkeit erfüllt waren. Aber sie konnte nicht verhindern, dass der Schmerz sich Bahn brach.

»Du hast mich den ganzen Tag darüber nachdenken lassen, wie es wäre, wenn der Rest meines Lebens wie diese drei Monate aussähe«, erinnerte sie ihn. »Du hast mich glauben lassen, dass du mitkommen würdest, dabei wusstest du es die ganze Zeit. Du hättest mir die Wahrheit sagen können, damit ich meine Entscheidung auf der Basis von allen Informationen treffen kann.«

Sie sah, wie sich in seinen Augenwinkeln Tränen bildeten.

»Bitte«, flehte er. »Bitte sei nicht böse auf mich. Es ist schon schwer genug, mich von dir zu verabschieden, ohne dass du sauer auf mich bist.«

Tränen liefen über Clares Gesicht. Jack zog sie an sich, und sie vergrub ihr Gesicht an seiner Brust.

Hinterher hätte sie nicht mehr sagen können, wie lange sie so dagestanden hatten.

»Ich habe versucht, das zu tun, was du mir empfohlen hast«, berichtete sie schließlich. »Ich habe versucht, den Rat zu befolgen, den du mir gegeben hast. Aber ich konnte es nicht. Ich kann mir das einfach nicht ohne dich vorstellen, nichts davon. Ich habe es den ganzen Tag versucht. Aber du bist da. In all meinen Visionen von diesem Job bist du immer dabei.«

Sie war immer noch wütend auf ihn, aber sie wusste, dass es nicht von Dauer sein würde. Wie konnte sie dauerhaft wütend sein, wenn sie ihn so sehr liebte? Sie wollte nicht streiten. Sie wollte nicht schreien. Sie wollte ihn anflehen, seine Meinung zu ändern. Wenn es sein musste, die ganze Nacht. Zum Teufel mit allem anderen, sie wollte ihn bitten, sich für sie zu entscheiden.

Aber sie wusste, dass sie das nicht konnte.

Sie schloss die Augen und atmete tief durch, um sich zu beruhigen.

»Ich kann mir nicht vorstellen, wie es sein wird, wenn ich das ohne dich durchziehe«, sagte sie schließlich. »Aber ich werde es tun. Ich sage zu. Ob mit dir oder ohne dich, ich sage Ja. Also werde ich wohl bald wissen, ob ich es wirklich kann. Ob ich es allein schaffe.«

Jack lächelte traurig und nickte. »Du schaffst das. Ich weiß, dass du das schaffst.«

Er zog sie an sich, strich ihr eine Träne von der Wange, neigte den Kopf zu ihr, schloss die Augen und atmete tief ein.

Clare legte ihm die Hände auf die Brust und krallte sie in den Stoff seines Hemdes. In ihrem Kuss schwang Trauer mit, Abschiedsschmerz.

Sie klammerten sich die ganze Nacht aneinander und verdrängten den Gedanken daran, dass es für sie keine gemeinsame Zukunft geben würde.

# 28. Kapitel

»Und du weißt wirklich nicht, wann du zurückkommen wirst?«, fragte Clares Mutter. »Was ist das für ein Job, bei dem man nicht weiß, wann man wieder nach Hause kommt?«

»Mein Job«, erwiderte Clare. »Aber deshalb möchte ich, dass du für ein paar Tage herkommst. Vielleicht ein oder zwei Wochen. Es ist sehr schön hier. Hat Lina dir das nicht erzählt?«

An diesem Morgen hatte sie offiziell ihren neuen Vertrag unterschrieben und danach sofort ihre Mutter angerufen, um es ihr mitzuteilen.

»Ich weiß nicht.« Clare konnte sich Maggies besorgte Miene lebhaft vorstellen. »Ich müsste mir Urlaub nehmen.«

»Mum, du hast sicher noch mehrere Wochen Urlaub übrig. Ich kann mich nicht einmal erinnern, wann du das letzte Mal Urlaub gemacht hast.«

Schweigen in der Leitung.

»Bitte!«, drängte Clare. »Ich möchte, dass du siehst, was ich geschafft habe. Ich weiß, dass du dir Sorgen um mich gemacht hast. Darüber, dass ich … ich weiß nicht … irgendwie träge geworden bin.«

»Ich hatte Sorge, dass du dich unglücklich machst, Clare. Du warst immer viel glücklicher, wenn du ein Ziel oder ein Projekt hattest. Ich hatte Sorge, dass du nicht weißt, wie du das Passende für dich findest.«

»Schön, ich habe es gefunden, und es ist wundervoll. Bitte, kommst du und siehst es dir an?«

»Das würde ich ja gern«, versicherte sie, klang dabei aber immer noch zögerlich. »Du weißt doch, wie stolz ich auf dich bin, oder? Wie stolz dein Vater gewesen wäre?«

Clare hatte einen Kloß im Hals. »Danke, Mum. Bitte. Bitte komm. Ich vermisse dich.«

Sie hörte ein Seufzen in der Leitung. »Also gut«, gab sich ihre Mutter geschlagen, »ich werde mal nachfragen. Und wenn sie mir freigeben, komme ich.«

Clare strahlte, und zugleich stiegen ihr Tränen in die Augen.

»Das werden sie schon«, meinte sie zuversichtlich. »Das weiß ich. Ich kann es kaum erwarten, Mum. Ich kann es kaum erwarten, dich zu sehen. Ich werde dir das Surfen beibringen.«

Darauf kreischte ihre Mutter und lachte, dann sagte sie, sie müsse Schluss machen.

*Das war kein Nein,* dachte Clare.

Als Nächstes rief sie Lina an.

»Shit, ja!«, sagte ihre Cousine. »Das ist perfekt, Clare, so perfekt für dich. Ich kann mir niemand Besseren für den Job vorstellen. Kommt dein Typ aus dem Laden auch mit?«

»Nein. Er kehrt zu seinem Job nach Chicago zurück.«

»Argh, *neiiin*«, rief Lina. »Ich hätte gewettet, dass zwischen euch beiden etwas läuft. Tatsächlich habe ich sogar mit Ben gewettet.«

Clare schwieg.

»Oh, Süße«, sagte Lina. »Es tut mir leid.«

»Schon okay«, erwiderte Clare, allerdings konnte sie nicht verhindern, dass ihr ein Schluchzen entfuhr. »Ich habe mir gewünscht, dass es länger geht, aber er wollte immer nach Chicago zurück.«

»Ja«, antwortete Lina langsam. »Wenn du mich fragst, ist er ein Idiot. Das hier ist ein viel coolerer Job als dieser lahme, für den er zurückgeht. Was auch immer das ist. Und außerdem, na ja, du!«

»Danke, Lina.«

»Ich hoffe, du freust dich trotzdem. Das solltest du. Du wirst uns allen so glamourös erscheinen, wenn du wie ein Bonze durch die Gegend jettest.«

»Mit Glamour hat das wenig zu tun«, erwiderte Clare lachend. »Ich werde viel arbeiten und Bücher hin und her schleppen müssen. Ich werde oft Muskelkater haben und schwitzen.«

»Hör mal, Cousinchen, letzte Woche habe ich eine Hochzeit für einen unbedeutenden Royal fotografiert, und wenn ich dabei eines gelernt habe, dann ist es, dass es so etwas wie Glamour nicht gibt. Es ist eine Frage der Wahrnehmung. Hinter den Kulissen ist es immer hart oder langweilig, oder alles wird nur von Heftzwecken und Hoffnung zusammengehalten. Manchmal muss man sich einen Moment Zeit nehmen und das eigene Leben von außen betrachten. Deins wird unglaublich aussehen, und davon abgesehen wird es dir jede Menge Spaß machen«, fügte sie hinzu. »Manchmal wird es natürlich auch hart oder langweilig sein oder drohen dir um die Ohren zu fliegen. Wie bei allen anderen auch.«

Clare lachte. »Wie ist es so, die gefragteste Hochzeitsfotografin Londons zu sein?«

»Ich habe mir bei der Hochzeit, die ich am Wochenende fotografiert habe, den Knöchel verstaucht, und jemand hat mir beim Objektivwechsel das 35er aus der Hand geschlagen, und jetzt ist es hinüber. Mein zweiter Fotograf hat mir gerade für morgen abgesagt, und ich suche händeringend Ersatz.«

»Und ist es geil?«, fragte Clare.

»Es *ist* geil«, antwortete Lina.

*

Die nächsten Tage waren von einer wilden Mischung aus Freude und Liebeskummer bestimmt. Adam versuchte, Jack zu überreden, es sich noch einmal zu überlegen, aber er blieb hartnäckig. Schließlich gab Adam auf und fragte Clare, ob sie ein paar Wochen allein zurechtkommen würde, während er nach jemand anderem suchte.

Clare tat ihr Bestes, es gut gelaunt zu akzeptieren. Jack und sie hatten beschlossen, Adam und Celestina nichts von ihrer Beziehung zu erzählen, obwohl Clare manchmal den Eindruck hatte, dass Celestina es ohnehin wusste.

Wenn sie mit Jack allein war, versuchte sie, sich noch fröhlicher zu geben. Wenn sie so tat, als ginge es ihr gut, fiel es ihr leichter, ihn nicht anzuflehen, seine Meinung zu ändern.

Außerdem fiel es ihr so leichter, ihm nicht zu sagen, dass sie ihn liebte. Dass sie noch nie jemanden so geliebt hatte wie ihn.

Es war besser so, entschied sie. Wenn sie es nie aussprachen, konnten sie so tun, als wäre es nicht wahr.

Sie zwang sich, locker mit ihm umzugehen, ihm mit Freude und nicht mit Traurigkeit zu begegnen.

Und es gab eine Menge zu bedenken und zu organisieren.

Es war geplant, dass Clare noch ein paar Monate auf Bali bleiben würde, um zusammen mit Adam das nächste Team von reisenden Buchhändlern einzustellen und sie entsprechend zu schulen. In dieser Zeit würden sie auch nach neuen Standorten suchen, und sobald die neuen Buchhändler eingearbeitet wären, würde Clare die Läden besichtigen, um festzulegen, wo sie anfangen sollten.

Ben arbeitete bereits daran. Er nutzte sein Netzwerk, um Läden zu suchen, die Unterstützung brauchten, und Urlaubsorte, die eine Buchhandlung gebrauchen konnten.

Ein oder zwei Tage, bevor ihre ursprünglich angesetzten drei Monate abliefen, rief er sie an, um ihr von einer Möglichkeit an der Amalfiküste zu erzählen.

»Das Gebäude, in dem der Laden jetzt untergebracht ist, muss komplett renoviert werden«, sagte er. »Du müsstest dich entweder um die baulichen Maßnahmen kümmern oder einen neuen Standort finden.«

Clare nickte und scrollte durch die Fotos, die er ihr geschickt hatte.

»Was für ein schönes Fleckchen Erde«, schwärmte sie. »Ich finde, es wäre die Arbeit wert, es zu behalten. Aber vielleicht entdecke ich einen ebenso schönen Ort, wenn ich erst mal da bin.«

Sie spürte, wie sie sich allmählich in ihre neue Aufgabe einfand. Die abstrakte Idee war ihr wie ein unmöglicher Traum vorgekommen, etwas, das weit außerhalb ihrer Fähigkeiten lag. Aber mit jedem kleinen Stückchen Realität wurde das Bild klarer. Als sie den Laden betrachtete, hatte sie bereits Ideen, wie man ihn renovieren könnte. Eifrig fügte sie ein paar Notizen zu ihrem Ordner mit Standorten hinzu, der beständig wuchs.

»In ein oder zwei Tagen schickst du mir Jack also zurück«, wechselte Ben das Thema.

»Ja«, bestätigte Clare in lockerem Ton.

»Was für ein Idiot!«

»Er hat seine Gründe«, erwiderte Clare.

»Seine Gründe sind dumm«, beharrte Ben.

»Er hat einen Job. Da kann er nicht auf einmal aussteigen. Er will niemanden hängen lassen. Und nicht jeder möchte ständig um die ganze Welt reisen. Die Leute wollen irgendwo ein Zuhause haben.«

»Dumm«, sagte Ben wieder. »Jack mag Abenteuer, aber er sucht sie sich nicht selbst; man muss ihn immer dazu zwingen. Als wir Kinder waren, habe ich das übernommen. Ich habe ihn zum Surfen mitgeschleppt, und dann hat es ihm mehr Spaß gemacht als mir. Ich habe ihn überredet, in die Achterbahn zu steigen, vor der er Angst hatte, und dann wollte er noch Dutzende Male fahren. Doch jetzt kann ich das nicht mehr für ihn tun. Der Mann ist erwachsen. Er muss lernen, von sich aus zu springen.«

»Vielleicht glaubt er einfach, dass ihm der Job in Chicago besser gefallen wird als dieser hier.«

»Ich glaube, er wird ihm gut gefallen«, sagte Ben. »Aber ich weiß nicht, ob er ihn lieben wird.«

»Nicht jeder muss seinen Job lieben«, gab Clare zu bedenken. »Manche Jobs sind einfach nur Jobs. Daran ist nichts auszusetzen.«

»Sicher«, sagte Ben. »Viele Leute haben damit kein Problem.«

\*

Clare hatte Jack gesagt, dass er sich freinehmen sollte, damit sein letzter Tag auf Bali ein Urlaubstag war, aber er bestand darauf, an diesem Tag zu arbeiten.

»Ich möchte die Zeit mit dir verbringen«, hatte er geantwortet.

Sie hätten Adam bitten können, im Laden einzuspringen – er kam jetzt ohnehin fast jeden Tag für ein paar Stunden vorbei, um etwas mit Clare zu besprechen, etwa die Stellenanzeige für die reisenden Buchhändler oder die immer länger werdende Liste möglicher Standorte. Aber dann hätten sie ihm erklären müssen, warum sie den Tag gemeinsam verbringen wollten. Und irgendwie konnte sich Clare nicht vorstellen, ihm zu sagen: »Wir haben uns ineinander verliebt, aber Jack fährt nach Hause. Darum werden wir heute zum letzten Mal zusammen sein – du weißt ja, wie das ist.«

Hinzu kam, dass Jack und sie zwar im Laufe der Wochen ein paarmal Touristen gespielt, aber den Großteil ihrer Zeit zusammen im Laden verbracht hatten. Hier hatten sie sich gegenseitig geärgert und beigestanden. Sie nahmen Abschied von Seashore Books und den Menschen, die sie während ihrer Arbeit dort gewesen waren.

Clare tat ihr Bestes, um die Situation zu entspannen. Sie wusste, dass Jack der Abschied schwerfiel, auch wenn er sich seiner Entscheidung sicher war, und sie wollte es ihm nicht noch schwerer machen.

Und sie wusste, dass es noch schwerer werden würde, wenn sie ihm ihre Liebe gestand. Wenn sie ihn anflehte, seine Meinung zu ändern.

Den ganzen Tag über lagen ihr die Worte auf der Zunge. *Bleib,* würde sie sagen. *Tu es für mich. Setz mich an die erste Stelle. Entscheide dich für mich statt für den Job in Chicago. Bleib bei mir anstatt in der Nähe deiner Familie, wähle mich anstatt eines geregelten Lebens. Stell mich über alles andere.*

Das war es, was sie eigentlich wollte: bei ihm an erster Stelle stehen. Doch das war egoistisch. So, wie er nicht gewollt hatte, dass ihre Entscheidung von ihren Gefühlen für ihn beeinflusst wurde, sollte er sich auch entscheiden, ohne von ihr beeinflusst zu werden.

Er sollte seine Entscheidung ganz allein unter dem Gesichtspunkt treffen, welcher Job ihn glücklicher machen würde – ganz unabhängig davon, mit welchen Personen er verknüpft war.

Und das war es eigentlich auch, was sie sich wünschte. Aber sie konnte dennoch nicht aus ihrer Haut.

Die Minuten vergingen, Kunden kamen herein und verließen den Laden wieder.

*Nimm mich,* dachte Clare, sprach es jedoch nicht aus. Sie

ging und holte an ihrem Lieblingsstand etwas zum Mittagessen, aß es mit ihm und dachte: *Nimm mich,* ohne es auszusprechen.

Einerseits wollte sie ihn gar nicht erst fragen müssen. Er sollte sich von sich aus für sie entscheiden. Andererseits wusste sie auch, dass sie es nicht ertragen könnte, es auszusprechen und dann trotzdem ein Nein von ihm zu hören.

Dennoch lagen ihr die Worte auf der Zunge, die sie nicht aussprechen wollte.

*Nimm mich, nimm mich, nimm mich.*

Als sie den Laden zum letzten Mal abschlossen, war sie erleichtert. Sie trafen sich mit Adam und Celestina zu einem letzten Abendessen, und in ihrer Gesellschaft würde es ihr leichter fallen, die Worte zurückzuhalten. Bei einem Hummeressen mit seinem Chef machte man keine verzweifelten Liebeserklärungen.

Das Abendessen verlief friedlich und hatte eine beruhigende Wirkung auf sie. Celestina und Adam sprachen mit einer solchen Selbstverständlichkeit davon, dass Jack regelmäßig zu Besuch kommen würde, dass Clare sich fast einbilden konnte, es ginge nicht alles zu Ende.

Nach dem Essen zog Jack eine Tüte unter seinem Stuhl hervor. Er holte drei kleine Gegenstände heraus, die alle die gleiche Form und Größe hatten, aber je in ein anderes, farbiges Tuch gewickelt waren, und überreichte sie Adam, Clare und Celestina.

»Ich hoffe, es macht dir nichts aus, Celestina«, sagte er. »Ich wollte euch allen etwas zum Abschied schenken. Als Dankeschön. Clare und ich haben diese alten Taschenbuchausgaben von deinen Büchern gefunden, aber sie fielen bereits auseinander.«

Clare wickelte das Buch, das er ihr gereicht hatte, aus dem Tuch.

»Oh, mein Gott«, sagte sie und sah zu ihm auf. »Du hast sie restauriert?«

Das Buch war in hellbraunes Leder gebunden. Ein spiralförmiges Muster zog sich von der Mitte der Vorderseite über den Buchrücken bis zur Rückseite und bildete die Worte *Die Gräfin und die Hunde* von Celestina Lai.

»Jack, das ist wunderschön.« Clare schlug das Buch auf, blätterte durch die Seiten, die fest in den neuen Einband gebunden waren, und entdeckte eine Widmung.

*Für Clare*, stand da. *Es tut mir leid, dass ich es hinter deinem Rücken gelesen habe. Jack.*

Sie lachte und sah zu ihm hinüber, aber er blickte nervös zu Celestina. Sie hielt das Buch in Händen und betrachtete es schweigend von allen Seiten. Nach einem Moment sah sie unvermittelt auf.

»Oh, mein Gott«, sagte sie. »Ich bin sprachlos, und ich weiß nicht, wann mir das zum letzten Mal passiert ist.« Sie schluckte und tätschelte Jacks Hand. »Das ist, nun ja …« Sie räusperte sich. »Danke, mein Lieber. Vielen Dank.«

Adam nahm ihre Hand, und sie warfen sich einen Blick zu, der Clares Herz höherschlagen ließ. Sie sah zu Jack, der schluckte und nickte.

»Es ist … Es war mir ein Vergnügen.«

Als Clare und Jack sich auf den Rückweg in ihr Nest machten, waren alle Worte verflogen.

Sie wusste nicht, wie sie die nächsten Tage überstehen sollte, aber jetzt, in diesem Moment, packte sie die Zeit, die ihr noch blieb, mit beiden Händen.

Sie küsste Jack noch inniger als sonst, liebte ihn noch leidenschaftlicher. Sie versuchte ihm zu zeigen, was sie ihm nicht gesagt hatte. Nicht als Flehen, sondern als Geschenk.

Als Abschiedsgeschenk.

# 29. Kapitel

Am nächsten Morgen um sieben Uhr kam Adam, um Jack zum Flughafen zu bringen.

Es blieb Zeit für einen letzten, innigen Kuss, dann war er weg.

Clare stand in der Mitte der Wohnung, atmete tief durch und versuchte, den Kuss festzuhalten. Sich das Gefühl von Jacks warmen Händen auf ihrem Rücken einzuprägen, mit denen er sie an sich gezogen hatte. Seinen Geruch. Den Klang seiner Stimme, als er ihren Namen geflüstert hatte.

Sie schloss die Augen und versuchte, die Schluchzer zu unterdrücken, die aus ihrer Brust aufzusteigen drohten.

Sie konnten warten. Sie mussten warten. Bis heute Abend.

Nach einer gründlichen Dusche zog sie sich an und ging den Weg zum Laden hinunter. Sie öffnete die Tür, stellte das Schild auf und versuchte so zu tun, als wäre es nur Jacks freier Tag. Als stünde er nicht gerade in der Schlange, um die Sicherheitskontrolle am Flughafen zu passieren.

Sie saß mit dem Buch an der Kasse, das er ihr geschenkt hatte. Das Buch, von dem sie gesagt hatte, sie würde ihre linke Brust dafür geben, es lesen zu können. Sie schlug es auf und las mit einem kleinen, traurigen Lachen erneut die Widmung. Dann blätterte sie weiter und hielt inne. Da stand noch mehr.

*Nur um dich darauf vorzubereiten*, hatte Jack mit Bleistift hineingeschrieben, *dieses Buch enthält einige recht fantasievolle Stellungen. Ich bin ein bisschen froh, dass du es erst lesen wirst, wenn ich weg bin, damit du mich nicht zwingen kannst, sie auszuprobieren. Ich glaube, die Orgie wird dir besonders gefallen, und das Stelldichein mit der Nonne.*

Clare lachte, seufzte dann und lachte noch ein bisschen mehr. Sie blätterte zum Anfang des Buches. Fünf Zeilen waren der Beschreibung der Brüste der Heldin gewidmet. Jack hatte sie unterstrichen und geschrieben: *Wunderschön!* Auf der nächsten Seite trotzte die Heldin ihrem konservativen Vater, indem sie sein Pferd stahl und durch einen Sturm davonritt. Jack hatte geschrieben: *Schlechte Idee. Jemand, der durch einen Sturm reitet, kann Erbfolgekrisen auslösen. Siehe Alexander III. von Schottland.*

Clare blätterte noch ein paar Seiten weiter – auf jeder standen Notizen am Rand. Tränen stiegen ihr in die Augen, während zugleich ein Lächeln ihre Lippen umspielte. Es war, als hätte sie einen kleinen Teil von ihm wieder, und sie konnte sich nicht entscheiden, ob sie all seine Kommentare auf einmal lesen oder sie lieber rationieren sollte, um nur nach einem zu greifen, wenn sie ihn wirklich brauchte.

Sie blätterte das Buch nur durch, ohne es zu lesen, und genoss die Tatsache, dass sie es hatte, bis ihr ein Kommentar ins Auge sprang. Er war in Großbuchstaben geschrieben und unterstrichen.

*STOP*, stand da. *KEINE SPOILER.*

Sie lachte und nickte.

*Gut, wie du willst,* sagte sie sich und blätterte zurück an den Anfang des Buches.

*

Nach ein paar Kapiteln war Clare wie gebannt. Celestinas Schreibstil war – selbstverständlich – erotisch, aber auch witzig und fesselnd. Die Heldin mit dem prächtigen Dekolleté, das fünf Zeilen in Anspruch nahm, faszinierte sie, und obwohl die Handlung extrem unglaubwürdig war, konnte Clare sich voll und ganz in die Geschichte hineinversetzen.

Als die Tür aufging, sah sie in der Erwartung auf, den ersten Kunden zu begrüßen, doch es war Celestina.

»Guten Morgen, mein Schatz«, sagte sie lächelnd, als sie hereinkam. »Wie geht es uns?«

»Oh, hallo. Gut. Uns geht es gut«, antwortete Clare. »Na ja, der Tag hat noch nicht richtig angefangen. Ich hatte noch keine Kunden und sollte das Beste daraus machen. Ich müsste die Auslage für den nächsten Buchclub vorbereiten, aber stattdessen habe ich gelesen.« Sie hielt das Buch hoch.

»Meine Güte!« Celestina schlug die Hände vors Gesicht. »Ich weiß nicht, ob du das in der Öffentlichkeit tun solltest.«

»Dann hättest du kein Buch schreiben sollen, das ich nicht aus der Hand legen kann«, konterte Clare.

Celestina errötete. »Du bist ein Schatz«, sagte sie lächelnd, nahm Clare das Buch ab und betrachtete es. »Ah, die *Gräfin*. Ja, eines meiner Favoriten. Mir hat er *Gefährliche Verführung* geschenkt und Adam *Zu viel Donner*. Das war passender, als er ahnen konnte. Ich kann nicht fassen, dass diese Bücher die ganze Zeit dort oben waren.«

»Wir konnten es auch kaum fassen. Wir haben uns so

gefreut, sie zu finden, und waren dann am Boden zerstört, als wir gesehen haben, in welchem Zustand sie sich befanden. Jack sagte, er würde sich erkundigen, wie viel die Restaurierung kostet. Ich hatte keine Ahnung, dass er das selbst machen wollte.«

Celestina blätterte durch die Seiten. »Ja, er ist ein sehr beeindruckender junger Mann. Und sieh mal, er hat Anmerkungen für dich gemacht.« Sie sah Clare über den Rand des Buches hinweg an. »Also, für Adam oder mich hat er das nicht getan.«

Clare antwortete nicht, dazu war sie nicht imstande. Es fühlte sich an, als sei ihr Herz zu groß für ihre Brust, und ihre Lungen schienen nicht genug Sauerstoff zu bekommen.

»Ich verstehe.« Celestina klappte das Buch zu und legte es behutsam zurück auf den Tresen. »Weißt du, eines der letzten Dinge, die ich getan habe, bevor ich Celestina wurde, war, Adam zu verlassen.«

Clare starrte sie an.

»Ja, ich habe dir natürlich schon davon erzählt. Ein bisschen. Na ja, vielleicht habe ich das Thema nur gestreift. Er hat sich immer für schwul gehalten, weißt du? Einfach. Klar. Geradlinig – na ja, vielleicht nicht ganz geradlinig.« Celestina lachte. »Jedenfalls wollte ich ihn nicht bitten, sich zu ändern, nur damit ich ihn bei mir behalten konnte. Ich dachte, es wäre weise. Entgegenkommend. Also brach ich uns beiden für eine Weile das Herz.«

»Was ist passiert?«

»Er war schon immer ein sehr sensibler und scharfsinniger Mann«, erzählte Celestina. »Er kam, um mich zu besuchen.

Ich hatte mir gerade die *Brüste* machen lassen«, sie deutete auf ihre Brust, »und, um ehrlich zu sein, war ich etwas müde. Aber er kam zu mir und sagte: ›Danke‹. Nicht dafür, dass ich ihn verlassen hatte, sondern dafür, dass ich ihm geholfen hatte, sich selbst besser zu verstehen. Er sagte, er sei dankbar für das Wissen, dass er kein so einfach gestricktes Wesen war, nicht so klar. Für die Erkenntnis, dass er noch vielfältiger sei, als ihm bis dahin bewusst gewesen war. Er sagte, er wolle sich nicht mehr selbst in eine Schublade stecken. ›Was ich allerdings bin, ist zutiefst monogam und sehr verliebt‹, sagte er, und dann küsste er mich. Wir weinten beide, und seitdem waren wir nie wieder getrennt.«

»Das ist eine schöne Geschichte«, sagte Clare mit einem matten Lächeln.

»Ja, das finde ich auch«, erwiderte Celestina. »Nicht alle Männer sind so scharfsinnig wie Adam«, ergänzte sie dann mit glänzenden Augen. »Nicht alle Männer merken, wenn wir versuchen, ihnen das zu geben, was sie unserer Meinung nach brauchen, und dafür unsere eigenen Wünsche zurückstellen. Manchen Männern muss man es sagen.«

Jetzt beugte sie sich vor und blickte Clare tief in die Augen.

Clare schluckte. »Celestina«, sagte sie mit schwacher Stimme, »könntest du dich eine Weile um den Laden kümmern?«

»Schätzchen, es wäre mir ein Vergnügen.« Celestina trat hinter die Kasse und scheuchte Clare fort. »Ich bin mit dem Taxi gekommen«, sagte sie, als Clare zur Tür lief. »Und ich habe dem Fahrer gesagt, dass er warten soll.«

Clare sah sie sprachlos und mit tränenfeuchten Augen an.

»Ach, mein Liebling«, sagte Celestina. »Ich weiß.«

*

Eine halbe Stunde später sprintete Clare über den Parkplatz auf die glänzenden Türen des Terminals zu, doch dass sie kaum Luft bekam, lag eher an der Aufregung als an der Anstrengung. Sie blickte immer abwechselnd nach vorn und auf ihr Handy, scrollte durch die Abflugliste der Flughafen-Website und versuchte herauszufinden, zu welchem Gate Jack gehen würde.

Sie stolperte und ließ fast das Telefon fallen. Als sie sich wieder fing, hörte sie eine Stimme zu ihrer Linken.

»Clare?«

Sie sah sich um und dachte für einen Moment, sie träume. Aber er war es tatsächlich. Er war real und stand direkt vor ihr.

»Jack!«, rief sie. »Jack, warte, ich muss mit dir reden. Ich habe gelogen. Oder nein, oder *auch*. Ich habe dir nicht gesagt …«

Sie brach ab, war sich nicht sicher, wie sie fortfahren sollte.

»Clare, du brauchst nicht …«, hob Jack an, aber sie unterbrach ihn.

»Nein, bitte, lass mich es dir erklären. Ich habe gesagt, ich verstehe dich. Dass es okay ist, dass du dich für Chicago entschieden hast, aber das stimmt nicht. Ich finde es schrecklich, dass du zurückgehst. Ich will das nicht ohne dich machen. Und ich weiß, das ist egoistisch. Und ich werde dich nicht bitten, nur meinetwegen zu bleiben. Es wäre nicht genug – es wäre nicht gut genug. Ich will nicht der einzige Grund sein, warum du bleibst. Und ich weiß, das ist eigentlich keine Entscheidung, die man mal eben auf die Schnelle trifft. Du bist gern vorsichtig, aber kannst du dieses eine Mal nicht einfach den Sprung wagen? Kannst du nicht ein Risiko für mich eingehen? Erleb mit mir dieses Abenteuer. Wenn du dir sicher bist, dass du lieber zu deinem Job nach Chicago zurückkehren möchtest – wenn du mir sagst, dass du das wirklich willst –, glaube ich dir und lass dich gehen. Aber ich kann dich nicht gehen lassen, ohne dir zu sagen, wie sehr ich mir wünsche, dass du bleibst. Ohne dir zu sagen, wie sehr ich dich will.«

Sie holte tief Luft.

»Ich möchte weiter mit dir arbeiten«, fuhr sie dann fort. »Ich glaube, wir sind ein gutes Team. Ich glaube, wir holen gegenseitig das Beste aus uns heraus. Und ich glaube, wir könnten es wirklich schaffen. Wenn es sein muss, mach ich es auch allein, aber mit dir zusammen würde ich es besser machen. Und ...«

Sie hielt kurz inne, schüttelte den Kopf und sah zu Jack hoch. Er musterte sie mit festem Blick und runzelte dabei leicht die Stirn.

»Jack. Ich liebe dich. Ich bin in dich verliebt. Ich werde dich nicht bitten, etwas zu tun, was du nicht willst, aber ich konnte dich nicht gehen lassen, ohne es dir zu sagen. Ich will dich überhaupt nicht gehen lassen, aber ich werde es tun. Ich wollte nur ... Ich wollte nur, dass du alles weißt, bevor du gehst.«

Jack verzog den Mund zu diesem schiefen Grinsen, von dem sie einfach nie genug bekommen konnte. Seine Augen funkelten ein wenig, und dann lachte er.

»Clare«, sagte er. »Du Idiotin. Hast du nicht gemerkt, was ich gerade mache?«

»Was … was denn?«, fragte sie verwirrt.

»Ich *verlasse* den Flughafen.«

Clare blinzelte und musterte ihn genauer. Es stimmte: Sein Koffer stand neben ihm. Dies war kein Mann, der für einen Flug eingecheckt hatte, der in zwanzig Minuten starten sollte.

Sie blinzelte erneut. »Oh.«

Jack lächelte breit, ergriff ihre Hand und zog sie an sich, die andere Hand legte er an ihren Kopf.

Clare sah mit funkelnden Augen zu ihm hoch.

»Clare, mit dir würde ich jedes Abenteuer wagen.«

»Bist du dir sicher?«, fragte sie.

»Ja.«

»Du tust das nicht *nur* meinetwegen?«

»Nein.«

»Aber zum Teil?«

Er lachte. »Du spielst eine nicht unerhebliche Rolle. Noch weitere Fragen?«

Clare strahlte und schüttelte den Kopf.

*Welche Fragen konnte es sonst noch geben,* dachte sie, als Jack sich zu ihr beugte, um sie zu küssen. Alles war vollkommen.

# 30. Kapitel

## Sechs Monate später

Clare wartete am Ankunftsgate des Flughafens von Neapel und hielt ein Schild mit zwei Namen vor sich. Ihr ganzer Körper kribbelte vor Aufregung. Sie blickte zu Jack, der neben ihr stand und Willkommenspäckchen in den Händen hielt. Er lächelte Clare mit funkelnden Augen an.

Die Willkommenspäckchen waren Clares Idee gewesen. Sie waren voller Schokolade und Biscotti, Handcreme und Kerzen – alles von lokalen Anbietern. Und sie enthielten eine umfassende Liste mit Tipps, wo es das beste Essen sowie das beste *Gelato* gab und wo man die Gegend am besten kennenlernte. Jeden dieser Orte hatten sie und Jack ausgiebig erkundet.

Die letzten sechs Monate waren anstrengend und von Renovierungsarbeiten und Planungen bestimmt gewesen, aber nun konnten sie endlich loslegen. Bei ihrer Ankunft hatten Jack und sie festgestellt, dass die *Libreria Amalfi* einen feuchten Keller hatte und die Fassade bröckelte. Außerdem waren die Stromleitungen so morbide gewesen, dass es einem Extremsport gleichgekommen war, das Licht einzuschalten.

Die Besitzerin, eine kleine Frau in den Vierzigern mit rundlichem Gesicht, hatte den Laden ein paar Jahre zuvor von ihrer Tante geerbt und war kurz davor gewesen, ihn zu verkaufen. Doch dann hatte Ben ihr vorgeschlagen, ihn als möglichen Standort in das Projekt der reisenden Buchhändler aufzunehmen …

Clare hatte sich auf der Stelle in Giuliana verliebt, und Giuliana hatte sie und Jack quasi adoptiert. Sie kochte den beiden wahre Pastaberge und schob sie buchstäblich aus dem Laden, wenn sie den Eindruck hatte, dass sie zu gestresst waren und eine Pause brauchten.

Es war anstrengend gewesen, den Laden wieder auf Vordermann zu bringen: Es hatte ein Desaster mit den Rohrleitungen gegeben, eine extrem hartnäckige Taube, die im Dach nistete, und mehrere heftige Diskussionen über Farbmuster … und doch war Clare nie glücklicher gewesen.

Jeder anstrengende Tag endete damit, dass sie in Jacks Armen einschlief. Jeden Morgen kam es ihr vor, als würde sie in einen Traum gleiten, statt aus einem zu erwachen. Und das war erst der Anfang. Jetzt würde sie diesen schönen Laden, dieses wunderbare Leben, mit zwei neuen reisenden Buchhändlern teilen können.

Sie stand da und beobachtete die Menschen, die durch die Türen strömten, und dachte an den Traumjob auf Bali, den sie sich vor fast einem Jahr ausgemalt hatte. Damals hatte sie gewusst, dass sie dieses Traumleben nie bekommen würde.

Aber sie hätte sich niemals vorstellen können, noch etwas Besseres zu finden.

# Dank

Ich danke Alice Rodgers und dem Team von Transworld sowie unserer Sensitivity-Leserin Josephine Chick. Ebenso danke ich meiner Agentin Claudia Young und allen bei Greene & Heaton.

Ein besonderes Dankeschön gilt Amy Jones, die mir unwissentlich mein Clare-Moodboard zur Verfügung gestellt hat.

Ich danke Jamie. Und meiner Mutter und meinem Vater, meinen Geschwistern Christy, Joyia, Eli und Tineke sowie meiner Nichte und meinen Neffen Theo, Libby und Will. Sean, James und Sam.

Mein Dank gilt auch Dolly (und Chidi), Norma, Emma, Conor, Caroline, Gavin, Ella, Anna, Alice, Sarah, Cornelius, Eley, Hux. Katie, Lizzie und Colin. Meinem Quarantäne-Filmclub Duncan, Celly, Will, Sophia, Rachael, JP, Mike, Fiona. Wheatles, Sam, Cal, Charlotte, Jude und Ben. Erin, Amy, Mel, Luke und Cam.